독서를 싫어하는
사람을 위한 도서실 안내

독서를 싫어하는
사람을 위한 도서실 안내

아오야 마미 지음 | 천감재 옮김

부활하는 도서신문

교실에서 졸고 있으면 팝콘 꿈을 꾼다.

영화관 같은 데서 흔히 볼 수 있는 커다란 종이컵 모양 통에서 팝콘이 넘쳐 나오는 꿈이다. 알갱이 하나하나 색이 다르다. 빨간색과 핑크색, 주황색 알갱이들이 넘치고 또 넘치다가 마지막에 노란색 팝콘 더미에서 눈사태가 일어나는 순간 나는 눈을 뜬다. 그럴 때는 가까운 자리에서 여학생이 웃고 있는 경우가 많다.

웅성거리는 시청각실에서 위원회가 시작하기를 기다리다 깜빡 졸았을 때도 같은 꿈을 꿨다. 잠이 덜 깬 탓에 학생들의 대화 소리는 의미를 이루지 못하고 의식으로부터 부슬부슬 떨어져 내려갔다.

"기다렸지! 늦어서 미안!"

펑 하고 통 안에서 팝콘이 터졌다. 눈을 뜨기 직전에 눈꺼풀 뒤에서 터진 그것은 황갈색, 캐러멜 팝콘이구나 하고 생각하면서 얼굴을 들었다.

그때 겨드랑이에 파일을 끼고 시청각실로 뛰어 들어온 사람은 사서인 가와이 선생님이다. 30대로 보이는 선생님은 허리까지 닿는 긴 머리를 뒤에서 하나로 묶고, 긴 치맛자락을 차다시피 하며 교단에 섰다.

"첫 위원회 모임인데 기다리게 해서 미안해. 회의가 어찌나 안 끝나던지."

여자치고는 조금 낮은 목소리. 이 사람 목소리가 이랬나. 1년 전, 고등학교에 입학한 직후에 열린 오리엔테이션에서 가와이 선생님이 도서실 사용법 따위를 분명히 설명해줬을 테지만, 그 후 도서실에 간 적이 한 번도 없어서 선생님의 목소리가 어땠는지 잊고 있었다.

그럼에도 불구하고 나는 올해 도서위원이 됐다. 딱히 되고 싶었던 건 아니다. 필요에 쫓겨 소거법으로 고른 것뿐이다.

시청각실에 모인 도서위원은 마흔 명 남짓. 선생님은 실내가 잠잠해지기를 기다렸다가 다시 입을 열었다.

"저는 사서인 가와이예요. 작년에 이 학교로 왔어요. 온 지 얼마 안 됐기 때문에 도서실 운영이나 위원회 활동에 대해서는 아직 알아가는 중이에요. 3학년들이 나보다 도서실에 대해 더 잘 알고 있을테니 의견이나 요구 사항이 있으면 말해줘요."

드문드문 박수 소리가 난다. 새 학기가 시작되고 얼마 지나지 않아서인지 서먹한 분위기가 실내에 서려 있다. 선생님도 그걸 느꼈는지 분위기를 풀려는 듯 말투를 친근하게 바꿨다.

"오늘은 다들 처음 얼굴 보는 날이니까 자기소개도 할 겸 학년이랑 이름, 좋아하는 책 제목이라도 말해볼까? 그 이유도 한마디 덧붙여서."

술렁 하고 실내 공기가 요동쳤다.

"난 『레미제라블』을 좋아해. 장발장의 고뇌가 너무 구구절절해서 오히려 후련하거든."

가와이 선생님이 동요하는 학생들을 아랑곳하지 않고 먼저 시작했다.

"그럼 복도 쪽 자리부터 시작!"

선생님에게 지목받은 여학생이 당황한 얼굴로 일어섰다. 실내화 색은 파란색. 3학년이다. 우리 학교는 학년마다 실내화의 앞코 색깔이 다르다.

여학생이 학년과 반, 이름을 말한 후 약간 웅얼거리는 투로 덧붙였다.

"좋아하는 책은 『도련님』입니다."

나쓰메 소세키라. 작가 이름 정도는 알고 있지만 읽어본 적은 없다.

이 3학년도 책을 정말 읽었을까 의심이 솟아나려던 찰나에 선생님이 덜컥 물었다.

"어디가 좋은데?"

남 일이 아닌 것 같아 속으로 망했다고 생각하고 있는데 여학생이 쑥스러운 듯한 목소리로 대답했다.

"기요 씨가 우리 할머니랑 좀 비슷해서요."

주위에서 납득이 간다는 듯한 반응이 바로 나와서 가슴이 철렁했다.

누구지, 기요 씨라는 사람이? 그리고 뭐야, 이 연대감. 설마 여기 있는 모든 사람이 『도련님』을 읽은 건가? 도서위원은 도서실 카운터에 앉아 있기만 하면 되니까 누가 하든 상관없다고 생각했는데, 독서량이 어느 정도 필요한 건가 싶어서 얼굴에 핏기가 가시는 기분이 들었다. 이어서 다른 학생들도 『은하철도의 밤』이니 『삼국지』니, 아주 당연하다는 듯이 책 제목을 하나씩 댔다.

결국 망한 건 나뿐이었다.

창가 자리에 앉아 있었기 때문에 생각할 시간은 넉넉했지만 좋아하는 책이 도무지 떠오르지 않았다. 제목만 대충 언급한다 하더라도 어디가 좋냐는 질문을 받으면 끝장이다. 사실 나는 책 읽는 게 재미있다고 생각한 적이 단 한 번도 없었다. 애초에 나 같은 인간이 도서위원을 하겠다는 것 자체가 잘못 생각한 일일까?

드디어 내 차례가 돌아왔을 때 나는 에라, 모르겠다 하는 심정으로 솔직하게 말해버렸다.

"2학년 6반, 아라사카 고지입니다. 좋아하는 책은 딱히 없습니다."

실내가 쥐 죽은 듯 잠잠해졌다. 내 앞 차례의 학생들이 뭔지 몰라도 어쨌든 책 제목을 하나씩 댄 덕분에 교실 분위기는 도서위원회 모임에 걸맞는 흥이 오른 상태였는데 내가 거기에 완전히 찬물을 끼얹은 셈이다.

가와이 선생님이 나를 봤다. 진지하게 대답하라고 꾸지람을 듣지 않을까 걱정했지만 선생님은 오히려 입가에 미소를 머금고 "알겠어" 하며 고개를 끄덕이더니 말을 이었다.

"그럼 아라사카 고지, 너를 도서신문 편집장으로 임명할게."

시청각실에 선생님의 발랄한 목소리가 울려 퍼졌다.

뭐가 '알겠어'고, 뭐가 '그럼'이란 거야?

선생님의 생각을 이해할 수 없었지만 나는 말없이 눈을 크게 뜨고 선생님을 바라보는 것 말고는 할 수 있는 게 없었다.

내가 다니는 시라키다이 고등학교에서는 10여 년 전만 하더라도 도서위원이 도서신문이라는 걸 발행했던 모양이다.

가와이 선생님은 봄방학 때 보존서고를 청소하다가 서가 구석에서 우연히 오래된 도서신문을 발견했다. 신문 내용은 신착도서와 도서위원의 추천도서 혹은 책 소개 등으로 이루어져 있었다고 한다. 선생님은 도서위원회의 첫 모임이 파할 무렵에야 그 도서신문을 부활시키고 싶다는 말을 꺼냈다.

"대체 왜 저를 편집장으로 임명하신 거죠?"

위원회가 끝나고 학생들이 삼삼오오 교실에서 나가는 가운데, 내게 손짓하는 가와이 선생님을 보고 교단 앞으로 간 나는 불만을 감추지 않고 물었다.

나를 편집장으로 임명한 후 선생님은 내 대답은 듣지도 않고 다음 학생 소개로 차례를 넘겼기 때문에 나는 선생님 말이 농담이라고 생각했다. 하지만 얼굴 가득히 미소를 머금고 서 있는 선생님을 보니 농담으로 끝낼 마음은 없는 모양이다. 선생님은 반으로 접은 A4 사이즈의 도서신문을 웃는 얼굴로 나에게 내밀었다.

"일단 읽어봐, 의외로 재미있으니까. 옛날에는 도서실을 이용하는 학생이 지금보다 훨씬 많았는지 이런 걸 도서실 앞에 놔두면 제법 가지고 갔던 모양이더라고. 그런데 해마다 도서실 이용자가 줄고 도서신문을 보는 사람도 적어져서 신문도 자연스럽게 폐간됐나 봐. 기껏 만들었는데 읽는 사람이 없으면 좀 그렇잖아."

선생님이 웃는 얼굴로 신문을 계속 내밀고 있어서 나는 마지못해 받아 들었다. 신문은 모두 손 글씨로 쓰여 있고, 좁은 여백에는 우스꽝스러운 개와 고양이 그림이 그려져 있다.

"이 학교에 부임한 지 이제 2년 차인데, 도서실 대출 실적이 해가 갈수록 떨어지기만 해서 어떻게 해서든 도서실로 사람을 다시 불러들일 방법은 없을까 하고 고민하던 차에 이 신문을 발견했어. 예전에는 매달 발행했던 모양이지만 무턱대고 그대로 하기는 힘드니까 일단은 1년에 네 번, 계간지로 발행하면 좋을⋯."

"안 할래요."

가만히 듣고 있으면 선생님의 말이 끝도 없이 이어질 것 같아 이야기를 끊었다. 선생님의 요청을 단칼에 거절하겠다는 의지를 담아 단호한 말투로 말했다.

"공교롭게도 말이죠, 전 책을 잘 안 읽기 때문에 적임자가 아닌 것 같은데요."

"맞아, 너는 책을 잘 안 읽는 것 같으니까 그래서 오히려 꼭 네가 해줬으면 좋겠어."

반론을 역이용당해 말문이 막힌 나에게 선생님은 꿋꿋하게 말했다.

"난 말이지, 이제껏 도서실에 온 적이 없던 사람이나 책을 전혀 안 읽는 사람들이 도서신문을 읽게 만들고 싶어. 하지만 나는 책을 좋아해서 독서에 흥미가 없는 사람의 마음을 알 길이 없기 때문에 지면을 어떻게 구성해야 좋을지 짐작이 안 간단 말이지. 그래서 책을 안 읽는 아라사카가 독서에 관심 없는 사람도 재미있게 읽을 수 있는 신문을 만들어줬으면 해. 그러니 너야말로 적임자인 것 같은데?"

터무니없는 말에 어이가 없었다. 책을 좋아하는 사람이 책을 좋아하는 사람을 위해 뭔가 한다면 모를까, 책을 싫어하는 사람의 마음을 움직여서 뭘 어쩌겠다는 걸까. 잠깐 고민해봤지만 책을 싫어하는 내가 책을 좋아하는 가와이 선생님의 심리 같은 걸 알 턱이 없었다.

"물론 도서위원 중에 좋아하는 책이 없다고 대놓고 말한 건 저밖에 없지만…"

"그러니까 말이야. 설마 이런 인재가 있을 거라고는 생각도 못 했는데 이렇게 기쁠 수가 없구나. 일단 시험 삼아 문화제를 목표로 한번 만들어볼까 해. 학생뿐만 아니라 학부모들 눈에도 들면 일석이조잖아? 그러니까 골든 위크* 직후를 기한 삼아서 신문을 만들고, 다음 위원회 모임에서 다른 애들한테 한번 봐달라고 하면 어떨까?"

"저는 못 하겠어요. 다른 사람을 찾아보세요. 저 말고도 책을 안 좋아하는 도서위원이 있을지도 모르잖아요."

"그렇지만 너 말고는 다들 좋아하는 책 제목을 하나씩 얘기했잖아. 어쨌든 책을 좋아하는 사람들이 모이는 법이거든, 도서위원이란 건."

"도저히 거절할 수 없는 건가요?"

"포기해주면 고맙겠어."

이런 억지를 받아들여도 되는 걸까. 하지만 씩씩거리며 버텨 봤자 교실에는 이제 학생이 거의 남아 있지 않았다. 남은 방법은

---

* 일본에서 4월 말부터 5월 초까지 공휴일이 연달아 있는 주간을 뜻한다.

이 자리에서 도망가는 것 정도지만 그런다 해도 이 사람은 쫓아올 기세다. 반쯤 포기한 심정으로 서 있는데 선생님이 생각에 잠긴 듯한 표정을 지으며 팔짱을 꼈다.

"그치만 아무래도 혼자서는 힘들려나. 2학년 6반 도서위원 모두에게 맡길까? 2학년 6반은… 아, 어차피 두 명밖에 없네."

그럴 것 같으면 아예 한 학급 정도를 더 붙여서 함께 신문을 만들고, 난 신문 빈 공간에 그림 같은 걸 그리는 역할 정도에 머물고 싶다는 생각을 하고 있는데, 위원 명부를 본 선생님이 함박웃음을 지으며 말했다.

"뭐야, 2학년 6반은 너랑 후지오네. 그럼 둘이서도 괜찮겠다."

선생님은 실내를 빙 둘러보더니, 교실 구석을 향해 "후지오"하고 불렀다.

꾸물거리며 돌아갈 채비를 하던 여학생이 선생님 목소리에 반응해 어깨를 움찔했다. 낯이 익었다. 쟤가 후지오인가. 홈룸 시간에 도서위원에 지원할 때, 나 말고 다른 학생 한 명이 손을 들었던 기억이 떠올랐다.

고개를 숙이다시피 하고 교단 앞으로 온 후지오에게 선생님은 똑같은 설명을 반복했다.

"그래서 너희한테 도서신문 제작을 맡기고 싶은데, 할래?"

후지오가 속삭이듯 뭐라고 말했다. 손만 뻗으면 닿을 거리에 있는데도 목소리가 작아 잘 알아들을 수 없었지만, 아무래도 "네"

라고 말한 모양이다.

후지오가 불평을 했다면 2 대 1로 선생님에게 맞설 수도 있었을 텐데, 그렇게 바로 대답하다니. '거절해!'라는 눈빛을 보내고 싶었지만 후지오는 이쪽을 거들떠보지도 않았다.

설사 눈을 마주치는 데 성공했다고 하더라도 후지오가 나와 함께 선생님에게 맞서줬을지는 의문이다. 고개를 숙이고 있는 후지오는 너무나 고분고분해 보였다. 나쁘게 말하면 어둡다. 키는 내 어깨 정도지만, 새우등을 하고 있어서 더 작아 보인다. 머리카락은 어깨에 닿을락 말락 한 길이고, 테가 큰 안경을 끼고 있는데 앞머리가 길어서 얼굴이 잘 안 보인다. 가와이 선생님이 우격다짐으로 제안하면 나보다 더 강하게 거절하긴 어려울 것 같다.

가와이 선생님은 교탁에 팔꿈치를 괴고는 나를 바라보며 입가에 웃음을 머금는다.

"아라사카, 후지오는 엄청난 독서가니까 후지오와 함께라면 도서신문 작업도 문제없을 거야. 모르는 게 있으면 뭐든 후지오한테 물어봐."

네에, 하고 맥 빠진 목소리로 대답한다. 후지오는 여전히 고개를 숙이고 아예 내 쪽을 보려고 하지도 않는다. 이런 애한테 질문을 한다 한들 대답을 제대로 들을 수 있을지 모르겠다. 정말로 괜찮은 걸까?

그때 후지오가 앞머리 사이로 나에게 시선을 돌리는 것 같아서 나는 재빨리 "아라카사야, 잘 부탁한다" 하고 말을 걸었다. 그러자 무거워 보이는 앞머리가 눈을 금세 가리더니 눈도 마주치지 않은 채로 후지오가 대꾸했다.

"후지오 호타루야. 자, 잘 부탁해."

피어오르는 모기향 연기에 휘말려 땅에 떨어지는 모기가 떠오르는 목소리였다. 힘없이 날개를 떠는 모기의 단말마. 희미한 보랏빛 연기가 뇌리를 스친다.

"이거, 옛날 도서신문이거든. 이걸 참고해서 만들어보렴."

불안을 감추지 못하는 내게 선생님이 도서신문을 몇 부 들이민다. 조금 전 건넨 것과 다른 호다. 받으려고 손을 뻗는 순간 후지오가 무서운 기세로 신문을 낚아챘다. 강가에서 연어를 사냥하는 큰곰과도 같은 날렵한 팔놀림에 놀라 무심결에 뒤로 물러서고 말았다. 신문을 낚아챈 후지오는 나 같은 건 안중에도 없다는 듯 신문에 얼굴을 가까이 대고 움직이지 않는다. 집어삼킬 듯이 글자를 눈으로 좇는 모습에 어안이 벙벙해 있자, 선생님이 재미있다는 듯이 웃었다.

"후지오는 활자 중독이거든. 글자가 있으면 뭐든 다 읽어. 교과서의 판권 페이지까지 샅샅이 읽는 타입이니까. 자, 후지오, 아라사카한테도 신문 보여줘야지."

후지오가 놀란 듯이 고개를 들더니 드디어 정면으로 나를 본다. 안경 안쪽으로 보이는 눈동자가 의외로 크다. 시선이 마주쳤을 뿐인데 갑자기 몸을 움츠리는 모습이 어딘가 작은 동물 같았다.

후지오는 몹시 작은 목소리로 "미안해…" 하고 속삭이고는 신문 다발을 건넨다.

"보존서고에도 도서신문의 과월호가 보관돼 있을 거야. 열쇠는 관리인실에 있으니까 언제든 보러 가도 돼."

"보존서고! 지, 지금, 오늘, 가도 되나요?"

후지오의 목소리가 약간 커졌다. "아라사카랑 의논해보지 그래?"라는 선생님의 말에 이쪽을 돌아본 후지오가 쭈뼛거리던 표정과는 백팔십도 달라진, 기대로 가득 찬 눈빛을 보냈다. 굳이 오늘이 아니라도 괜찮지 않을까 하고 생각하면서도, 이렇게 열정 어린 시선을 받고 있자니 거절할 수가 없었다.

게다가 신문을 완성하기까지 시간 여유가 그다지 없는 것도 사실이다. 새 학기가 시작되고 일주일이 지나 벌써 4월도 중순에 가까워졌다. 월말이 되면 골든 위크에 돌입한다. 까딱 잘못해 정말로 내가 신문 제작에 관여하게 된다면, 오늘 안에 세부적인 것까지 생각해두지 않으면 기한을 맞추지 못한다.

"그럼…, 갈까?"

내키지는 않았지만 그렇게 말하자 후지오의 입가에 웃음이 어렴풋이 떠올랐다. 첫인상보다 귀여워 보이는 표정에 조금 마음이 놓였다.

하지만 그런 안도는 오래가지 않았다.

관리인실에서 열쇠를 빌려 도서실 카운터 안쪽에 있는 사서실을 통과해, 다시 그 안쪽에 있는 보존서고에 발을 디딘 순간, 역시 이 후지오라는 인물은 평범한 사람이 아닌 것 같다는 생각이 몰려왔다.

서고의 잠긴 문을 열 때까지 내 뒤에 얌전히 있다가 문이 열리자마자 나를 밀쳐내는 듯한 기세로 들어간 후지오는 지금은 벽에 달라붙은 도마뱀처럼 서가 앞에서 미동조차 하지 않고 핥듯이 책등을 눈으로 좇고 있다.

보존서고는 창고 같은 곳으로 창문도 없는 어둑어둑한 방에 철제 서가가 열 맞춰 늘어서 있었다.

"뭐 신기한 책이라도 있어?"

후지오의 뒤를 지나가면서 물어보자 "어" 하고 넋이 나간 듯한 대답이 돌아왔다. 나한텐 낡은 책이 죽 꽂혀 있는 공간일 뿐인 이곳에서 후지오는 보물더미를 보는 듯한 눈을 하고 있다. 평소 도서실에 꽂혀 있지 않은 이 책들이 후지오가 노리는 것이었던 모양이다.

후지오와 달리 이 장소에 아무런 매력도 느끼지 못하는 나는 곧바로 여기에 온 목적인 도서신문의 과월호를 찾기 시작한다.

보존서고에는 오래된 책 말고도 파일로 철해놓은 학교 홍보지나 역대 졸업문집도 보관되어 있었다. 학교 행사에 관련된 종이 자료는 모두 여기에 있는 모양이다. 어찌나 방대한 양인지 서가에 즐비한 책이 앞뒤 2열로 되어 있는 경우도 있다. 뒤에 있는 책을 보려면 앞에 꽂혀 있는 책을 모두 꺼내는 수밖에 없다. 연도 같은 것도 제각각이다.

오래된 자료를 손이 닿는 대로 뽑다가 드디어 책등에 '도서신문'이라고 적힌 두꺼운 파일을 발견했다. 신문은 반으로 접혀 클리어 포켓에 수납되어 있었다.

근처에 놓여 있는 이동식 북 카트 위에 파일을 펼치자, 그제야 후지오가 다가왔다. 가슴에 책 몇 권을 안아 들고 있었다. 멋대로 가져가도 되는 걸까 생각했지만, 책이라면 후지오는 눈빛이 달라진다. 괜한 질문은 관두고 다시 파일로 눈을 돌렸다.

신문 테두리 바깥쪽에 발행일이 적혀 있었다. 제1호는 23년 전 날짜였다.

"이 신문, 처음엔 매달 발행됐나 봐. 그러다 격월이 되고, 계간이 됐어. 그래도 10년 정도는 이어졌네."

내 말에 후지오가 고개를 끄덕였다. 입은 꼭 닫고 있지만 지면을 좇는 시선은 바쁘게 움직였다. 신문을 한 장 한 장 넘기면서 무시무시한 속도로 읽고 있는 것 같았다.

"내용은 매호 그렇게 크게 바뀌지는 않네. 새로 들어온 책 소개랑 추천도서 코너가 있어. 이 코너에 들어간 글은… 도서위원이 쓴 게 아니구나."

후지오가 나를 힐끔 봤다. 눈을 깜박이며 '어떻게 알아?'라는 시선을 보내기에 나는 흑백으로 인쇄된 신문을 손가락으로 짚었다.

"글씨체가 달라."

신문은 모두 손으로 쓰였다. 신착도서를 소개하는 코너는 앞뒤 호 모두 필적이 같기 때문에 도서위원이 쓴 것일 테지만, 추천도서 소개 코너는 신문마다 글자가 주는 인상이 달랐다.

설명을 들으면서도 후지오는 잘 모르겠다는 표정이었다. 필적 차이를 찾아내려고 지면 가까이 얼굴을 들이대더니 아, 하고 신문 가장자리를 가리켰다.

"도서실 앞에 투고함이 있었나 봐."

"정말이네. '여러분의 감상문을 기다리고 있습니다'라고 써 있어."

도서위원이 학생이 투고한 감상문을 선별해서 신문에 실었나 보다. 감상문 밑에는 쓴 사람의 학년과 이름을 쓰는 칸이 있었다.

추천도서 코너는 책을 소개할 사람을 섭외해서 써달라고 하면 될 것 같다. 신착도서 코너에는 새로 들어온 책 제목과 줄거리를 실어놓으면 될 것이다. 그리고 빈 공간에 그림을 그려 넣으면 의외로 그렇게 어렵지 않게 완성될 것 같다.

의욕 넘치는 가와이 선생님을 막는 것보다 신문을 대충 완성하는 편이 빠를 것 같다는 계산을 하고 파일을 덮으려다가 후지오가 열심히 신문을 읽고 있다는 걸 알고 손을 멈췄다.

"왜 그래?"

갑자기 말을 걸어 놀랐는지 후지오는 몸을 뒤로 젖히다시피 하며 파일에서 얼굴을 뗐다.

"그, 그게, 20년 전이랑 지금이랑은, 읽는 책이 전혀, 다, 다른 것 같아서…."

많이 놀랐는지 후지오가 말을 더듬었다. 몸을 보호하듯 가슴팍에 책을 안고 있는 후지오의 모습은 경계심이 강한 작은 동물 같았다. 나는 "미안해" 하고 사과하고 나서 도서신문으로 눈을 떨어뜨렸다.

"확실히 오래된 책이 많네…. 그런데 이쪽은 라이트 노벨 같은데. 20년 전에도 라노벨이 있었구나. 번역서도 많은데? 셜록 홈스는 아까 자기소개 시간에도 좋아한다는 사람이 있었어. 좀 더 앞으로 가면 고전 명작 같은 게 늘어나네…. 아이고, 『겐지 모노가타리』*?"

고전문학 수업도 아니고 이런 걸 읽는 고등학생이 정말 있는 건가 싶어 눈을 의심했다. 후지오도 매우 흥미로운 듯 몸을 내밀었다.

"이건, 다니자키 준이치로 번역본이구나."

---

* 11세기 초 일본의 여성 작가 무라사키 시키부가 쓴 일본 최초의 고전소설인 동시에 현존하는 세계 최초의 소설로 알려져 있다. 주인공 히카루 겐지를 통해 헤이안 시대 귀족들의 연애, 성공과 몰락, 정치 욕망, 권력 투쟁 등을 상세히 묘사하고 있다.

"다니자키 준이치로가…."

뭐하는 사람이냐고 물어보려는데 후지오가 크게 한 걸음 내딛어 가까이 다가왔다.

"다니자키 준이치로라고 하면, 『세설』과 『치인의 사랑』이 유명해."

후지오가 갑자기 바짝 다가오자 이번에는 내가 몸을 뒤로 젖히는 꼴이 됐다. 하지만 후지오는 내 반응 같은 건 아랑곳하지 않고, 나를 올려다보면서 빠르게 말을 이어갔다.

"탐미주의파로 보는 경향도 있지만 평생에 걸쳐 작풍이나 문체가 다양하게 변했기 때문에 한마디로 정의 내리기는 어려워. 『만(卍)』처럼 간사이 사투리의 아름다움이 두드러지는 문체로 쓰인 작품도 있고. 시기나 작품에 따라 절묘하게 어조를 바꾸곤 해."

"으, 응…?"

조금 전까지 고개를 숙이고 기어 들어가는 목소리로 말하던 후지오가 책 이야기가 나오자 갑자기 말수가 늘고 목소리까지 커졌다. 불러도 눈도 마주치지 않았던 모습이 거짓말인 것처럼, 똑똑히 나를 보는 시선이 움직이지 않는다.

"『겐지 모노가타리』는 여러 작가가 현대어로 번역했지만, 다니자키 준이치로가 번역한 건 '다니자키 겐지'로 불리기도 해. 원문보다 훨씬 쉽게 읽을 수 있지만, 그래도 방대한 분량의 장편소설인 건 변함없어. 내가 읽은 건 문고본으로 다섯 권이었는데 이 사람은 그걸 사흘 만에 독파했어. 대단하다."

후지오는 감탄 어린 탄식을 내뱉고 다시 도서신문으로 시선을 떨어뜨렸다.

서로의 어깨가 맞닿을 정도로 가까운 거리에서 후지오가 쏟아내는 말을 들으면서 흔들림 없는 시선을 오롯이 감당하느라 당황했던 나는, 후지오의 시선에서 해방되자 나도 모르게 참고 있던 숨을 토했다.

첫인상과는 달리 의외로 말을 잘하는 것 같다. 그렇다면 작업도 생각한 것보다 원활하게 진행될지 모른다. 호흡과 마음을 동시에 진정시키고, 후지오가 보고 있는 신문으로 눈을 돌렸다.

테두리 밖에 적힌 날짜는 20여 년 전. 휴대전화는 물론이고 인터넷도 아직 일반 가정에 보급되지 않은 시절이다. 지금보다 놀거리가 적었기 때문에 사흘 만에 다섯 권이라는 빠른 페이스로 『겐지 모노가타리』를 읽을 수 있었을 것이다.

추천도서 코너에서 한 권에 할당된 공간은 A4 용지의 4분의 1 정도. 『겐지 모노가타리』 감상문의 작은 글자들이 붉게 녹슨 가느다란 쇠사슬처럼 오래된 종이 위에 끊어지지 않고 길게 이어져 있었다.

"20년 전이면, 우리 부모님 세대보다 조금 젊은 정돈가?"

별다른 생각 없이 중얼거렸는데 후지오가 깜짝 놀라며 고개를 들었다. 갑자기 옆에 있는 서가를 올려다보길래 신경 쓰이는 책이라도 발견했나 보다 했는데, 그 서가에 꽂혀 있는 건 역대 졸업문집뿐이었다.

한때는 선명한 핑크나 녹색 표지였을 졸업문집은, 시간이 흘러 완전히 바래고 말았다. 표지에는 아마 졸업생이 그렸을 그림과 '봄바람'이라는 글자가 춤을 추고 있었다. 문집의 이름인 모양이다.

"졸업문집에 관심 있어?"

뒷모습에 대고 말을 걸자 후지오의 어깨가 흠칫 튀어 올랐다. 뒤를 돌아본 후지오는 다니자키 준이치로에 대해 낭랑하게 말했던 조금 전 모습이 거짓말인 것처럼, 우물거리는 목소리로 말했다.

"우리 엄마가, 이 학교, 졸업생이라서… 조금, 궁금해서."

"이야, 모녀가 같은 학교를 다니다니 드문 경우인걸. 어머니 문집 찾아볼래?"

후지오는 서가 쪽을 힐끔 보면서 "몇 회 졸업생인지 잘 몰라서…" 하고 중얼거리듯 말하고는 책을 고쳐 안았다. 대략적인 연대는 짐작이 갈 테지만 그걸로는 찾기가 쉽지 않다. 우리 학교는 내년에 개교 70주년을 맞이한다. 그러므로 졸업문집 수도 방대하다. 게다가 문집은 연대별로 정리가 안 되어 있었다. 사서실에서 가와이 선생님이 기다리고 있기도 하니 이번에는 포기하기로 하고 보존서고를 나왔다.

보존서고와 문 하나로 연결되어 있는 사서실에는 긴 6인용 테이블과 컴퓨터 책상이 놓여 있었다. 그리고 나머지 공간은 다 서가가 차지하고 있어서 사서실 절반이 서고나 마찬가지인 상태였다.

모니터를 향해 앉아 있던 가와이 선생님이 보존서고에서 나온 우리를 보고 "고생했어" 하고 말을 건넸다.

"지난 호 도서신문은 찾았어?"

"네, 대충 보고 왔어요."

"어떻게 구성할지는 얼추 정했고?"

"뭐, 일단은…."

내가 말을 채 끝내기도 전에, 후지오가 종종걸음으로 내 옆을 스쳐 지나가 가슴에 안고 있던 책을 아무 말 없이 선생님에게 불쑥 내밀었다.

"어머, 후지오는 또 뭔가 재미있어 보이는 책을 발견한 거야? 보존서고 책은 기본적으로 반출 금지지만, 발견한 건 뭐 어쩔 수 없지. 여기서 읽고 갈래?"

"네, 고맙습니다!"

지금까지 들은 어떤 목소리보다 가장 크게 대답한 후지오는 가까이 있는 의자에 앉았다. 무릎 위에 책을 펼치고 책장에 시선을 떨어뜨린 후로 이쪽은 쳐다보지도 않는다.

가와이 선생님이 창가에 놓인 컴퓨터 책상에서 일어서더니, 사서실 구석에 마련된 긴 테이블 쪽으로 오라고 내게 손짓했다.

"자, 이거 신문 대지야."

테이블 가까이 가자 선생님은 A4 크기의 두꺼운 종이로 만든 대지를 네 장 건넸다. 연파랑으로 괘선이 그어진 방안지도 몇 장 있었다.

"이 방안지가 원고용지야. 편한 크기로 잘라서 기사를 쓴 다음 대지에 붙여. 대지에 모든 기사를 다 붙이면 학교 복사기로 양면 인쇄할 거야. 그러면 4면짜리 신문이 완성되지."

신문 형식에 관한 더없이 간단한 설명을 들은 후 대지와 원고 용지를 받아 들었다.

"그래, 아라사카는 어떤 신문을 만들 거야?"

나는 후지오에게 시선을 돌린다. 책에 푹 빠진 후지오에게 기대할 것은 없을 듯해 알아서 이야기를 진행했다.

"옛날 신문을 참고해서 신착도서 소개 코너를 넣고 다른 사람들한테 독서 감상문도 써달라고 할 생각이에요. '기억에 남는 책' 같은 제목을 붙여서 지금까지 읽은 책 중에서 제일 재미있었던 걸 소개하는 식이라든가."

"그런데 그 테마 말이야, 책에 관심 없는 사람도 읽어줄까? 아라사카라면 읽어볼 것 같아?"

"안 그럴 것 같은데요."

지체 없는 내 대답에 선생님이 웃었다. 하지만 사실이다. 나라면 안 읽는다. 관심도 없는 걸 소개받아봤자 흥미가 생길 리 없다.

"하긴 그렇겠지. 책을 싫어하는 사람일수록 꼭 봤으면 하는 신문을 만들고 싶은데 쉽지 않네."

선생님은 진지한 얼굴로 돌아와 팔짱을 끼고 뭔가 생각하는가 싶더니, 불현듯 집게손가락을 치켜들었다.

"정 그러면 사람들한테 받은 독서 감상문 옆에다 네가 쓴 감상문도 나란히 실으면 어때? '책을 싫어하는 사람이 읽고 느낀 점' 어쩌고 하고 한 줄 넣으면, 너처럼 책에 흥미 없는 사람도 관심을 보일지 모르잖아."

장난하냐는 말이 목까지 올라왔다.

독서는 질색이다. 시간 낭비일 뿐이다. 거부하고 싶었지만 "그럼 다른 안을 제시해보든가"라는 선생님의 말에 아무것도 떠오르지 않았다.

시선을 이리저리 돌리다가 혼자만 딴 세상에 가 있는 것처럼 책에 몰두한 후지오의 모습이 눈에 들어왔다.

"책이 질색인 사람의 감상도 좋지만, 책벌레의 감상도 재미있지 않을까요? 저만 할 게 아니라 후지오가 쓴 감상도 실으면 어때요?"

"아, 그것도 좋겠다. 같은 책이라도 사람에 따라 느끼는 점이 다르니까 극단적인 두 사람이 쓴 감상을 나란히 싣는 게 생각보다 재미있을지도 모르겠어."

앗싸, 하고 주먹을 불끈 쥐었다. 최악의 경우 감상문 하나 정도 쓰는 건 어쩔 수 없겠지만, 나머지는 후지오한테 전부 넘기자. 쟤라면 책을 읽는 것도 힘들어하지 않을 테니.

아니, 감상문뿐만 아니라 신착도서 소개도 후지오한테 맡겨버릴까. 난 대략적인 구성만 하고, 나머지는 모조리 후지오한테 해달라고 하자. 고분고분해 보이는 후지오니까 부탁 좀 할게, 하면 잠자코 고개를 끄덕여줄 게 틀림없다.

그렇게 생각하니 마음이 한결 가벼워졌다.

"그럼 골든 위크 직후까지 어떻게든 완성해봐."

"알겠어요."

"와, 갑자기 의욕적으로 나오는데. 괜찮겠어?"

"괜찮을 것 같아요."

사실 잘 모르겠다. 신문 제작은 후지오한테 통째로 떠넘길 생각이다. 제때 완성하지 못한다 하더라도 내 알 바 아니다. 난 적임자가 아니라고 처음부터 말했는데 무시하고 이야기를 진행시킨 선생님이 잘못이다.

될 대로 되라고 생각했더니 뻔뻔스러운 표정이 자연스레 나타난 모양이다. 선생님은 내 표정에서 그런 생각을 읽어내기라도 한 듯 눈을 가늘게 떴다.

"혹시 후지오한테 일을 전부 떠넘길 생각은 아니지?"

움찔하는 바람에 대답할 틈을 놓쳤다. 곧바로 선생님 표정이 사나워졌다.

"큰소리만 떵떵 쳐놓고 일은 남한테 고스란히 떠넘기려고? 그건 좋은 태도가 아닌데. 그냥은 못 넘어가."

"아니에요, 당연히 저도 같이 해야죠."

찔리는 게 있다 보니 목소리에 힘이 없다. 처음부터 신문 제작 같은 건 맡지 않겠다고 단호히 말했어야 했나 후회스러웠지만 이미 늦었다. 선생님은 여전히 의심스러운 눈으로 나를 보고 있었다.

"정말이야? 골든 위크 직후까지 할 수 있어?"

"아마 할 수 있을 거예요."

"그때까지 완성 못 하더라도 사과하면 되겠지, 그렇게 생각하고 있는 건 아니고?"

"설마요."

"그렇다면 벌칙을 정하자."

본심을 들켜 허둥지둥하는 틈에 선생님이 생각지도 못한 조건을 제시했다.

"기한까지 완성하지 못하면 이번 연도 내내 방과 후 도서실 카운터는 아라사카가 담당한다, 어때?"

어처구니없는 조건에 나는 눈을 부릅떴다.

카운터 당번은 도서위원이 맡는 업무 중 하나로, 도서실 카운터에 앉아서 도서 대출과 반납 처리를 하는 일이다. 점심시간과 방과 후에는 반드시 카운터를 지켜야 하므로 각 학급의 도서위원이 일주일씩 교대로 당번을 맡는다.

게다가 방과 후 당번은 점심시간 당번보다 카운터에 묶여 있는 시간이 압도적으로 길다. 제일 편할 것 같다는 이유로 도서위원회를 골랐는데 이게 무슨 말도 안 되는 소리란 말인가.

그냥 넘어가면 안 될 것 같아 반박하려는데 선생님이 나를 향해 집게손가락을 쭉 뻗으며 말했다.

"골든 위크 직후까지 할 수 있다고 했지? 후지오한테 전부 맡길 생각으로 대충 말한 거 아니고? 나도 해낼 수 있을 거라고 생각해. 아라사카와 후지오, 너희 둘이 함께한다면."

'둘이'라는 부분을 콕 집어 말하는 것처럼 들려 뭐라 할 말이 없었다. 후지오에게 일을 떠넘기려는 얄팍한 수를 생각한 대가일까. 나는 기어들 듯한 목소리로 "네"라고 대답할 뿐이었다.

신문 제작 방향이 대충 정해지고 생각지 못한 벌칙도 부여받고 나니 도서실 문 닫을 시간이 되었다. 오후 6시가 되면 닫는 모양이다.

후지오는 보존서고에서 가져온 책을 아쉽다는 듯이 사서실 서가에 올려놓았다. 나중에 이어 읽을 생각이리라. 뭘 읽고 있었냐고 묻는 내게 "『장미 이름 편람』이야"라고 알려주었지만, 전혀 모르는 제목인데다 본편과는 별도로 편람이 필요한 책은 또 어떤 물건일까, 어째서 그런 걸 읽고 싶어 하는 걸까 싶은 생각만 들었다.

도서실에서 나오니 밖은 이미 어둑어둑했고 복도에는 띄엄띄엄 전등이 켜져 있었다.

학교 건물은 ㄷ을 뒤집어놓은 모양인데, 도서실은 건물의 윗변, 오른쪽 구석에 있다. 도서실을 나와 오른쪽이 현관 입구로 향하는 긴 복도고, 정면에 있는 짧은 복도 좌우에는 화장실과 손 씻는 곳이 있다. 도서실 맞은편에는 생물실이 있다. 생물실 앞 복도에 줄지어 놓여 있는 수조에서 은은한 불빛이 새어나오고 있었다.

도서실에서 나와 멈춰 서 있던 후지오에게 물었다.

"도서신문 말인데, 신착도서 소개랑 독서 감상문 써줄 사람을 찾아야 해. 우리가 쓴 감상문도 같이 싣기로 했고."

"그, 그렇구나…."

"응. 그래서 나도 책을 읽어야 되는데…."

말로 하지 않아도 나의 끔찍한 심정이 얼굴에 드러난 모양이다. 후지오가 진정이 되지 않는 듯 가방 손잡이를 고쳐 쥐고는 갈라진 목소리로 말했다.

"아라사카는, 책 읽는 걸, 싫어해?"

싫다기보다는 뭐가 재미있는지 잘 모르겠다. 허구의 세계에 사는 허구의 인물이 겪는 이야기를 읽고 있노라면 머리 한구석으로는 전혀 다른 생각을 하고 만다. '내일 시간표는 뭐였지?'나 '숙제는 없었던가'나 '좀 있으면 게임 이벤트 시간이네' 같은 생각들.

글자를 눈으로 좇고 있으면 아무리 노력해도 이내 집중력이 흐트러진다. 하지만 이런 내 사정을 다른 사람에게 설명하기란 어렵다. 하물며 상대는 후지오다. 책을 몹시 좋아하는 애한테 책을 싫어하는 사람의 마음 같은 게 전달될 것 같지도 않았다.

"난 활자 알레르기가 있어. 글자를 계속 보고 있으면 두드러기가 나."

농담으로 한 말에 후지오는 웃어넘기지도 않고 당황한 얼굴로 나를 바라봤다. 진담으로 받아들인 모양이다.

이제 와서 농담이라고 말하기에도 모양새가 좋지 않아서, 짐짓 심각한 표정으로 고개를 끄덕였다. 더더욱 혼란스러운 표정이 된 후지오를 내버려두고 화제를 바꿨다.

"일단 누구한테 독서 감상문을 써달라고 할지 정하자. 세 명 정도면 될 것 같은데. 먼저 내 친구랑 네 친구, 그리고…."

"아, 저기…."

후지오가 가느다란 목소리로 내 말을 끊고는 손가락 끝이 하얘질 정도로 가방 손잡이를 세게 움켜쥐었다.

"그게, 난, 그런 걸 부탁할 수 있는 친구가…."

안 그래도 작은 목소리가 뒤로 갈수록 흐려져서 마지막까지 알아들을 수 없었지만 대충 짐작은 갔다.

새롭게 반이 편성된 지 일주일, 아직 모든 아이들의 얼굴까진 다 기억하지 못하고 여학생들은 더더욱 얼굴과 이름이 따로 놀지만, 그래도 후지오의 옆얼굴은 낯이 익었다. 쉬는 시간에 언제나 자리에서 혼자 책을 읽고 있기 때문이다. 무리 지어 다니기를 좋아하는 여자애들 사이에서, 누구와도 어울리지 않고 홀로 묵묵히 책을 읽는 후지오의 모습은 교실 안에서 조금 붕 떠 있는 것처럼 보였다.

"그럼 내가 아는 선배한테라도 부탁해봐야겠다. 또 다른 사람도 한번 찾아볼게."

괜히 꼬치꼬치 캐묻지 않고 그렇게 대답하자, 가방 손잡이를 쥐고 있던 후지오의 손가락에서 힘이 풀렸다.

"그, 저기, 그러면, 도서위원 감상문은 전부 내가 쓸게."

이게 웬 떡이냐. 가와이 선생님의 의도에서는 조금 벗어날지 모르지만, 신문만 완성되면 벌칙은 면할 수 있다.

"고마워, 덕분에 살았어. 그럼 내 친구랑, 선배랑, 마지막 한 명은…."

참방, 하고 물이 튀는 소리에 말이 끊겼다. 소리가 난 쪽으로 고개를 돌리니 생물실 앞 복도에 나란히 놓인 수조에서 새어 나오는 푸르스름한 불빛이 눈에 들어왔다.

수조는 철제 오픈 선반 위에 놓여 있었다. 그 안에 있는 생물들은 각양각색으로, 미꾸라지와 민물게도 있고 우파루파 같은 희귀한 생물도 있었다.

물소리가 왜 난 거지? 물고기가 튀어 오른 걸까? 아니면 수조 안에 있는 바위에서 민물게가 떨어진 걸까?

궁금해서 수조 쪽으로 다가가니 후지오도 따라왔다. 후지오가 몸을 웅크리고 수조에 얼굴을 바짝 갖다 대길래 수생생물에 흥미가 있는 줄 알았는데, 알고 보니 수조에 붙은 라벨을 읽고 있다. 활자가 있으면 뭐가 됐든 일단 읽고 본다는 가와이 선생님의 말이 거짓말은 아닌 것 같다.

후지오는 또 다른 활자를 찾아 흔들흔들 옆으로 이동하더니, 생물실 문을 그대로 지나쳐 그 옆에 놓인 철제 장식장 앞에 섰다.

복도에 놓여 있는 철제 장식장은 후지오의 몸을 가릴 정도의 폭이었다. 식기장처럼 위쪽 절반은 유리문으로 되어 있었고, 그 안에는 포르말린에 담근 동물 표본이 꽉 들어차 있었다.

후지오는 표본병에 붙은 라벨을 읽고 있다. 색이 바랜 물고기나 새우라면 몰라도, 내장을 펼쳐놓은 개구리 표본 따위는 누가 봐도 흉측한데 정작 후지오는 아무렇지도 않은 것 같다.

후지오 옆에 서서 곁눈질로 생물실 안을 살폈다. 실내에 불이 꺼져 있고 아무도 없는 것 같았다. 옆에 있는 생물 준비실도 쥐 죽은 듯 조용했다.

"작년에 수업 중에 참새가 교실에 들어온 적이 있었어."

장식장에 줄지어 있는 표본으로 시선을 되돌린 나는 문득 떠오른 일을 작은 목소리로 말했다. 후지오는 또다시 어깨를 움찔거렸지만, 이제는 조금 익숙해졌는지 몸을 젖혀 내게서 거리를 두거나 하지는 않았다.

"참새는 교실 안을 날아다니면서 밖으로 나가려고 했지만 유리창에 세게 부딪혀 기절했어. 그리고 누가 생물실로 데리고 갔지."

"생물실에서, 히자키 선생님이 치료해주신 거야?"

"글쎄. 히자키 선생님이라면 표본으로 만들지 않았을까."

줄줄이 놓여 있는 수많은 표본 중에는 작은 새의 뼈를 마치 골격표본처럼 포르말린에 담가놓은 것도 있었다. 후지오의 얼굴이 굳는다. 저게 그때 그 참새일지도, 하고 이어서 말하려는데 뒤에서 누가 어깨를 두드렸다.

"표본으로 만들지는 않았어."

뒤에 사람이 서 있다는 걸 전혀 알아차리지 못한 탓에 깜짝 놀라 돌아보니 이야기의 장본인인 히자키 선생님이 나를 내려다보고 있었다.

히자키 선생님은 생물 선생님으로, 언제나 얼룩 하나 없는 흰 가운을 입고 있다. 이제 곧 정년이고 우리 부모님보다 연상인 선생님은 그 연배의 사람치고는 키가 큰 편이라 눈높이가 나보다 조금 위다. 곱슬머리인지 머리카락은 완만하게 말려 있고, 일본인 같지 않게 윤곽이 뚜렷하고 부리부리한 얼굴에는 언제나 부드러운 웃음을 머금고 있다. 젊었을 적에는 상당히 인기가 많았겠다는 짐작이 가능할 만큼 감탄이 절로 나는 외모다.

후지오는 참새가 표본 신세가 되지 않은 걸 알고 안도한 듯하다가 "그 참새라면 지금은 생물실 냉동고에 들어가 있어"라는 선생님의 한마디에 다시 얼굴이 굳었다. 무리도 아니다.

"제가 전에 생물실 냉동고를 보니 무슨 다리 같은 게 있던데요."

"저런, 멋대로 열면 안 되는데."

"죄송해요, 전부터 궁금해서 청소하다 그만. 그런데 그건 무슨 다리예요?"

"다리라면, 오리 다리일까. 근처 강에서 오리 사체를 주워 온 학생이 있었거든. 그걸 처리하고 남은 걸지도 모르겠구나. 어쩐지 이 학교 학생들은 동물 사체를 발견하면 나한테 가지고 오더구나."

그야 그렇겠지, 하고 생각하면서 옆에 놓인 장식장으로 눈길을 옮겼다. 선반 몇 개를 빼낸 장식장 안에는 포르말린 병뿐만 아니라 짐승의 털가죽도 몇 개 매달려 있었다. 그중에는 생전의 형체를 똑똑히 상상할 수 있을 정도로 공들여 벗겨낸 너구리의 털가죽도 있었다.

내 시선이 향하는 곳을 쫓던 선생님이 허리 뒤로 손을 맞잡고는 쾌활하게 웃었다.

"그 너구리는 말이지, 차에 치여 죽은 걸 학생이 가지고 왔어. 가죽을 벗길 때는 난리도 아니었단다. 커다란 곰솥을 빌려 와서 생물 준비실에서 너구리 사체를 삶았지. 난처하게도 군침 도는 너구리 육수 냄새가 복도까지 퍼지는 통에, 연습을 마친 야구부

멤버들이 무슨 일인가 하고 몰려들었지 뭐야."

"그런데 선생님이 웬 짐승 가죽을 벗기고 있었으니 야구부 멤버들은 트라우마가 생겼을 것 같은데요."

후지오는 이야기만 들었을 뿐인데 얼굴이 새파랗게 질려 있다.

"이것 좀 보렴. 이 게는 저 수조에서 기르던 거야. 그런데 탈피에 실패해 반쯤 허물을 벗은 상태로 수조 구석에 죽어 있어서 표본으로 만들었지."

게가 원통한 모습으로 죽은 이야기를 하는 선생님 입가에 어렴풋이 미소가 걸려 있다.

그러고 보니 이 사람은 언제나 웃고 있다. 수업 중에도, 실험 중에도, 복도에서 마주칠 때도, 시험 감독을 하고 있을 때도. 동물 사체에서 가죽을 벗겨낼 때도 이런 식으로 웃고 있을까.

나는 쓸데없는 상상을 떨쳐내려 입을 열었다.

"선생님, 저희는 도서위원인데요. 이번에 도서신문을 만들게 됐어요."

갑작스러운 내 말에 선생님은 눈을 휘둥그레 떴다가 금세 빙 그레 웃으며 말했다.

"도서신문이라. 꽤 오래전에도 그런 걸 만들지 않았나?"

"알고 계세요?"

"알다마다. 이 학교에 근무하는 건 두 번째거든. 첫 번째 부임은 20년도 더 전이지. 그 신문이 부활하는 거니?"

그렇다면 이야기는 빠르다. 나는 선생님 쪽으로 몸을 돌렸다.

"네, 그 신문에 추천도서를 소개하는 코너를 만들 생각이에요. 소개자가 써준 감상문 옆에 저희 도서위원도 한마디 감상을 덧붙이는 형식으로요."

"그거 재미있겠구나."

"그래서 독서 감상문을 써줄 사람을 찾고 있는데, 선생님께 부탁드려도 될까요?"

후지오가 놀란 얼굴로 나를 봤다. '그래도 돼?' 하고 말하는 듯한 얼굴이지만 딱히 상관없을 것이다. 신문에 실을 글을 꼭 학생이 써야 한다고 정해져 있는 것도 아니다.

선생님 역시 놀랐는지 내 얼굴을 정면으로 바라봤다.

"넌 분명 2학년 6반… 출석번호 2번이지."

거기까지 기억하면서 이름은 모르시는 건지 궁금해하면서 "아라사카예요" 하고 대답했다.

"미안하구나. 수업 중에는 출석번호 순으로 앉으니까 번호랑 얼굴이 함께 떠오르거든. 그래, 후지오도 도서위원이니?"

나는 출석번호로 불렸으면서 후지오의 이름은 기억하고 있었던 모양이다. 갑자기 말을 걸었는데도 후지오는 그다지 놀라지도 않고 말없이 고개를 작게 끄덕였다.

선생님은 턱을 손가락으로 살짝 괴고 잠시 생각하는 시늉을 하더니 나를 돌아봤다.

"아무 책이나 되는 거니?"

"네, 선생님이 재미있게 읽었거나 깊은 인상을 받은 책이라면 아무거나 상관없어요."

"그렇단 말이지."

선생님은 나직하게 말하고선 눈가에 뚜렷한 웃음을 지었다.

"그럼 아베 고보*의「붉은 누에고치」로 하마."

"좋아요. 그럼 나중에 원고용지를 가지고 올 테니까…."

"그 대신 조건이 있다. 먼저 네가 쓴 감상문을 보여다오."

생각지 못한 요구에 말문이 막혔다. 선생님은 그런 나를 내려 다보며 "도서위원이 쓴 감상문도 옆에 싣는 거 맞지?" 하고 짐짓 갸웃거렸다.

"그렇긴 한데, 감상문은 후지오가 쓰기로 되어 있어서…."

"아니, 네가 쓴 감상문을 읽고 싶어."

"저는 독서는 쥐약이라서…."

"그런 사람이 그 이야기에 어떤 감상을 느낄지, 더욱더 흥미가 당기는구나."

가와이 선생님 같은 인물이 또 있다니. 독서를 싫어하는 사람

---

* 본명은 아베 기미후사(1924~1933). 일본문학계 최고 권위의 문학상 중 하나인 아쿠타 가와상, 프랑스 최우수 외국문학상 등을 수상하며 국내외에서 널리 인정받은 작가. 소 설뿐만 아니라 시, 희곡 등 다양한 분야에서 뛰어난 예술적 재능을 발휘했다.

이 쓰는 독서 감상문이 절대 제대로 된 것일 리 없는데.

머뭇거리는 내 앞에서, 선생님은 흰 가운의 주머니에 양손을 넣고 어렴풋이 미소 지었다.

"너도 도서위원이지? 후지오한테만 일을 떠넘기고 자기 일을 대충해버리면 안 돼."

"아… 선생님 그건요, 제가….."

대화를 듣던 후지오가 사정을 설명하려 했지만, 작은 목소리는 복도 저편에서 다가오는 발랄한 목소리에 묻혀 사라져버리고 말았다.

"앗! 히자키 선생님, 이런 데 계셨네!"

"온 학교를 다 뒤졌잖아요!"

현관 입구 쪽에서 여학생 세 명이 다가오더니, 옆에 있던 후지오를 밀어내고 선생님 팔을 붙잡았다. 실내화 색은 노란색. 2학년이다.

"우파루파한테 먹이 줘도 된다고 약속하셨잖아요."

"잊으셨죠? 방과 후에 들르겠다고 말했는데."

세 학생은 나와 후지오에게는 눈길도 주지 않고 선생님을 에워싸다시피 해 복도에 놓인 수조 쪽으로 끌고 갔다. 한 명은 아예 선생님에게 팔짱을 끼고 있었다.

내일모레면 정년인데도 불구하고 히자키 선생님은 여학생들에게 인기가 많다. 실제 나이보다 열 살은 젊어 보이기 때문일까.

그렇다 하더라도 할아버지뻘 선생님인데 좋아하는 이유를 잘 모르겠다.

여학생에게 팔을 붙잡혀 끌려가면서 어깨너머로 나를 보는 선생님과 눈이 마주쳤다. 독서 감상문을 내주기 위한 조건을 바꿀 마음은 없는지 나의 독서 감상문을 기대하겠다는 듯한 눈웃음을 짓는다.

나는 말없이 고개를 끄덕여 인사를 하고 돌아서서 걸음을 뗐다. 곧 후지오가 뒤따라오며 말했다.

"저, 저기, 내가 「붉은 누에고치」 감상문, 몰래 대신 쓸까?"

뒤에 있는 선생님을 의식해서인지 후지오가 목소리를 낮춰 물었다. 순간 흔들렸지만 마음을 고쳐먹고 고개를 가로저었다. 저 사람은 날 지목했다. 바라는 대로 해주지. 반쯤은 한판 붙어보자는 심정으로 생각했다.

솔직히 스스로도 울컥했다는 걸 자각하고 있었다. 하지만 어쩔 수 없다. 히자키 선생님과 나 사이에는 깊은 사연이 있다. 적어도 내 딴에는 그렇게 생각하고 있다.

쏘아보듯 복도 저편을 바라보다가 후지오에게 불쑥 물었다.

"운동장 구석에 소각로 있는 거 알아?"

소각로는 운동장 구석에 있는 체육 창고 뒤편에 있다. 매트나 축구공, 모래주머니 등이 보관되어 있는 창고에는 운동부원들이 자주 드나들지만, 그 뒤에 있는 소각로를 찾는 학생은 드물다.

"그 소각로, 불이 나면 위험하다고 해서 이제 사용하지 않지만, 안을 들여다보면 뼈가 잔뜩 있대."

"뼈, 뼈가?"

"히자키 선생님이 생물실로 모여드는 동물 사체를 한밤중에 몰래 태우는 모양이야."

뒤따라오던 후지오의 발소리가 흐트러졌다. 고꾸라질까 싶어 곧바로 "농담이야" 하고 덧붙였다.

"사체는 안 태우겠지. 방과 후에 사용하는 것 같긴 하지만."

"소각로를 왜…?"

"글쎄, 왤까."

내가 더 알고 싶을 정도다. 느닷없이 이 이야기를 들은 후지오는 더더욱 영문을 모르겠다는 표정이다. 개인적인 이야기에 끌어들이는 건 이쯤 하고 화제를 바꿨다.

"집에 가기 전에 한 군데 더 들러도 돼? 독서 감상문을 써줄 만한 사람이 한 명 더 생각나서."

후지오와 이야기하다 보니 어느새 2층 교무실 앞을 지나 현관 입구까지 왔다. 해가 저물어 밖이 어두웠지만 신문 완성 기일까지 시간이 많지 않다고 생각하니 할 수 있는 일은 미리 해두고 싶었다.

"아, 귀가 시간이 너무 늦으면 위험하려나. 역시 나 혼자…."

"아니야, 나도 같이 갈게. 난 그, 그 정도 일밖에 못 하니까."

내내 뒤에서 걷던 후지오가 드디어 내 옆에 나란히 섰다. 감상문을 부탁할 수 있는 사람이 없는 게 마음에 걸리는지 심각한 표정이다.

하지만 잘 생각해보면 나 때문에 괜히 불똥이 튄 것뿐이지, 후지오에게 신문을 꼭 만들어야 하는 이유 같은 건 없었다. 그런데도 불평 한마디 없는 모습이 괜히 미안해 나는 발걸음을 늦춰 후지오와 나란히 현관 입구 앞에 있는 계단을 올라가며 물었다.

"좀 늦었지만 신문 제작을 맡게 돼서 불만 같은 건 없어? 나는 자업자득인 부분도 있지만 넌 가만있다가 날벼락 맞은 거나 다름없잖아."

후지오는 말없이 계단을 오르면서 고개를 숙이고 안경을 추어올렸다. 곧 3층에 도착하자 가쁜 숨을 내뱉으며, "괜찮아" 하고 중얼거렸는데 지금까지 들은 말 중 가장 알아듣기 어려운 목소리였다.

"가와이 선생님한텐 늘 신세를 지고 있어서 도, 도움이 될 수 있다면 돕고 싶어."

"사서 선생님한테 어떤 신세를 지고 있는데?"

"도서실에 가면 언제든, 아, 아무 말씀도 안 하시고, 계속 있게 해주시거든."

설명을 더 듣고 싶었지만, 무슨 말인지 그럭저럭 짐작이 갔다.

가까운 거리에서 말을 걸었을 뿐인데 눈에 띄게 몸을 움찔거리는 후지오에게, 떠들썩한 교실 분위기는 맞지 않을지도 모른다. 그런 후지오에게 피신처가 되어준 것이 도서실일 터다. 후지오는 위원회 업무 이상으로 선생님에게 보답을 하고 싶어 신문 제작 일을 맡은 측면이 있는 것 같다.

이야기하는 사이 어느새 4층에 도착했다. 4층은 음악실과 미술실, 서예실 등 예체능 수업을 위한 특별실만 있을 뿐, 일반 교실은 없다. 음악실에서 악기 소리가 들려왔다. 브라스 밴드부일까.

음악실 앞을 지나 복도 안쪽에 있는 미술실로 향했다. 복도에 붙은 자화상을 곁눈질하며 미술실 앞까지 와서 보니 불이 꺼져 있었다. 문을 열려 했지만 잠겨 있었다.

미술부 동아리 활동이 있다면 선배도 아직 남아 있을 거라고 생각했는데, 다음에 다시 오는 게 좋을 것 같다.

헛걸음하게 만든 걸 사과하려고 돌아봤는데 뒤따라오던 후지오가 보이지 않았다. 인적 없는 복도로 시선을 옮기자 몇 걸음 떨어진 미술 준비실 앞에 서 있는 후지오의 모습이 눈에 들어왔다. 벽 쪽을 보고 가만히 있길래 왜 그런가 했더니, 후지오는 벽에 기대 세워놓은 롤 캔버스를 응시하고 있었다.

화포를 돌돌 말아놓은 롤 캔버스는 미술부 비품이다. 미술부에서는 비용을 아끼기 위해 부원들이 직접 나무틀에 화포를 쳐서 캔버스를 만들고 있다. 나무틀은 각목으로 네 변을 조립해 한 자의 '입 구(口)' 자 모양으로 만든다. 보강을 위해 살을 덧대 '눈

목(目)'이나 '밭 전(田)' 자 모양으로 만들기도 하지만, 어느 쪽이든 화포를 나무틀에 치고 못으로 박는 일은 상당히 힘든 작업이다.

크라프트지에 싸인 롤 캔버스는 후지오의 키와 맞먹는 길이인데 언뜻 보면 카펫 같았다. 후지오는 포장지에 붙은 설명문을 눈으로 읽고 있었다. 정말 활자가 있으면 읽지 않고는 못 배기는 모양이다.

후지오에게 다가가려는 순간 미술 준비실에서 남학생이 나와 후지오를 발견하고 말을 걸었다.

"미술부 입부 희망자예요?"

남학생의 목소리는 크지 않았지만 갑자기 들려온 말에 크게 놀란 모양인지 후지오는 과장된 몸짓으로 롤 캔버스 뒤로 찰싹 달라붙듯 몸을 숨겼다. 그 모습을 보고 황급히 후지오 곁으로 달려갔다.

"후지오, 괜찮아?"

롤 캔버스 뒤에서 후지오가 주뼛주뼛 얼굴을 내밀었다. 남학생이 고개를 돌려 나를 보자마자 눈을 휘둥그레 떴다. 나는 "오랜만이에요, 미도리카와 선배" 하며 고개를 숙였다.

내가 찾고 있던 미도리카와 아키히토 선배다.

내가 건네는 인사에 "오랜만이다" 하고 대꾸하는 선배의 눈썹 끝이 살짝 내려갔다. 항상 입가에 미소를 머금은 듯한 인상이라 눈썹 끝이 내려가자 난처한 듯이 웃는 얼굴이 됐다.

미술부에는 미도리카와 선배를 왕자라고 부르는 여학생이 제법 있었다. 행동거지가 나긋나긋하고, 어딘지 모르게 기품 있어 보이는 생김새 덕분일 것이다. 피부는 도자기처럼 하얗고 머리카락과 눈동자는 밝은 홍갈색이다. 전체적으로 색소가 연한 외모라 왕자라 부르고 싶은 마음이 드는 것도 이해가 안 되진 않았다.

"어쩐 일이야, 아라사카. 혹시 다시 미술부에 들어올 마음이 생긴 거야?"

"아뇨, 설마요. 미술부는 이제 지긋지긋해요."

어깨를 으쓱하는 나를 보고 선배는 미안하다는 듯한 표정을 지었다.

"미안, 나 때문에. 네 그림은 아직…."

"뭐 괜찮아요, 그런 건. 그것보다 선배, 그 후로 괜찮았어요?"

"난 괜찮아. 신경 쓰지 마."

롤 캔버스 뒤에서 후지오가 어리둥절한 얼굴로 내가 선배와 나누는 대화를 듣고 있었다. 나는 후지오에게 간단하게 선배를 소개했다.

"이쪽은 전 미술부 부장인 미도리카와 선배야. 나도 작년까지 미술부였거든, 지금은 아니지만. 선배는 올해도 미술부에 들어간 거죠?"

"그렇지 뭐" 하고 살짝 고개를 끄덕인 미도리카와 선배는 후지오에게 "만나서 반가워" 하고 말을 걸었다. 사람 손을 타지 않은

강아지에게 말 걸듯 조심스러운 말투라 이번에는 후지오도 무턱
대고 놀라지 않고 턱을 당기듯이 고개를 움직여 인사했다.

이어서 미도리카와 선배에게도 후지오를 소개했다. 나와 같
은 도서위원이라고 하자 선배가 매우 놀란 표정을 지었다.

"아라사카, 도서위원이 된 거야? 전에 내가 소설책 빌려주려
했을 때 책은 안 좋아한다고 거절하지 않았어?"

"그렇긴 한데 특별히 하고 싶은 동아리도 없었고, 위원회라면
도서위원이 제일 편하지 않을까 해서요."

우리 학교에는 동아리나 위원회 활동 중 어느 하나에 반드시 참
여해야 하는 교칙이 있다. 미술부 말고는 관심 가는 동아리가 딱히
없었기 때문에, 위원회 중 일이 가장 편해 보이는 데로 고를 심산
으로 고민 끝에 도서위원을 선택했다. 그 결과 이런 성가시기 짝
이 없는 일을 떠맡게 됐지만.

별다른 뜻 없이 사실 그대로 말했는데, 특별히 하고 싶은 동아
리가 없었다는 얘기를 듣고 미도리카와 선배 얼굴에 자책감에
사로잡힌 듯한 표정이 떠올랐다.

"정말, 미안해. 나 때문에…."

"그러지 마요, 선배 때문이 아니니까."

사과를 거듭하는 선배를 보고 후지오가 의아하다는 듯한 표정
을 지었지만 설명은 나중 일이다. 나는 곧바로 도서신문에 실을
감상문을 써줄 수 없겠느냐고 선배에게 물었다. 전에 나한테 미

술을 소재로 한 미스터리 소설을 추천해준 적이 있을 정도니까 선배도 평소에 책을 즐겨 읽는 게 분명했다.

짐작대로 선배는 딱히 고민하지도 않고 "좋아" 하고 승낙했다.

"감상문을 쓰면 되는 거지?"

"네, A4 사이즈 종이의 절반 정도 채워주면 돼요. 나중에 원고 용지도 가지고 올게요."

"그래, 그럼 주말 전까지 준비해둘 테니까 교실로 가지러 와줄 래?"

"그렇게 빨리요? 우와, 덕분에 한숨 돌리겠어요. 고마워요!"

고개를 깊이 숙이자 선배는 "대단한 것도 아닌데 뭘" 하고 웃 었다. 그러더니 복도에 놓인 롤 캔버스를 안아 올려 미술 준비실 로 옮겨 넣으면서 나를 돌아보고 말했다.

"아라사카, 정말 언제든지 미술부로 돌아와도 되는 거 알지?"

진지한 얼굴로 그렇게 말하는 선배를 향해 나는 어깨를 으쓱 했다.

"그렇게 말해주는 건 고맙지만, 미술실이 아니어도 그림은 그 릴 수 있으니까요."

"그림 그리는 것 자체가 싫어진 건 아니지?"

"물론이죠."

"그럼 내킬 때 가끔 놀러 오기라도 해. 기다릴 테니까."

선배가 희미한 미소를 지으며 말하고는 다시 미술 준비실로 들어갔다.

내가 탈퇴하고 나서 미도리카와 선배가 미술부에서 어떻게 지내는지 걱정이었는데, 전과 다름없어 보여 마음이 놓였다. 독서 감상문도 수월하게 준비될 것 같아 어깨에 지고 있던 짐 하나를 내려놓은 기분이었다.

"두 번째 감상문도 확보할 수 있을 것 같고…. 그럼 이만 갈까."

"어, 응…."

내가 계단을 내려가기 시작하자 후지오도 말없이 나란히 걸었다. 그런데 뭔가 할 말이 있는 듯한 시선이 따끔따끔 뺨을 찌른다. 곁눈으로 흘깃 보니 후지오는 하고 싶은 말이라도 있는 듯 입을 약간씩 움직이면서도 목소리는 나오지 않는다. 신경이 쓰여서 "왜?" 하고 운을 띄워주자 그제야 후지오가 입을 열었다.

"저기, 미도리카와 선배는 무슨 일로 너한테 그렇게 사과한 거야?"

"별일은 아니야. 작년에 내가 그린 그림이 미술실에서 사라졌거든. 누가 빼돌렸는지는 결국 밝혀지지 않았어. 그런데 선배는 자기가 열쇠 관리를 소홀히 한 탓이라고 아직도 자책하고 있어. 선배 탓이 아닌데."

"그림은, 아직 못 찾은 거야?"

"응. 그림 한두 장쯤이야 아무래도 상관없는데."

나는 그림을 그리는 행위를 즐길 뿐 완성한 그림 자체에는 흥미가 없다. 그래서 겨우 그림 한 장이 사라진 일이 큰 문제라 여기지 않았는데 다른 부원들이 당시 미술부 부장이었던 미도리카와 선배의 책임을 과할 정도로 추궁해대는 게 진절머리가 나서 미술부를 탈퇴했다. 그게 작년 말의 일이다.

계단을 다 내려와 현관 입구에 서서 바지 주머니에서 스마트폰을 꺼냈다. 대기화면에 두둥실 떠오른 숫자는 주황색. 오후 6시 반이다.

"미안, 너무 늦었다. 자전거로 왔어? 아니면 전철?"

"저, 전철."

"그럼 역까지 같이 가자."

후지오는 당황한 듯이 버벅거리다가 결국 아무 말도 하지 않고 고개를 숙였다. 나한테 미안하다는 건지 같이 하교하기 싫다는 건지 판단하기 힘든 반응이다.

현관 입구를 나와 벽돌색 계단을 내려갔다. 우리 학교는 완만하게 경사진 곳에 세워져 있기 때문에 현관 입구가 2층에 있다.

후지오와 별다른 대화도 없이 교문을 나섰을 때 뒤에서 "아라사카!" 하고 나를 부르는 목소리가 들렸다.

학교 건물 옆에 있는 자전거 보관소에서 튀어나온 자전거가 후지오와 나를 추월하더니 두어 발자국 떨어진 곳에서 급브레이크를 잡고 멈춰 섰다. 자전거를 탄 채 이쪽을 돌아본 사람은 같은 반인 야에가시 도오루다.

야에가시는 한쪽 손으로 빡빡머리를 슬쩍 매만지면서 나뿐만 아니라 후지오에게도 친근한 웃음을 보였다. 머리 때문에 언뜻 보면 야구부 같지만 사실 야에가시는 탁구부다. 탁구부는 두발 규정 같은 건 없는데 아침마다 까치집이 된 머리를 손질하는 게 성가시다는 이유로 야에가시는 머리를 빡빡 밀었다. 별로 궁금하지 않은 정보였지만, 야에가시와는 1학년 때도 같은 반이었기 때문에 어쩔 수 없이 귀에 들어오고 말았다.

"아라사카, 이제 가는 거야? 동아리 때문에?"

"위원회. 맞다, 야에가시 너도 독서 감상문 써줄래?"

야에가시는 안장에 걸터앉은 채로 지면을 차더니, "뭔데, 독서 감상문이라니" 하고 고개를 갸웃거렸다.

"도서위원회에서 만드는 도서신문에 실을 거야. 나 도와주는 셈 치고 하나만 써주라."

히자키 선생님, 미도리카와 선배에 이어 세 번이나 같은 설명을 하는 게 귀찮아서 대강 말했는데 야에가시는 자세히 묻지도 않고 "맞아" 하고 하늘을 올려다봤다.

"전에 까먹고 지갑 안 가지고 왔을 때 아라사카가 500엔을 준 적이 있으니까."

"준 거 아니거든. 빌려준 거지. 이제 그만 갚으시지."

"받았으니 은혜는 갚아야겠지."

"준 거 아니라고 했다. 이자까지 쳐서 갚아."

아에가시는 핸들에 팔을 올리고 "떼어먹으려 했는데 실패인가" 하고 웃었다. 넉살도 좋다.

"감상문은 아무 책이나 괜찮아? 「무희」 같은 것도?"

"「무희」는 현대국어 수업에서 하는 거잖아."

두말하면 입 아픈 모리 오가이*다. 전국에 있는 고등학생 대부분이 교과서로 읽지 않았을까. 주인공은 일본인 유학생, 도요타로. 법학 공부를 위해 독일 유학길에 오른 도요타로가 현지에서 엘리제라는 소녀를 만나는 것이 이 작품의 주요 줄거리다. 나 역시 새 학기 첫 수업 때 두 사람이 만나는 장면까지 읽기는 했지만 문장이 현대국어라기보다 고전문학에 가까운 문장이라 문장에 담긴 뜻을 파악하기가 힘들었다.

왜 하필 그렇게 읽기도 어려운 책으로 감상문을 쓰겠다는 건지 의아해하자, 아에가시는 한쪽 손을 가슴에 대고 과장된 표정으로 눈을 감았다.

"난 지금, 그 이야기에 무지하게 감정이입을 한 상태거든. 감상 같은 건 눈 감고도 쓸 수 있을 것 같아."

---

* 본명은 모리 린타로(1862~1922). 일본 근대문학의 창시자라 불린다. 도쿄대 의학부를 졸업하고 일본 육군 군의관으로 일하던 중 독일 유학길에 오른다. 독일에서 서구의 합리주의 정신을 접하고, 의학을 연구하는 동시에 서양 철학과 문학에서도 큰 영향을 받았다. 귀국 후 1890년에 발표한 「무희」는 그의 첫 소설로, 독일 유학 체험을 모티브로 쓴 작품이다. 이후 일본 근대문학의 출발을 알리는 작품으로 평가되었다.

"그럼 내일이라도 감상문 가지고 와줘."

"그건 무리야. 이야기 결말을 모르거든. 수업에서 배운 데까지밖에 안 읽었어."

"수업에서 배운 데라면 겨우 엘리제가 등장한 시점이잖아? 수업 때 해설해주기를 기다릴 것 없이, 예습한다 치고 전부 읽으면 되잖아. 그러면 감상문도 금세 쓸 수 있을 거고."

"무리야, 난 지금 바빠. 여자친구랑 방과 후에 스터디 한단 말이야."

"여자친구?"

생각지도 못한 말에 반응을 보이자 야에가시가 보란 듯 한쪽 손으로 자기 입을 막았다.

"이거 참, 아직 정식으로 사귀는 게 아니긴 한데 말이야! 왜, 궁금해? 실은 말이지!"

"별로 듣고 싶진 않아. 그럼 감상문 부탁한다."

마침 갈림길에 다다라 나는 역 쪽으로 걸으며 손을 흔들었다. 역 반대 방향으로 집에 가는 야에가시는, "내일 얘기해줄게! 내일은 꼭 들어야 된다!" 하고 크게 소리치고는 자전거 페달을 밟는 발에 힘을 줬다.

야에가시와 헤어지자 반걸음 뒤에서 존재감 없이 따라오던 후지오가 작게 숨을 내쉬는 소리가 들렸다. 후지오는 목소리가 큰 사람을 상대하기가 버거운 모양이다. 나는 후지오가 놀라지 않도록 작게 헛기침을 해서 주의를 내 쪽으로 향하게 한 다음 말했다.

"의외로 간단히 세 사람 몫의 감상문이 준비될 것 같아. 다행이다."

후지오는 시선을 비스듬히 떨어뜨리고 고개를 살짝 끄덕였다. 그러고는 내게 물었다.

"그, 그런데, 히자키 선생님의 감상문은 어떻게 하지…?"

"아… 그건 아무래도 내가 먼저 감상문을 쓰는 수밖에 없겠지. 뭐랬지, 선생님이 말한 책 제목."

"「붉은 누에고치」야."

"처음 듣는 제목인데 유명한 책이야?"

별생각 없이 질문한 순간, 그때까지 작은 보폭으로 내 뒤를 따라오던 후지오가 성큼 다가왔다.

"유명해. 아베 고보 작품인데, 몰라?"

후지오의 목소리가 커졌다. 아까까지는 꽉 잠그지 않은 수도꼭지에서 똑, 똑 하고 물방울이 떨어지는 것 같은 작은 목소리로 중얼거렸다면, 지금은 갑자기 수도꼭지를 최대로 틀어놓은 듯 우렁찼다. 이어서 내가 "모르는데" 하고 대답하기가 무섭게, 수도꼭지가 아니라 온천에 있는 온수기에서 온수가 쏟아지는 기세로 단숨에 말을 토해냈다.

"아베 고보는 전쟁 후 복구기에 두각을 나타낸 전후파 작가야. 유명한 작품으로는 『모래의 여자』와 『상자인간』이 있어. 물론

『타인의 얼굴』도 명작이지만…. 꼽자면 끝이 없어. 개인적으로는 『불타버린 지도』도 좋아해. 실종 삼부작 중 하나야."

"어, 으응?"

후지오의 빠른 말에 놀라 대답도, 헛기침도 아닌 이상한 소리가 나왔다. 후지오는 내 반응 같은 건 아랑곳하지 않고 점점 목소리를 키웠다.

"하지만 아베 고보 하면 역시 『모래의 여자』지. 이 작품으로 요미우리 문학상을 받았어. 해외에서도 좋은 평가를 받았는데, 프랑스에서는 최우수 외국문학상을 수상하기까지 했거든. 나도 좋아하는 작품이야. 읽고 있으면 입안이 까끌거리는 것 같달까? 옷깃이나 양말 안으로 자잘한 모래가 파고드는 것 같아서 어쩐지 불안한 마음이 들어. 이야기 자체가 가진 으스스함 때문인지도 모르지만."

"그런 이야기구나…."

"아베 고보는 만년에 노벨문학상 후보로 거론될 정도로 국내외에서 평가가 높아. 극작가이자 연출가이기도 한데, 그의 무대연출 역시 해외에서 높은 평가를 받았어. 나도 그분이 연출하는 무대를 보고 싶은데, 60대라는 젊은 나이에 세상을 떠나서 안타까워."

"그, 그래?"

"작풍도 복잡해. 환상문학으로도 해석되기도 하고, 메타픽션으로도 전위문학으로도 볼 수 있어. 실험적인 작품도 많지. 글자만으로 독자를 쥐었다 폈다 하는 사람이 무대 위에서 대체 어떤 식으로 자신의 작품을 표현했을지 정말 궁금해. 내가 수십 년만 일찍 태어났더라면 하는 생각을 안 할 수가 없어."

"그, 그렇구나. 근데 있잖아…"

"맞다, 「붉은 누에고치」였지. 「붉은 누에고치」는 다 읽는 데 10분도 안 걸리는 단편소설이지만, 체감 독서 시간은 길게 느껴질지도 몰라. 머릿속에서 곱씹는 데 시간이 걸릴 수도 있거든. 간단히 설명하면 말이지, 주인공은 집이 없는 남자야. 그런데 다른 사람들은 다들 집을 가지고 있으니까 자기한테도 있겠거니 하고 집을 찾아 헤매. 남의 집에 들어가려다 쫓겨나고, 공원에서 쉬고 있다가 경관에게 내쫓기고 마지막에는 주인공의 몸이 실처럼 스르르 풀려나가 붉은 누에고치가 되고 결국 한 아이의 장난감 상자에 들어가게 돼."

"응? 뭐, 뭐라고?"

"추상적인 내용이지. 혹은 우화적이랄까. 여러 가지 시사하는 바가 많은 이야기야. 하지만 난 순수하게, 붉은 누에고치라는 아름다운 모티브에 심취하는 것만으로도 이 작품은 충분히 감상할 가치가 있다고 생각해. 맞아, 일종의 시 같은…."

"자, 잠깐, 잠깐만!"

조금 큰 목소리로 후지오의 말을 끊자, 신나게 떠들던 후지오가 깜짝 놀라며 정신을 차린 듯한 표정을 지었다. 내 얼굴을 보고 눈을 깜빡이더니 갑자기 겁에 질린 듯 기어들어가는 목소리로 "미안해…" 하고 말했다. 마치 호된 꾸지람을 들은 아이처럼 몸을 움츠리며 내 안색을 살피길래 나는 황급히 목소리 톤을 낮췄다.

"미안, 갑자기 큰 목소리를 내서. 화난 게 아니야. 그냥 좀 놀라서."

벌벌 떨면서 나를 올려다보는 후지오의 얼굴을 가만히 들여다봤다.

"너 의외로 말이 많구나?"

"미… 미안해."

"아니 뭐, 전혀 상관은 없는데."

후지오의 표정과 말투가 급변해서 놀랐던 것뿐이다. 말을 하는 동안 후지오는 눈이 반짝반짝하고 얼굴에 홍조가 감돌아 왠지 다른 사람처럼 보였다.

후지오는 붉게 물든 뺨에 한쪽 손을 갖다 대고 고개를 숙인 채 나직하게 말했다.

"책 이야기만 나오면 나도 모르게 정신없이 떠들게 돼서… 미안해."

"진짜 괜찮다니까."

이렇게 고개를 떨구고 말을 할 바에야 아까처럼 정신없이 빠르게 말을 쏟아내주는 편이 오히려 훨씬 낫다. 책 이야기를 하는 후지오의 목소리는 평소보다 한 단계 높아서 듣는 내내 빛줄기가 사정없이 쏟아져 내리며 때리는 듯한 기분이 들었다. 놀라긴 했지만 불쾌하지는 않았다.

하지만 나는 이런 내 기분을 말로 표현하는 게 서투르고, 말을 한다 해도 주위 사람이 이해를 못 하는 경우가 많다. 그걸 알기에 입을 닫았더니 후지오도 입을 딱 다물어버렸다. 밤공기에 울려 퍼지는 두 사람의 발소리는 리듬이 제각각이라 다음 대화를 시작할 타이밍도 잡지 못했다.

이런 호흡으로 기한까지 도서신문을 완성할 수 있을까. 가와이 선생님 말대로 후지오는 책에 관한 지식이나 관심이 남다른 듯하지만 너무 소극적이라 의사소통이 어려웠다. 물론 책 이야기가 나오면 거침없이 말하지만 그럴 때는 후지오의 열변에 내가 따라가기 버거웠다.

이런 두 사람이 명맥이 뚝 끊긴 도서신문을 부활시켜야 한다니 앞날이 막막했다. 솔직히 내팽개쳐버리고 싶지만 그럴 수는 없다. 앞으로의 방과 후 시간이 걸려 있다.

일단은 후지오와 제대로 된 대화를 하는 게 먼저였다. 파이팅하자고 말을 걸 생각으로 뒤를 돌아보자 후지오가 불안하게 등을 움츠리고 반걸음 뒤에서 걷고 있었다. 내가 돌아본 걸 아는지 모르는지 고개를 들 생각도 없어 보였다.

시선도 마주치지 않는 후지오를 보고 역시 앞날이 막막하다는 생각이 들어 나는 한숨을 삼켰다.

Chapter 1

야에가시의
러브레터

도서신문 제작의 가장 큰 난관이던 독서 감상문을 써줄 사람을 일찌감치 찾아내 마음이 놓인 탓인지 금요일까지 신문과 관련된 일에 거의 손을 대지 않았다. 한 거라고는 미도리카와 선배와 야에가시에게 A4 절반 크기의 원고용지를 건네주고, 그 틀 안에 들어가도록 감상문을 써달라고 다시 한번 부탁한 정도다. 이제와 생각해보면 마음이 너무 해이해졌다고밖에 생각할 수 없다.

금요일은 아침부터 비가 와서 점심시간을 맞이한 교실의 인구 밀도가 평소에 비해 높았다.

미도리카와 선배가 주말 전까지 감상문을 준비해두겠다고 했기 때문에 매점에 빵을 사러 가는 김에 받아 오려고 자리에서 일어났다. 학생들이 정신없이 드나드는 교실 문을 나서려는데 후지오가 보였다.

후지오는 도시락을 한쪽 손에 들고 고개를 푹 숙인 채 어딘가로 가려는 모습이었다. 이름을 부르자 유난스러울 정도로 어깨를 들썩하고 몹시 경계하는 모습으로 돌아본 후지오는 "지금 미도리카와 선배한테 감상문 받으러 갔다 오려고"라는 내 말을 듣고는 곧바로 표정이 달라졌다.

"그럼 나도 갈게."

"원고만 받으면 되니까 나 혼자서도…."

"아니, 나, 나도 도서위원이니까. 선배가 쓴 감상문 내용도 궁금하고."

따라오겠다는 걸 딱히 거절할 이유도 없어 같이 미도리카와 선배가 있는 교실로 향했다.

3학년 교실은 1층이다. 미도리카와 선배가 있는 1반 교실을 들여다보다가 같은 반 친구와 도시락을 먹고 있는 선배를 발견했다. 선배가 나를 알아보고 이내 복도로 나왔다.

"신문에 실을 감상문 때문에 왔지? 준비해뒀어."

"고마워요. 덕분에 살았어요."

선배가 내민 원고용지에는 또박또박 쓴 글자가 빼곡하게 들어차 있었다. 완벽하다. 이 정도 글자 크기라면 인쇄해도 뭉개지지 않을 것 같다.

한 번 더 고맙다는 말을 하고 그 자리를 떠나려는데, 옆에서 후지오가 고개를 내밀었다. 내 소매에 턱 끝이 닿을 정도로 가까이 얼굴을 붙이고는 선배가 준 원고에서 눈을 떼지 않는다.

나중에 읽으라는 말을 할 틈도 없이 순식간에 감상문을 다 읽은 모양인지 후지오가 고개를 들어 선배 얼굴을 보고 말했다.

"어째서 책 제목이 안 적혀 있는 거죠?"

그 말에 나도 감상문으로 시선을 떨어뜨렸다. 확실히 글 첫머리에 제목이 적혀 있지 않았다.

"무슨 책이에요?"

"비밀."

그 순간 책 제목이 '비밀'인 줄 알았다가, 선배가 웃고 있어서 농담이라고 생각하고 함께 웃었다. 하지만 선배는 미소만 지을 뿐 책 제목을 말하지 않았다.

표정이 굳은 나를 보고 선배는 눈가에서 웃음을 거뒀다.

"**맞춰 봐. 정확한 제목을 알아낸다면**, 그 원고를 신문에 실어도 돼."

허, 하고 작은 목소리가 새어나오고 말았다.

"그럼 만약에 제목을 못 알아내면⋯."

"당연히 못 싣는 거 아니겠어? 책 제목을 모르는 감상문을 독서 감상문이라고 부를 순 없으니까."

선배가 홍갈색 눈을 가느다랗게 뜨고 웃는다. 입가에는 미소가 달려 있는데, 목소리는 매몰찰 정도로 차가워서 당황스러웠다.

대체 무슨 일일까. 감상문 이야기를 꺼냈을 땐 오히려 적극적으로 협조해줬으면서, 갑자기 태도를 백팔십도 뒤집은 의중을 알수가 없다. 내가 선배를 화나게 할 만한 행동이라도 한 걸까.

"그럼 잘 읽어봐."

선배는 우두커니 선 내게 빙그레 웃으며 마지막 말을 남기고 몸을 돌려 교실 안으로 사라졌다.

선배와 헤어진 후 곧바로 매점으로 향했지만 끼니를 채울 만한 빵은 남아 있지 않았다. 빵을 고를 기력도 없어서 그냥 팥빵 두 개를 샀다. 어쩌다 보니 함께 매점까지 따라온 후지오가 사서실에서 점심을 먹는다고 해서 나도 같이 도서실로 향했다.

도서실 카운터에는 1학년 도서위원이 한 명 앉아 있었다. 카운터 안쪽에 있는 사서실에서는 나머지 도서위원이 6인용 테이블에서 도시락을 먹고 있었다. 점심시간에 카운터 당번을 맡은 사람은 이렇게 사서실에서 순서대로 도시락을 먹는 모양이다.

가와이 선생님은 보이지 않았다. 나와 후지오는 1학년들과 조금 떨어진 의자에 앉았다. 테이블에 빵과 도시락과 선배한테 받은 원고를 내려놓자, 나도 모르게 입술 사이로 한숨이 새어 나왔다.

"선배가 이런 수수께끼 같은 걸 마련해봤을 줄이야."

가장 수월하게 원고를 받을 수 있으리라고 믿은 만큼 실망이 컸다. 선배가 태도를 갑자기 바꾼 이유를 도무지 짐작할 수 없다고 생각하면서 고개를 떨구고 팥빵 봉지를 뜯었다.

후지오는 테이블에 도시락을 펼치고 말없이 반찬을 오물거리며 선배에게 받은 원고를 읽고 있었다. 한 줄기 희망을 걸고 "무슨 책인지 알겠어?" 하고 물어봤지만 후지오도 심각한 얼굴로 고개를 갸웃거렸다.

"모르겠어…. 알 수 있는 건 주인공이 과거에 저지른 자신의 죄를 후회하고 있다는 것 정도야. 하지만 그런 이야기는 산더미처럼 많아서."

방울토마토를 입에 넣어 한쪽 볼이 불룩하게 튀어나온 후지오가 원고를 소리 내 읽었다.

"'지금이라면 주인공의 심정을 잘 알 것 같다. 죄는 지울 수 없다. 어른이 되어서는 물론, 평생 자신이 한 짓을 잊지 못할 것이다. 자신의 행동을 후회하고, 부끄러워하고, 더는 순수하게 취미에 몰두하지도 못할 게 분명하다. 옛날에 읽었을 땐 지루하다는 생각밖에 안 들었는데, 다시 읽어보니 주인공의 행동에 내 비열함이 겹쳐 보여 다시 읽는 게 괴로울 정도였다. 이 책을 읽는 것은 내게 있어 자해 행위와 비슷하다.' 이 부분만 읽어도 주인공이 뭔가 돌이킬 수 없는 짓을 했다는 걸 알 수 있어."

후지오가 읽어준 문장이 너무나 음울해서 정말 미도리카와 선배가 쓴 것인지 의심스러웠다. 선배는 언제나 웃는 얼굴이고, 대범하며, 뭔가 실수를 하더라도 긍정적으로 대처하는 타입이라 생각했는데, 자해 행위라는 말이 튀어나와 흠칫했다.

"책을 읽는 게 자해 행위라니, 무슨 말일까."

팥빵을 입으로 가져가면서 중얼거리자 후지오는 신기하다는 듯한 얼굴로 "말 그대로의 의미 아닐까?"라고 말했다. 책에 얽힌 이야기를 하고 있기 때문인지 매끄러운 말투에 성량도 컸다.

"주인공과 자신을 동일시하고 그 심경을 몇 번이고 추체험하는 거야. 어쩌면 선배는 주인공이 저지른 죄와 비슷한 행동을 과거에 한 건지도 몰라. 그래서 책을 읽으면 그 당시가 떠올라 견디기 힘든 심정을 느끼는 거지."

"미도리카와 선배가 죄를 저질렀다라…."

동화에 등장하는 왕자님 같은 얼굴을 한 미도리카와 선배가? 어떤 죄일지 상상도 가지 않았다.

고개를 갸웃거리다가 후지오가 나를 유심히 보고 있다는 걸 깨달았다. 후지오는 젓가락질을 멈추고, 뭔가 하고 싶은 말이 있다는 듯 눈을 연신 깜박였다. 왜 그러느냐고 묻자 후지오는 말하기 몹시 껄끄럽다는 듯이 머뭇거리며 입을 열었다.

"난 선배에 대해 잘 모르지만… 전에 아라사카가 그린 그림이 미술실에서 사라졌다는 이야기를 했잖아. 혹시 선배는, 그 일에 죄의식을 느끼고 있는 게…."

나는 후지오의 얼굴을 보며 "설마" 하고 대답했다.

"그건 선배 탓이 아니야. 그런 일에 죄책감을 느낄 필요도 없고."

"하지만 당시 미도리카와 선배는 미술부 부장이었다면서? 열쇠 관리도 선배가 했고. 독서 감상문을 의뢰했을 때도 정말 미안하다는 듯이 아라사카한테 사과했어."

후지오 말대로 선배는 아직도 사라진 내 그림 때문에 끙끙 앓고 있는 것 같았다. 내가 여러 번 선배 탓이 아니라고 말을 해도 들으려 하지 않았다.

"그렇다 하더라도 이렇게까지 강한 죄책감을 느낄 일은 아니잖아. 선배가 그림을 어떻게 한 장본인도 아니고."

"아니야…?"

한숨을 내쉬는 듯 아주 작은 목소리로 후지오가 말했다. 얼굴에 서린 긴장감을 보니 뭔가 착각을 하는 게 분명했다. 나는 후지오의 눈을 똑바로 마주하고 "아니야" 하고 딱 잘라 말했다.

"단언하는데, 선배는 안 그랬어."

흔들림 없는 내 말투에 기가 꺾였는지 후지오가 머뭇머뭇 눈을 아래로 내렸다.

누가 뭐라고 해도 나만큼은 단언할 수 있다. 그림이 사라진 건 선배 탓이 아니다. 나는 그걸 알고 있다.

납득을 한 건지, 아니면 자기주장을 밀어붙이는 게 익숙하지 않은 건지 몰라도 후지오는 "그렇구나…"라고 중얼거렸고, 그 말을 마지막으로 미도리카와 선배를 의심하는 듯한 말을 더는 하지 않았다.

미도리카와 선배가 읽은 책의 제목을 생각하는 건 후지오한테 맡기기로 하고, 나는 히자키 선생님이 내건 조건을 해치우기 위해 점심 식사를 마치고 도서실에서 「붉은 누에고치」를 찾았다.

후지오 말로는 「붉은 누에고치」는 『벽』이라는 제목의 단편집에 수록되어 있는 모양이다. 문고본 코너를 이리 갔다 저리 갔다 하다가 '아' 행 작가 서가에서 『벽』을 발견했다. 대체 언제 구입했는지 가늠조차 안 될 정도로 낡은 책을 손에 들고 근처 테이블에 엉덩이를 붙이고 앉았다.

점심시간을 맞은 도서실에는 사람이 많지 않았다. 실내에는 긴 테이블이 여러 개 놓여 있지만, 나 말고는 남학생과 여학생을 다 합쳐서 세 명뿐이다.

나는 창가 자리에서 책을 펼쳤다. 전에 후지오가 말했던 대로, 「붉은 누에고치」는 불과 몇 페이지밖에 되지 않는 짧은 소설이었다.

바지 주머니에서 스마트폰을 꺼냈다. 예비종이 울리기까지 아직 10분이 남았다. 10분이면 충분하리라 생각하고 「붉은 누에고치」의 첫 행으로 눈을 돌렸다.

도서실은 교실의 소란스러움이 거짓말인 것처럼 쥐 죽은 듯 고요해 책장을 넘기는 어렴풋한 소리마저 똑똑히 떠오른다. 대낮인데도 창밖은 어둑어둑했고 아침부터 이어진 비가 그칠 줄 몰랐다. 형광등이 페이지 표면을 하얗게 비춰 눈이 부실 정도다.

내용은 후지오가 말한 대로였다. 집이 없는 남자가 자기 집을 찾고 있다.

타닥타닥 비가 창문을 때리는 소리가 귀를 찌르고, 분명 다 읽은 행을 다시 읽고 있다. 오늘 빗방울 소리는 유난히 딱딱하다. 눈을 깜박일 때마다 책장이 하얗게 빛난다.

갑자기 소설 속의 남자가 화를 냈다. 화를 낸다기보다 동요하고 있는 걸까. 남의 집에 들어가려다가 집주인에게 거부당한 모양이다. 다시 거리를 헤매며 걷기 시작한다.

눈은 이야기를 좇고 있는데 귀는 빗소리를 좇고 만다. 딱딱한 빗소리는 마치 별사탕이 유리를 때리는 소리 같다. 연하늘색, 레몬색. 눈을 깜박일 때마다 눈꺼풀 뒤에서 색이 터진다.

남자가 공원으로 갔다. 자기 손톱을 보고 있다.

그 대목에서 도저히 글자에 집중할 수 없을 만큼 빗소리가 크게 들려 한쪽 귀에 손가락을 찔러 넣어 소리를 막았지만, 이번에는 심장 소리가 방해해서 시선이 글자 위를 미끄러져 지나간다.

몇 번인가 그러기를 반복하다 포기하고 책을 덮었다.

귀를 막고 있던 손가락을 뺐다. 고작 몇 분 동안 글자를 읽었을 뿐인데도 몹시 피곤했다. 원래부터 독서는 쥐약이긴 한데 비 오는 날은 특히 더 집중이 안 된다. 빗소리가 귀를 찔러대는 통에 산만해진다.

책을 옆으로 밀어놓고 스마트폰의 페인트 어플을 열었다. 잡음 때문에 마음이 흐트러졌을 때는 뭐든 좋으니 그림을 그리면 마음이 진정된다.

하얀 화면에다 손가락으로 그림을 그리고 있으니 점심 식사를 마친 후지오가 사서실에서 나왔다. 나는 얼굴을 들고 테이블 귀퉁이로 밀어둔 책을 들어 올려서 후지오에게 보여줬다.

"책, 찾았어."

"어, 어땠어?"

"아직 다 읽은 건 아닌데 주인공이 무슨 생각을 하고 행동하는지 잘 모르겠어."

짧게 대답하면서 스마트폰 화면에 대고 손가락을 놀렸다. 후지오가 스마트폰에 그려진 그림을 보더니 "와아" 하고 짧게 탄성을 질렀다.

"그거, 무슨 그림이야? 예쁘다."

"「붉은 누에고치」의 일러스트."

명주실을 겹쳐놓은 듯이 가느다란 선으로 그리고 있던 것은 책에 등장하는 누에고치였다. 원통형으로 그린 누에고치에는 페이즐리 패턴 같은 적당한 무늬를 그려 넣었다.

하지만 후지오는 그게 누에고치라고는 상상도 하지 못했는지 당황한 얼굴로 나를 보고 물었다.

"저기, 난 틀림없이 호수나 그런 건 줄 알았는데…. 그거, 누에고치 맞지?"

"응, 누에고치야."

나는 말을 하는 와중에도 멈추지 않고 손을 움직여 파란 누에고치를 그렸다. 회색과 하늘색의 중간쯤 되는 색으로 모양을 잡고 군청색 선을 덧대 무늬를 넣는다.

얼추 완성되었을 때 삭제 버튼을 눌러 그림을 지웠다. 저장할 만한 건 아니다 싶었는데 후지오는 "앗!" 하고 소리를 지르며 당황한 듯이 입을 가렸다.

아깝다, 라고 말하고 싶은 듯한 후지오에게 스마트폰을 내밀었다.

"너라면 어떤 그림을 그릴 거야?"

"「붉은 누에고치」의 일러스트, 말이야?"

후지오는 조심스레 손가락을 뻗어 익숙지 않은 손놀림으로 화면 중앙에 붉은 타원을 그렸다.

"이럴 것, 같은데. 붉은 누에고치니까…."

역시 그런가. 이해가 되기는 하지만 나는 「붉은 누에고치」 이야기에서 파란 누에고치가 떠오르고 만다는 점에서 다른 사람과 감각이 좀 다르다. 책을 읽어도 이렇게 반전된 이미지를 품기 십상이라 독서 감상문은 내키지 않는다.

"일단 내용은 알겠어. 의미는 전혀 모르겠지만."

"어느 대목이? 마지막 장면이?"

책 이야기가 나오면 후지오의 어조는 안정된다. 반대로 내 말꼬리는 힘없이 늘어져 한숨에 녹아들었다.

"전부 다 읽진 않았는데, 마지막엔 어떻게 돼?"

"주인공의 몸이 실처럼 풀려 나가서 결국 텅 빈 누에고치가 되고, 역무원이 그걸 주워서 아들 장난감 상자에 보관해."

"그렇구나. 읽어도 모를 것 같네."

첫머리부터 도무지 이해가 가지 않았다. 주인공은 등장한 순간부터 집이 없고, 게다가 왜 집이 없는지 그 이유는 언급하지 않은 채 터덜터덜 정처 없이 거리를 배회한다. 정보가 없어도 너무 없지 않나.

"이 이야기의 감상 말인데, '의미 불명' 말고 다른 게 있을 수 있어?"

투덜거리듯 내뱉고 나서 팔짱을 낀 채 끙끙대고 있으니 후지오가 조심스레 말했다.

"그렇게 어려우면 히자키 선생님 말고 다른 사람한테 감상문을 부탁하면 어때? 학생이 아니라 선생님한테 부탁하고 싶다면 히자키 선생님 말고도 얼마든지…."

"아니, 히자키 선생님이어야 해. 이건 좀처럼 없는 기회이기도 하고, 그 선생님이 이런 영문 모를 이야기에 어떤 감상을 품는지 알고 싶어."

그렇다. 그걸 안다 해도 뭐가 어떻게 되는 건 아니지만 속내를 엿보고 싶다.

선생님은 언제나 온화하게 웃으며 어느 학생이든 차별 없이 대하는 것처럼 보이지만 정말 그럴까. 웃음 띤 얼굴 뒤로 특정 학생에게만 악의를 드러내는 일은 없을까.

한밤중 운동장 한구석 어둠 속에서 붉게 떠올랐던 히자키 선생님의 뒷모습이 생각났다.

"어째서 그렇게, 히자키 선생님한테 집착하는 거야…?"

후지오가 떨리는 한숨과 함께 물었다. 아마 교실에 있었다면 다른 사람 귀에는 들리지 않았을 가냘픈 목소리였다. 사람이 적은 도서실에서조차 간신히 알아들은 그 물음에 나는 대답이 아닌 질문으로 대꾸했다.

"히자키 선생님, 정체를 알 수 없는 구석이 있지 않아?"

"그, 그, 그래?"

"생물실로 걸핏하면 실려 오는 생물 사체를 아무 의문도 없이 박제하거나 포르말린에 담그잖아. 그런 건 약간 정신이 나가 있지 않으면 못 할 일이라고 생각하거든."

"그건, 편견 아닐까…?"

"편견일지도 모르지만, 그런 사람이 무슨 생각을 하는지 궁금해."

예를 들어 죽은 동물의 몸에 칼을 댈 때 무슨 생각을 할까. 보통 인간이라면 주저할 만한 일을 낯빛 하나 안 바꾸고 실행하는 그 속내를 알고 싶었다.

후지오가 뭐라고 말하려는데 도서실 스피커에서 예비종이 흘러나왔다.

"히자키 선생님한테서 감상문을 받을 때까진 시간이 걸릴 것 같아. 그러니 야에가시가 순순히 제출해주기를 바랄 수밖에 없는데…."

나는 잠시 말을 멈췄다가 "어렵겠지" 하고 투덜대듯 내뱉고 의자에서 일어났다. 야에가시가 숙제를 깜박하고 해오지 않는 모습을 작년에만 몇 번을 봤는지 모른다.

도서실을 나와 교실로 돌아가는 도중에 후지오가 마음먹은 듯 내게 말했다.

"저, 저기, 야에가시라고 그랬나? 걔도 독서는 별로 안 좋아해?"

"그럴걸. 책을 좋아하면 교과서에 실린 이야기로 감상문을 쓰려고는 안 하겠지."

"그런데 야에가시는 「무희」에 공감이 간다고, 그랬던 것 같은데…."

"아아, 그거. 나도 궁금해서 야에가시한테 다시 물어봤는데, 웬일로 그 녀석, 우리 학교에 교환학생으로 와 있는 호주 여자애랑 친해졌대."

우리 학교에는 교환학생 제도가 있다. 교환이라고 해도 우리 쪽에서 해외로 갔다는 이야기는 듣지 못했고, 해외에서 우리 학교로 오는 학생은 가끔 있다.

후지오는 안경 안쪽에서 눈을 깜박이고는, 시선을 떨어뜨리면서 말했다.

"그러고 보니, 옆 반이랑 합동 체육 시간에 봤어. 긴 금발…."

"그래, 아마 걔겠지. 어떤 사연인지는 몰라도, 걔랑 방과 후에 스터디를 한대. 그래서 같이 「무희」를 읽고 있나 봐. 「무희」는 주인공이 해외로 유학을 갔다가 현지 여자랑 사랑에 빠지는 내용이잖아? 걔한테 내용을 해설해주면서 우리 이야기 같다느니 어쩌고 저쩌고하는 모양이야. 아직 사귀는 것 같지는 않지만 조만간 고백할 생각이라고 큰소리치더라."

나란히 걷던 후지오의 발걸음이 급격하게 느려졌다. 그러고는 나를 응시하길래 왜 그러느냐고 물으니, 파랗게 질리다시피 한 얼굴로 나직하게 말했다.

"아라사카도, 야에가시도 「무희」의 결말을 모르는 거야?"

"모르지. 수업 진도도 아직 다 안 나갔고. 야에가시는 어떤지 몰라도."

"그 두 사람… 주인공인 도요타로와 연인인 엘리제는, 마지막에 헤어져. 게다가 여자 쪽이 매우 혹독하게 차여. 거의 배신에 가까운 형태로…."

말을 꺼내기 힘들다는 듯 「무희」의 결말을 전하는 후지오의 모습에 나까지 발걸음을 멈출 뻔했다. 야에가시는 그런 내용을 가리켜 '우리 이야기 같다' 따위의 말을 한 건가. 결말을 몰랐다 하더라도 너무했다.

"일단 야에가시가 결말을 알고 있는지 확인하자."

"만약 몰랐다면 어쩌려고?"

어쩌고 자시고 간에 가르쳐주는 수밖에 없겠지. 현대국어 수업에서 결말을 알게 될 때까지 기다리게 둘 순 없었다. 하지만 자신과 그녀의 사랑의 향방을 「무희」에 겹쳐 보고 있던 야에가시가 이야기의 결말을 알면 어떻게 될까. 낙심한 나머지 감상문 따위 신경 쓸 겨를도 없지 않을까.

"가짜 결말을 가르쳐줄까?"

"그건 안 돼."

곧바로 후지오에게 제지를 받은 나는 낮게 신음하면서 교실로 향했다.

「무희」의 결말을 야에가시에게 가르쳐줄 것이냐, 가르쳐주지 않을 것이냐. 꽤 진지하게 고민했는데 의외로 간단하게 「무희」의 결말이 밝혀지게 되었다.

그날 마지막 수업이 현대국어 시간이었다. 수업 초반에 국어 담당 다나카 선생님이 불쑥 도요타로와 엘리제의 파국에 관한 이야기를 입 밖으로 꺼내고 만 것이다. "엘리제도 참 불쌍하지" 하고 태연히 말하는 선생님을 곁눈질하며, 대각선 앞자리에 앉은 야에가시의 표정을 살피려고 했지만 안타깝게도 내 자리에서는 야에가시의 얼굴이 보이지 않았다. 칠판에 시선을 고정하고 미동조차 하지 않는 뒷통수를 보니 나와 마찬가지로 야에가시 역시 도요타로와 엘리제가 파국을 맞이하리라고는 꿈에도 생각하지 못했던 모양이다.

수업이 끝난 후, 자리에서 일어날 생각이 없어 보이는 야에가시에게 슬쩍 다가갔다. 후지오도 신경이 쓰였는지 조금 떨어진 곳에서 우리 모습을 보고 있었다.

"야에가시, 전에 부탁한「무희」의 감상문 말인데…."

야에가시가 천천히 나를 돌아봤다. 지난 한 시간 동안 훌쩍 야위었는지, 빡빡머리인 야에가시는 뭉크의 〈절규〉 같은 얼굴이 되어 있었다. 무표정하게 나를 올려다보고는 "그럴 기분 아니야" 하고 갈라진 목소리로 중얼거렸다.

"난 그런 결말일 줄은 모르고… 알리시아한테 뭐라고 해야…."

야에가시와 방과 후에 스터디를 하고 있는 여자애의 이름이 알리시아인 모양이다. 아직 사귀는 사이도 아닌데 넙죽 성이 아닌 이름으로 부르느냐는 생각이 들었지만, 그런 얘기는 꺼내지 않고 고개를 떨군 야에가시의 어깨를 두드렸다.

"속상한 심정이야 충분히 알겠지만, 어쨌든 결말을 알았으니 감상문 써줘야지."

내 말에 야에가시가 낙담한 표정을 백팔십도 바꾸더니 붉으락푸르락한 얼굴로 나를 노려봤다.

"네가 그러고도 인간이냐! 그럴 기분 아니라고 했잖아!"

"실연당한 너를 재촉하는 것도 내키지는 않지만 나도 앞으로의 방과 후 시간이 걸려 있단 말이야."

"아직 실연 안 당했거든!"

"인생을 살다 보면 포기해야 할 때도 있는 거다?"

"뭐야?"

"아아, 저, 저, 저기!"

우리 대화를 지켜보던 후지오가 황급히 끼어들었다. 싸움이라도 벌어질 거라고 생각한 것 같았다. 하지만 수습할 말이 딱히 떠오르지 않았는지 결국 "저기…"라는 말만 하고 입을 다물고 말았다.

창백해진 낯빛으로 입술을 떠는 후지오의 모습에 제정신이 돌아왔는지 야에가시는 힘이 빠진 듯이 책상에 납죽 엎드렸다. 그리고 그 자세 그대로 기어드는 목소리로 말했다.

"알리시아한테 뭐라고 하면 좋을지 상담해주면 감상문 쓸게…."

나는 속으로 깊은 한숨을 내뱉었다. 히자키 선생님, 미도리카와 선배에 이어 또다시 희한한 조건이 붙고 말았다.

후지오와 나는 고개를 떨군 야에가시를 잡아끌듯이 데리고 학교를 나와 역 앞에 있는 햄버거 가게에 갔다. 해 질 무렵의 가게 안에는 우리처럼 하굣길에 들른 학생들이 몇몇 있었다. 싸고 오래

머무를 수 있는 패스트푸드점은 고등학생들에게 고마운 존재다.

"좋아하는 걸로 사 먹어."

계산대 앞에 줄을 서서 앞에 있는 야에가시의 등을 토닥이며 말했다. 어깨를 축 늘어뜨린 야에가시는 나를 돌아보더니 침울한 목소리로 중얼거렸다.

"네가 사는 거야?"

"설마, 네가 사 먹어."

"사주지도 않을 거면서 왜 이런 가게로 데리고 왔어!"

"인간이란 배가 고프면 비관적으로 생각하기 때문이야."

반박하려고 입을 연 순간 야에가시의 배에서 꼬르륵 소리가 났다. 야에가시는 원망스럽다는 듯이 나를 노려보고는 치즈버거 세트를 주문했다. 나는 피시버거 세트를 샀다. 내 뒤에 서 있던 후지오는 하굣길에 뭘 사 먹는 일이 익숙하지 않은지 한참을 고민하다 애플파이와 홍차를 주문했다.

4인용 테이블 한쪽에 나와 후지오가 나란히 앉고, 맞은편에 야에가시가 앉았다. 후지오는 자리에 앉자마자 애플파이 포장을 뜯지도 않고 트레이에 깔려 있는 종업원 모집 전단지에 시선을 떨어뜨린 채 움직이지 않았다. 이렇게 되면 후지오는 전단지의 글자를 다 읽을 때까지는 대화에 끼지 않을 게 분명하기에 나는 곧바로 야에가시에게 물었다.

"그건 그렇고 너 정말 그 알리시아란 애랑 친한 거 맞아? 넌 영어 성적도 비참하잖아? 의사소통이 돼?"

야에가시는 치즈버거 포장지를 벗기면서 당연하지, 하고 가슴을 펴며 말했다.

"알리시아가 일본어를 잘하거든. 거의 일본어로 소통하기 때문에 문제없어."

"아아, 그런 거였군…."

"읽고 쓰기도 꽤 잘해. 히라가나는 문제없이 읽을 수 있어. 그래서 알리시아 교과서에 히라가나로 읽는 법을 전부 달아줬어."

"힘들었을 텐데?"

"힘들긴 했지만 알리시아를 위한 거니까!"

야에가시는 아무래도 좋아하는 상대한텐 모든 걸 바치는 타입인 모양이다.

야에가시의 말에 따르면 알리시아라는 아이는 모국에서 일본 애니메이션에 푹 빠져 있었고, 애니메이션에 나오는 노래나 자막 따위를 이용해 독학으로 일본어를 습득했다고 한다. 애니메이션뿐만 아니라 일본문학에도 흥미가 있어서 언젠가 『겐지 모노가타리』를 원문으로 읽는 게 꿈이라고 했단다. 그런 알리시아에게 고전문학스러운 표현이 풍부한 「무희」가 교재로 안성맞춤이었던 모양이다. 일본인인 우리도 읽다 보면 울고 싶어지는 「무희」를 알리시아는 꼬박꼬박 일본어 원문으로 읽고 있다고 하니 정말 대단하다.

"그나저나 알리시아는 「무희」의 결말을 알고 있어?"

치즈버거를 게 눈 감추듯 해치운 야에가시가 풀 죽은 모습으로 고개를 갸웃거렸다.

"모르겠어…. 내가 알리시아랑 같이 읽은 건 수업 때 배운 부분까지고, 알리시아가 따로 「무희」를 읽은 적이 있는지는 나도 잘…."

"도요타로랑 엘리제가 마치 우리 이야기 같다고 네가 말했을 때 알리시아 반응은 어땠어?"

"어, 어땠더라…. 생글생글 웃고 있었던 것 같긴 한데, 내가 가끔 나도 모르게 말을 빠르게 할 때도 있어서 무슨 말인지 못 알아들었을지도…."

"알리시아 일본어 잘한다며?"

"그렇긴 한데, 알리시아는 듣기보다 읽기를 잘해. 빠르게 말하면 못 알아듣는 경우도 있는 것 같아서 되도록 천천히 말하려고 하는데, 알리시아랑 단둘이 있으면 좀 긴장을 해서 그만."

야에가시가 쑥스러운 듯 빡빡머리를 매만진다. 푹 빠져 있는 모습을 보고 있기가 괴로워 화제를 바꿨다.

"그건 그렇고 너는 어쩌다 알리시아를 알게 된 거야? 반도 다른데."

"히자키 선생님이 소개해줬어."

생각지도 못한 순간에 히자키 선생님의 이름이 등장하는 바람에 그만 감자튀김을 헛씹었다. 트레이에 깔린 전단지를 열심히 읽던 후지오도 그 이름은 들은 모양인지 고개를 들었다.

야에가시는 우리 시선을 알아차리지 못하고 감자튀김에 손을 뻗으면서 말을 이었다.

"작년에 우리 반이 생물실 청소 당번이었잖아. 생물실은 2층에 있으니까 창문으로 테니스부의 클레이 코트가 잘 보여."

생물실 아래에는 테니스 코트가 있다. 야에가시는 여름방학이 다가올 무렵 방과 후에 테니스를 하던 알리시아를 우연히 목격했고, 그녀의 멋진 스매시에 눈길을 빼앗겼다고 한다.

"멍하게 알리시아를 보고 있는데, 어느샌가 히자키 선생님이 와서 내 뒤에 서 있다가 '관심 있으면 말을 걸어보지 그러니?'라고 말해주었어."

히자키 선생님은 주저하는 야에가시의 등을 떠밀어 알리시아와 만나게 해주고는 "이왕 이렇게 됐으니 어학 공부라도 같이 하면 어떨까?" 하고 방과 후에 생물실을 사용할 수 있게 해줬다고 한다.

"너희 스터디 하라고 일부러?"

"응. 생물부 동아리 활동이 끝난 후에 선생님이 생물실 문을 열어놨어."

"아무리 생각해도 과하게 친절한데. 뭔가 꿍꿍이가 있는 것 아냐? 속고 있는 걸지도 몰라. 그 선생님은 상당한 괴짜라고."

옆에 앉은 후지오가 "편견이야" 하고 작은 목소리로 반론했지만 무시했다. 야에가시도 내 말을 부정할 줄 알았는데, 복잡한 심경이 드러난 표정으로 턱을 괴고 대꾸했다.

"하긴 좀 이상한 선생님이긴 하지. 무슨 생각을 하는지 종잡을 수 없을 때도 있고."

동의해줄 거라고 생각도 하지 않았던 터라 놀랐다. 나는 "무슨 일 있었어?" 하고 야에가시 쪽으로 몸을 와락 내밀었다.

"아니, 특별히 무슨 일이 있었던 건 아닌데, 긴가민가하다고 해야 하나? 전에 알리시아랑 생물실에서 공부하고 있을 때도 이상한 말을 해서 사실은 생물실을 쓰게 해줄 마음이 없었던 건가 하는 생각이…."

"무슨 말이야, 그게?"

야에가시의 말은 두서가 없었다. 후지오도 같은 심정인지 "무슨 말이야?" 하고 물었다.

"그게 말이지, 알리시아랑 공부를 하고 있는데 히자키 선생님이 불쑥 생물실에 오더니 갑자기 괴담을 들려준 적이 있거든."

"괴담? 무서운 이야기 말이야?"

응, 하고 야에가시가 심각한 얼굴로 끄덕였다.

밖이 어두워지는 것도 모르고 열심히 공부하던 두 사람에게 선생님은 빙그레 웃음을 띠고 '이제 슬슬 집에 안 가면 귀신이 나올 거야'라고 말한 모양이다. 그 정도라면 귀가를 재촉하기 위해

으름장을 놓는 것에 지나지 않을 테지만 이야기는 더 이어졌다.

"18년 전에 그 생물실에서 여학생이 뛰어내린 일이 있었다는 거야. 그 후로 방과 후에 혼자 생물실에 있으면, 커다란 뭔가가 클레이 코트에 떨어지는 소리가 들린대. 그래서 창문 아래를 내려다보면, 벽을 타고 올라오고 있는 피투성이 여학생이랑 눈이 마주친대나 뭐래나….”

"진짜 무서운 이야기잖아.”

"그렇다니까! 갑자기 그런 이야기를 하니까 혹시 일부러 겁주려고 이러는 건가 하는 생각이 드는 게 당연하잖아. 이제 생물실에서 나가라는 건가 싶기도 하고.”

그렇다면 먼저 생물실을 쓰라고 한 의도가 뭔지 궁금하다. 두 사람이 너무 자주 생물실에 틀어박혀 나갈 생각을 안 했던 건 아니냐고 물어봤더니 스터디는 매주 금요일 방과 후에만 했다고 한다.

"뭐, 꼭 안 좋았던 것만은 아니지만. 그 이야기를 듣고 알리시아가 완전히 겁을 먹어서 같이 하교하게 됐으니.”

"그래도 사귀는 건 아니잖아?”

"조, 조만간에 고백할 생각이긴 한데….”

어중간하게 말끝을 흐린다 싶었는데 갑자기 야에가시가 스마트폰을 꺼냈다. 화면으로 시선을 옮긴 그의 얼굴이 갑자기 굳는다. "왜 그래?” 하고 물으니 짧은 침묵 후에 대답이 돌아왔다.

"알리시아야. 오늘은 스터디 안 하냐고."

"그러고 보니 너 매주 금요일에 스터디 한다고 했지?"

오늘은 금요일이다. 알리시아를 바람맞혔다는 말이다. 수업이 끝나자마자 반강제로 야에가시를 여기까지 끌고 와버린 것을 미안해 하자 야에가시는 어두운 표정으로 "됐어" 하고 나직하게 말했다.

"지금 간다 해도 무슨 낯으로 알리시아를 봐야 할지도 잘 모르겠고⋯."

"「무희」랑 너희 관계를 겹쳐서 본 게 그렇게 마음에 걸려?"

야에가시가 스마트폰을 테이블에 내려놓을 때 대기화면이 살짝 보였다. 금발의 소녀와 나란히 찍은 사진이 대기화면에 깔려 있었다. 아마도 저 아이가 알리시아이리라. 웃고 있는 두 사람의 얼굴이 금세 사라지고 까맣게 꺼진 화면 위를 야에가시가 손으로 덮었다.

"언젠가는 우리도 도요타로와 엘리제처럼 될 거란 건 알고 있었어."

평소에는 기운이 남아돌던 야에가시의 의기소침한 모습이 낯설어 후지오와 나는 얼굴을 마주 봤다.

"그런데 알리시아는 언제 자기 나라로 돌아가?"

"5월 중순쯤. 학교에는 이번 달 말까지만 나온대."

옆에서 후지오가 숨을 삼켰다. 나도 양손으로 머리를 싸매고 싶어졌다. 알리시아가 학교에 오는 건 앞으로 2주 남짓. 스터디는 오늘을 포함해서 두 번밖에 안 남았다. 그런 귀중한 기회를 어째서 날려버렸냐며 다그치고 싶었지만, 야에가시가 한 번도 본 적 없는 몹시 낙담한 얼굴을 하고 있어서 차마 그럴 수 없었다.

"알리시아는 유학생이니까 언젠가 돌아갈 거라는 생각은 하고 있었어. 그래도 친해질 수 있어서 기뻤어. 알리시아가 「무희」를 같이 읽자고 말했을 때, 난 결말을 몰랐기 때문에 일본인 주인공이 유학간 곳에서 알리시아 같은 여자랑 가까워지는 내용이 꼭 우리 이야기 같았거든. 그래서 들뜬 마음에… 소원처럼 빌기도 했어."

"빌다니?" 하고 되물으니 야에가시가 살짝 부끄러운 듯한 얼굴로 고개를 끄덕이며 말했다.

"만약에 「무희」 속 두 사람이 '영원히 행복하게 잘 살았습니다' 하는 식으로 끝난다면 나랑 알리시아도 잘되는 거 아닐까 하고… 고백해볼까 했어."

헝클어진 머리카락을 정돈하기 귀찮다는 이유만으로 미련 없이 머리를 빡빡 밀어버린 남자의 입에서 나왔다고는 생각할 수 없을 정도로 로맨틱한 발언이었다. 후지오도 놀란 모양인지 불쑥 대화에 끼어들었다.

"「무희」의 그 우울한 도입부를 읽고도 해피엔딩일 거라고 생각한 거야?"

나와 야에가시는 동시에 후지오를 봤다가 서로를 마주 봤다.

"우울하다고 해야 하나. 좀 어렵긴 했지"라고 말하며 야에가시는 팔짱을 꼈고, "그 시절 소설은 다 그런 느낌 아니야?" 하고 나도 고개를 갸웃거렸다. 후지오는 믿기지 않는다는 듯한 표정이었지만, 나는 오히려 이야기 도입부로 전체 분위기를 추측해내는 후지오가 더 이해하기 어려웠다.

그러다 문득 야에가시가 스마트폰 화면을 손가락으로 두드리면서 자조하듯 웃으며 말했다.

"우울한지 어떤지는 몰라도, 나도 어렴풋이 「무희」가 로맨틱 코미디처럼 전개되지 않으리라는 건 알고 있었어. 어렴풋이 알고 있었지만 그래도 혹시 도요타로랑 엘리제가 잘되면 알리시아에게 고백하자고 생각하고 있었어. 그래서 오늘 수업 시간에 결말을 알았을 때 '아아, 역시 그렇구나' 했던 거고 약간은 안심했던 걸지도 몰라. 고백 안 해도 되겠구나 하고."

"무슨 소리야? 알리시아를 좋아하는 거 아니었어?"

"그렇긴 한데, 고백을 하면 알리시아도 난처할 것 아냐? 곧 귀국하는데. 아마 차일 거야. 당연해. 호주는 비행기를 타도 열 시간 가까이 걸리잖아?"

야에가시는 "너무 멀어" 하고 뻔히 아는 사실을 스스로에게 말하듯 덧붙였다.

뻔히 아는 사실이어도 야에가시는 일본과 호주 사이가 얼마나 먼지 분명 알아봤을 것이다. 막연하게 비행기로 몇 시간쯤 걸리 겠지 하고 생각했던 나와는 달리, 열 시간이라고 구체적인 숫자 를 말했기 때문이다. 어쩌면 한두 번은 일본에서 호주로 가는 경 로를 조사한 적이 있을지도 모른다. 알리시아와 함께 찍은 사진 을 대기화면으로 설정한, 저 스마트폰으로.

야에가시가 생각보다 진심으로 알리시아를 좋아하는 것 같았 다. 그럼 그냥 고백해버리면 될 것 같은데, 거절당할 가능성까지 생각해서인지 이런 데서 우물쭈물대고 있다.

나는 의자 등받이에 몸을 기대고 팔짱을 끼며 말했다.

"네 사정은 잘 알겠어. 정 그렇다면 기분 전환 삼아 책이라도 읽 어보면 어때? 내친 김에 독서 감상문까지 써보면 마음이 정리될 지도 몰라."

남의 연애 사정에 참견하는 것도 우스운 일이고, 원래 목적을 완수하기 위해 독서 감상문을 재촉했다. 야에가시는 믿기지 않 는 것이라도 본 듯한 눈빛으로 나를 보고는 입술을 부들부들 떨 면서 말했다.

"지독한 놈! 넌 인간도 아니야!"

"아니 뭐 어쩔 수 없잖아. 알리시아가 귀국하는 건 막을 수 없 는 일이고."

"나도 알아. 알지만!"

"바꿀 수 없는 현실에 얽매여 한탄만 하지 말고, 눈앞의 독서 감상문을 완성하고 미래를 향해 나아가."

"그럴 듯한 소리처럼 들려도 결국 넌 네 일만 생각하는 거잖아! 좀 더 진지하게 고민을 들어달라고!"

그렇다 한들 내가 할 수 있는 거라고는 야에가시가 징징대는 소리에 대충 맞장구를 쳐주는 것 정도다. 할 수 없이 마음이 풀릴 때까지 푸념이나 들어줘야겠다고 마음먹었는데, 후지오가 자기 스마트폰을 꺼내더니 뭔가 입력했다. 잠시 후 손을 멈추고는 야에가시에게 스마트폰을 조심스레 내민다.

"저, 저기… 괜찮으면 이거, 알리시아한테 보내줄 수 있어?"

야에가시와 함께 들여다본 화면에는, 알파벳이 꼬리를 물고 늘어서 있었다. 야에가시는 눈을 휘둥그렇게 뜨면서 슬쩍 몸을 뒤로 뺐다.

"그거 뭐, 뭐야? 뭐라고 쓴 거야?"

"알리시아한테 「무희」의 독서 감상문을 써줄 수 없겠느냐고 부탁하는 내용이야."

야에가시와 후지오의 대화에 내가 끼어들었다.

"그런데 이거 후지오가 쓴 거야? 이 짧은 시간에 이런 장문을? 굉장한데."

"버, 번역 어플을 쓴 거라서 문법적으로 이상한 곳을 손본 정도야."

야에가시도 옆에서 감탄했다.

"아니야, 후지오라고 그랬어? 틀린 데가 있다는 걸 알아본다는 게 대단한 거지! 그런데 왜 알리시아한테 감상문을 써달라고 하는 거야?"

야에가시는 진심으로 의아해하는 듯한 표정이었다. 나 역시 후지오의 의도를 전혀 알 수 없었다.

나와 야에가시가 뚫어져라 쳐다보자 후지오는 몹시 긴장한 얼굴로 셔츠 가슴팍을 움켜쥐었다. 큰 목소리 뿐만 아니라 다른 사람의 시선도 힘겨운지 후지오는 고개를 푹 숙이고, 옆에 앉은 나한테만 들리는 작은 목소리로 말했다.

"알리시아가 「무희」에 대해 어떤 감상을 느꼈는지 보면… 어쩌면, 야에가시가 어떻게 해야 할지, 알 수 있을지도 모를 것 같아서…."

자신 없는 듯한 목소리가 맞은편에 앉은 야에가시한테까지는 닿지 않은 것 같아서 내가 대신 같은 말을 반복했다. 야에가시는 의아하다는 얼굴로 후지오가 아닌 내게 물었다.

"정말? 어째서?"

"그야 나도 모르지. 그나저나 알리시아가 일본어로 감상문 같은 걸 쓸 수 있을까?"

"그, 그건 영문으로 써주면, 번역은 내가…."

야에가시는 반신반의하는 듯 보였다. 하지만 이건 독서 감상문이 한 편 더 늘어날 수 있는 기회이기도 했다. 신문 지면이 메워지는 건 반가운 일이다. 후지오의 의도는 모르겠지만 전력을 다해 거들기로 했다.

"야에가시 넌 후지오랑 번호를 교환하든가 해서 얼른 그 문자를 알리시아한테 보내. 네가 먼저 고민 좀 들어달라고 했잖아. 이렇게 유익한 충고를 해주고 있으니까 딴죽 걸지 말고 실행해."

"뭐? 진짜 유익한 거 맞아?"

"안 해보면 모를 일이잖아."

야에가시는 찜찜하다는 듯한 표정을 지으면서도 그 자리에서 후지오와 번호를 교환하고, 후지오가 쓴 영문 문자를 알리시아에게 보냈다. 곧바로 답장이 와서 야에가시는 후지오에게 스마트폰 화면을 보여주었다. 영어로 보내서인지 알리시아도 영어로 답장했다. 재빨리 훑어본 후지오에 따르면, 알리시아는 「무희」의 감상문을 야에가시와 계속해온 스터디의 마지막 과제라고 생각하고 있는 듯했다. 다음 주 월요일까지는 감상문을 갖다주겠다고 약속했다.

"저기, 야에가시도 월요일까지 감상문 부탁할 수 있을까…."

"월요일이라니, 쓸 수 있을지 모르겠네."

"가능하다면 두 사람의 감상문을 비교해보고 싶어."

조심스러운 어조지만 물러설 기색은 없다. 야에가시는 잠시 주저했지만 내가 "알리시아도 월요일까지 감상문 써 오겠다고 하잖아" 하고 설득하니 고개를 끄덕였다.

"가능한 한 자기 마음에 솔직한 감상을 부, 부탁할게."

후지오가 땅으로 꺼질 듯 고개를 숙였다. 야에가시는 각오를 다졌는지 "알았어" 하고 대답해놓고는 금세 맥없이 고개를 떨구며 말했다.

"하지만 지금 「무희」를 다시 읽는 건 괴로운데…. 감정이입해서 울어버릴지도 몰라."

"아, 그렇지만, 그것도 독서의 묘미니까…."

야에가시를 필사적으로 위로하는 후지오를 보면서 나는 '그런가' 하고 속으로 갸웃거렸다. 평소에 그다지 책을 읽지 않는 나는 이야기에 감정이입한다는 게 어떤 건지 잘 모르겠다. 자신과 처지가 비슷한 등장인물과 자신을 동일시하고, 인물의 말과 행동에 공감하거나 그 인물과 적대하는 다른 인물에게 반발하거나 하는 걸까.

탄산이 다 빠진 진저에일을 마시면서 야에가시와 알리시아의 감상문을 상상했다. 분명 야에가시는 일본인 남자인 도요타로 편을 들 것이고, 알리시아는 엘리제에 동조해 도요타로를 비난하는 듯한 글을 쓰겠지. 실제로 도요타로는 최악이다. 친구 꼬드김에 넘어갔다고는 하지만 어쨌든 자신의 출세를 위해 엘리제를 버리고 일본으로 돌아가버리니까.

그런 생각을 하고 있는 내 앞에서 야에가시는 타고난 붙임성을 발휘해 후지오와 「무희」에 대해 이야기를 나누고 있다. 후지오도 책 이야기가 나오자 막힘없이 말하는 모습이 의외로 즐거워 보였다. 나는 괜히 무료해져서 빨대를 힘껏 빨았다. 종이컵 안에서 우스꽝스러운 소리가 났다.

독서의 재미가 뭔지 도무지 모르겠다. 책 이야기에 신이 나는 감각이 궁금하긴 했지만 왠지 지금은 따돌림을 당하는 기분이 들어서 빨대로 더 요란한 소리를 내며 얼마 안 남은 주스를 마셨다.

햄버거 가게에서 나오니, 아침부터 내리던 비가 그쳐 있었다. 야에가시와 헤어진 후 후지오와 역으로 향하면서 "꽤 신났던데?" 하고 말했다. "응" 하고 끄덕이는 후지오의 뺨이 약간 상기되어 있었다. 야에가시와 나눈 대화로 들떴다는 증거다.

"책 읽는 게 재밌어?"

즐거워 보이던 두 사람의 대화에 끼지 못한 게 조금 아쉬웠기 때문일까. 무심코 속내를 내뱉고 말았다.

후지오가 발걸음을 늦추고 나를 올려다봤다. 안경 브리지가 콧등에서 흘러내렸지만 바로 놓으려 하지 않는다. 평소보다 오래 시선이 마주치자 어째선지 내가 먼저 눈을 피했다.

"재미, 있어."

"역시 자기랑 처지가 비슷한 주인공이 나와서 재미있는 건가?"

"꼭 그렇다고만은 할 수 없어. 나랑 완전히 성격이 정반대인 캐릭터 이야기도 좋아하거든."

"이상형 같은 등장인물이 나오면 나라고 생각하면서 읽고 그래?"

"그런 식으로 읽는 방법도 있지. 악역이 주인공이어도 재미있고…."

"현실에서 할 수 없는 나쁜 짓을 해볼 수 있어서?"

후지오의 대답이 끊겼다. 시선을 돌렸더니 안경 너머로 두 눈동자가 지그시 나를 바라보고 있어서 나까지 걸음걸이가 느려졌다.

"아라사카는 정말 책을 안 읽는구나. 게다가 책을 어떻게 읽는지 잘 모르는 것 같아…."

햄버거 가게에서는 남의 시선을 피하는 것처럼 고개를 숙이고 있던 후지오가 지금은 눈을 피하지 않고 꼿꼿이 날 올려다본다. 당황스러워서 오히려 내 시선이 흔들렸다.

"모르겠어. 그냥 가공의 이야기잖아. 어떤 위기 상황이라도 현실이 더 걱정되는 법이고."

"어차피 지어낸 이야기라고 생각해서 독서가 힘든 거야?"

"힘들다기보다 집중을 못 하겠어. 활자 알레르기도 있고."

"알레르기는… 농담이지?"

후지오의 입가에 어렴풋한 웃음이 감돈 것 같아 보였다. 유심히 보려 했을 땐 이미 후지오는 입가에 손가락을 가져다 대고 생각에 잠긴 얼굴이 되어 있었다.

"책 읽는 건 즐거워. 하지만 내겐 즐거움 이상으로 없어서는 안되는 거라고 해야 하나….""

말하는 동안 역 개찰구 근처까지 왔다. 가방에서 정기권을 꺼내려는데 후지오가 갑자기 걸음을 멈췄다.

"아라사카는 사람들이 왜 책을 읽는다고 생각해?"

갑작스러운 질문에 나도 걸음을 멈췄다. 지나가는 사람들에게 방해가 되지 않도록 길가로 붙으면서 고개를 가로저었다. 모르겠다.

후지오가 나를 바라보며 단호한 어조로 말했다.

"이 세상에 있는 모든 이야기는, 예언서가 될 수 있기 때문이야."

도로를 지나가는 커다란 트럭이 뿜어내는 낮은 엔진 소리가 후지오와 나 사이를 가로막는다. 소리가 눈에 보이는 건 아닐 텐데 우리 둘 사이에 묵직한 장막이 드리워진 것 같은 기분이 들어 눈을 깜박였다. 후지오가 무슨 말을 하는 건지 모르겠다.

당황한 내 얼굴을 보고도 후지오는 자기가 한 말을 거두지 않았다. 오히려 나를 똑바로 보고 이렇게 묻는다.

"사람들이 읽을거리 중에서도 특히 이야기에 몰두하는 건 어째서라고 생각해?"

"글쎄, 재미있어서?"

나는 그렇게 생각하지 않지만, 세상 사람들은 보통 그렇지 않을까. 하지만 후지오는 "그런 측면도 있지만…" 하고 운을 뗐다. 완전히 긍정하지는 않는다는 말투였다.

"나는 여러 경험을 시뮬레이션할 수 있기 때문이라고 생각해."

"경험을 시뮬레이션…."

나는 바보처럼 후지오가 한 말을 따라했다.

"응. 원래 이야기라는 건 누군가의 경험을 알기 쉽게 정리한 거야. 요즘처럼 픽션이 큰 인기를 누리기 전, '옆 마을 사람이 근처에 있는 숲을 걷다가 짐승한테 공격을 당했다' 뭐 이런 내용이 이야기의 시초였지. 그러니까 주의를 환기시키는 의도였어. '강가에서 발을 헛디뎌 물에 빠졌다', '산에서 나는 과일을 먹고 죽었다'라는 이야기도 그래. 생사에 직결되는 일이었기 때문에 그런 이야기가 널리 사람들의 입을 거쳐 이어져왔어."

후지오 말로는, 단순한 사실이었던 일이 여러 사람을 거쳐 퍼지면서 점점 이야기로 변화했다고 한다. '산에 독이 있는 과일이 있다'에서 '산에 괴물이 있다'로, 사람들의 흥미를 끌 만한 요소가 추가된다. 최종적으로는 '산에서 나는 과일은 괴물 소유이기 때문에 함부로 따 먹으면 괴물한테 잡아먹힌다'라는 식으로 완성되고, 결국 그 이야기가 사람들에게 산에서 나는 식물에 대한 기피감을 심어주게 된다는 것이다.

"현대사회에서 이야기는 더욱더 중요해."

"정말 그럴까? 군이 이야기에 의지하지 않아도 유독성 과일이라면 스마트폰으로 한번에 조사할 수 있을 것 같은데."

"우리가 아직 숲에서 산다면 그렇겠지. 하지만 우린 이미 숲을 나와서 복잡하게 뒤얽힌 세상에서 살고 있어. 독이나 맹수처럼 쉽게 알아볼 수 있는 위기만 있는 게 아니야."

독과도, 맹수와도 거리가 먼 이 사회에서도 사람은 매일 죽는다. 요즘은 텔레비전을 켜면 흉악한 범죄나 이해하기 힘든 범행을 보도하는 뉴스가 빠지지 않는다. 개인정보가 SNS를 타고 전 세계로 퍼져나가는 오늘날에는 어디서 누구에게 원한을 사고 어떤 부당한 꼴을 당할지 알 수 없다. 숲에서 살던 때보다 생활은 쾌적해졌지만, 위험도는 썩 낮아지지 않은 셈이다.

"이야기를 인생의 카탈로그라고 말하는 사람도 있어. 언젠가 자신에게 닥칠지 모를 인생의 난제나 어느 시점에 해야 할 최선의 선택을 보여주는 견본 같은 거지. 우린 도요타로처럼 법학을 배울 일은 없을지 몰라도 유학을 가는 일은 있을지도 몰라. 그리고 일본에 있어도 외국인 친구가 생길 수도 있지, 야에가시처럼."

"그렇다면 야에가시는「무희」를 읽고 알리시아를 포기할까?"

"글쎄" 하고 후지오는 갸웃거렸다.

"이야기의 줄기를 따라가면 모두가 해피엔딩을 맞는다고는 할 수 없어. 하지만 줄거리를 참고할 수는 있지. 슬픈 결말을 맞이한 이야기를 읽고 그렇게 되지 않게 피할 수도 있고."

이 대목에서야 나는 후지오가 말했던 '예언서'의 의미를 겨우 이해했다.

즉 모든 이야기는, 누군가에게 일어날지도 모를 미래를 예측하는 것이다. 「무희」처럼 100년도 더 전에 쓰인 옛날이야기라 해도, 어딘가에 있는 누군가의 인생에 일어날 수 있는 미래를 가리킨다. 그렇다면 이야기의 결말에 따를지 말지는 독자에게 달린 것일까.

생각에 잠겨 있는데 후지오가 "그래서 난 책을 읽어" 하고 불쑥 말했다.

"난 사람들이 분명, **이야기에 뭔가를 기대하고 있다**고 생각해."

"뭔가라니? 해피엔딩?"

후지오는 고개를 가로젓고는 잠시 뜸을 들이더니 진지한 표정으로 말했다.

"현실을 안전하게 살아가기 위한 정보를, 얼마나 전달해주는지."

뜻밖에도 절실함이 담긴 대답이었다.

수업 사이사이 단 10분의 쉬는 시간에도 후지오는 자기 자리에서 책을 펼쳐놓고 앉아 있었다. '책을 좋아하나 보다' 정도로만 생각했는데 그런 단순한 이유가 아니었는지도 모른다.

"난 그냥 재밌어서 읽는 줄 알았어."

책 읽는 데에 그렇게까지 깊은 의미가 있었을 줄이야. 내가 감탄하자 후지오는 내 시선에서 달아나듯이 고개를 숙이고 어깨에 맨 가방 손잡이를 꼭 움켜쥐었다.

"아, 물론 재밌어서 읽는 것도 있어."

"그렇구나. 그래도 나는 인생의 카탈로그라는 생각은 전혀 하지 못했어."

"나도 들은 말이라…."

후지오는 다른 사람이 자기에게 감탄하는 게 익숙하지 않은지 허둥지둥 내게 등을 돌리고 개찰구 쪽으로 걸어가버린다.

나는 작고 구부정한 후지오의 뒷모습을 눈으로 좇으면서 "인생의 카탈로그라…" 하고 중얼거렸다.

지금까지 독서를 그런 식으로 생각해본 적은 없었다. 이야기의 등장인물을 미래의 나 자신에게 덧대어 볼 생각도 하지 못했다. 「무희」도 야에가시에게 예언서가 될 수 있을까.

먼저 개찰구를 빠져나간 후지오가 고개를 돌려 나를 본다. 말이 너무 많았다고 생각하는 걸까. 왠지 모르게 불편해 보이는 얼굴이다.

나는 걸음을 빨리해 서둘러 후지오에게 다가갔다. 매우 흥미로운 이야기라고 생각했다. 후지오와 이야기를 좀 더 나누고 싶었고, 후지오가 책 속에서 어떤 세계를 보고 있는지 알고 싶었다.

아직 책이 재밌지는 않지만 책을 재밌어 하는 사람은 재밌다고, 나는 남몰래 생각하기 시작했다.

✦

하루 중 시간이 가장 천천히 흐르는 것 같은 오후 3시. 6교시 수업 중에 문득 고개를 드니, 3분의 1쯤 되는 아이들이 책상에 납죽 엎어져 있었다.

고전문학 담당 다부치 선생님이 칠판 앞에 서서 가모노 조메이*의 『방장기』를 소리 내어 읽고 있었다. 50대 중반인 다부치 선생님은 목소리가 좋다. 오페라 가수 같은 넉넉한 풍채에서 울려 퍼지는 중저음의 바리톤 보이스다. 이런 목소리로 장중하게 "흐르는 물은 끊어지지 않으며…" 하고 있으니 제아무리 용을 써도 졸음을 이길 수 없다. 간신히 눈을 뜨고 판서만큼은 받아쓰고 있지만, 도중에 의식이 끊어져 글자 끝이 공책 끄트머리까지 늘어나고 말았다.

비몽사몽간에 선생님 목소리에 귀를 기울인다. 밤에 잠자리에 들어서는 바로 곯아떨어지지 않으면서, 오후 수업에서는 왜 이렇게나 쉽게 수마에게 발목을 잡히는 걸까. 그런 생각을 하며 꾸벅꾸벅 졸고 있으려니 눈꺼풀 뒤에서 파란 팝콘이 요란하게 터

---

* 1155~1216. 일본 헤이안 시대 말부터 가마쿠라 시대 초에 걸쳐 활동한 문인으로, 그가 쓴 『방장기』는 일본 중세 문학을 대표하는 수필이자, 일본 3대 고전 수필 중 하나로 꼽힌다.

졌다.

"아라사카, 수업 끝났어!"

턱을 괸 자세 그대로 눈을 떴다. 아에가시가 얼굴을 내 코앞까지 들이대고 나를 쳐다보고 있었다.

어느새 수업이 끝나고, 반 아이들 대부분이 집에 갈 채비를 하고 있었다. 자다 깨서 멍한 채로 교실 속 떠들썩함에 휩싸여 있는데, 반쯤 감긴 눈꺼풀 뒤에서 또다시 팝콘이 터졌다. 빨간색과 녹색, 하늘색과 연두색, 여자 아이들 입에서 터지는 노란색 웃음소리.

"야, 잠 깨라니까. 아까 수업 중에 「무희」 감상문 다 썼어."

그 말에 드디어 눈이 완전히 떠졌다.

아침에 만났을 때 주말 동안 감상문을 다 끝내지 못했다고 징징대더니 수업 중에 간신히 완성한 모양이다.

알리시아의 원고는 점심시간에 아에가시를 통해 받아났다. 후지오가 가지고 가면서 아에가시와 나도 읽을 수 있게 방과 후에 일본어로 번역해주겠다고 했다.

"난 이제 탁구부 모임이 있어서. 끝나면 바로 올게."

"그래. 그때까지는 후지오도 번역을 끝낼 거야."

아에가시는 "부탁한다"라고 말하고 발길을 돌리는가 싶더니 금세 걱정스러운 얼굴로 돌아봤다.

"이런다고 나랑 알리시아 관계가 달라질까?"

"글쎄, 나도 후지오가 무슨 생각을 하는지 잘 몰라서…."

"알리시아도 「무회」의 감상문을 썼다는 건 마지막까지 읽었다는 거잖아. 어떤 감상문을 썼을까? 일본 남자는 진짜 최악이라고 썼으면 어쩌지…."

야에가시가 후지오 자리로 눈길을 힐끔 던진다. 교실 한가운데서 약간 창가 쪽, 앞에서 두 번째가 후지오 자리다. 야에가시는 뒷모습을 한참 쳐다보면서도 말을 걸려고는 하지 않는다. 웬일로 후지오 자리 주변을 우리 반 여학생 셋이 에워싸고 있었기 때문이다.

반이 새로 편성되고 한 달이 채 안 되었다. 셋 중 둘은 누군지 모르지만, 한 명은 안다. 구로사키다. 풀 네임은 모른다. 새 학기 첫 홈룸 시간에 돌아가며 자기소개를 했을 때, 구로사키는 퉁명스레 성만 말하고 자리에 앉아버려서 이름을 알 수가 없었다.

미인이지만 한 성격 할 것 같은 구로사키가, 쉬는 시간에 홀로 묵묵히 책을 읽는 후지오와 함께 있다는 게 의외였다. 접점이 전혀 없어 보이는데. 우리를 등지고 앉아 있는 후지오의 표정은 보이지 않는다.

야에가시는 후지오에게서 시선을 떼더니 "간다" 하고 이번엔 정말 교실을 나갔다. 야에가시를 보내고 하교할 채비를 마친 다음 후지오 자리를 보니, 구로사키 무리의 모습이 보이지 않는다. 남은 아이들도 하나둘 교실을 뜨자 방과 후의 소란스러움이 썰물 빠지듯이 사그라들었다.

후지오는 책상 귀퉁이에 공책을 몰아놓고, 전자사전을 펼쳐둔 채 알리시아가 쓴 감상문을 번역하고 있었다.

나는 말없이 후지오 앞자리의 의자를 끌어당겨 앉았다. 갑자기 말을 걸면 분명 화들짝 놀랄 것이기에 후지오가 얼굴을 들기를 기다렸다가 "고생 많다" 하고 말했다.

"아, 아니야…."

"아까 야에가시한테도 감상문 받았어. 동아리 끝나면 다시 이리로 오겠대."

후지오는 고개를 끄덕이고는 작업을 계속한다. 후지오가 알리시아가 쓴 원고를 번역하는 동안 나는 야에가시가 쓴 감상문을 읽었다.

다시 보니 야에가시는 엄청난 악필이다. 맺어야 할 때든 뻗어야 할 때든 죄다 힘이 가득 실려서, 얼빠진 남자 초등학생이 메탈릭 블루 펜으로 갈겨쓴 것처럼 보였다.

읽기 힘든 글씨를 눈으로 좇다가 땅이 꺼져라 한숨을 내쉬었다.

"후지오, 유감스럽지만 야에가시가 쓴 건 독서 감상문이 아닌 것 같아."

"감상문이 아니면… 뭔데?"

"러브레터. 알리시아를 극찬하는 문장으로 시작해."

야에가시가 쓴 감상문은 뭘 읽었는지 언급도 없이 다짜고짜 이렇게 시작되었다. "우리 옆 반에는 호주에서 유학 온 여학생이 있습니다. 알리시아라고 합니다." 그리고 알리시아가 일본어 공부를 얼마나 열심히 하는지, 일본 애니메이션을 얼마나 사랑하는지, 그리고 얼마나 밝게 웃는지를 말하고 있다. 이 시점에서 원고 절반을 넘겼지만 '무회'라는 글자는 등장하지도 않았다.

남의 은밀한 이야기를 듣는 것 같은 기분이 들어서 그 다음은 대충 훑어봤는데, 후반에 드디어 도요타로와 엘리제의 이름이 등장했다. 이건 뭐, 기사 바깥에 「무회」를 읽고 쓴 독서 감상문입니다'라는 주의 문구라도 써넣어야 하나.

"이대로 신문에 실어도 괜찮을까…."

불현듯 불안하다는 생각을 하며 후지오의 책상에 팔꿈치를 올리다가 책상 귀퉁이에 쌓아놓은 공책을 팔꿈치로 건드리고 말았다. 바닥에 떨어진 공책을 주워 드는데 안이 살짝 보였다. 고전문학 공책이었다.

다부치 선생님은 학생들에게 예습을 꼭 시킨다. 다음 수업에서 어디까지 진도를 나갈지 알려주고, 고전의 원문을 필사하는 숙제를 미리 내준다. 그러고 나서 수업에 들어가는 것이다.

예를 들어 지금은 『방장기』를 배우고 있으니까 『방장기』의 원문을 공책에 먼저 적고 그 옆에다 수업 중에 선생님이 구두로 읽어주는 현대어 번역을 써야 한다. 게다가 다부치 선생님은 수업 시작할 때 항상 숙제를 검사하고 성적에 반영한다. 해마다 수업 중에 꾸벅꾸벅 조는 학생이 많아 속을 끓이던 선생님이 생각해낸 수업 방식인 것 같았다.

슬쩍 본 후지오의 공책에도 『방장기』가 쓰여 있었다. 원문은 연필로 썼고, 그 옆에 현대어 번역은 오렌지색 펜으로 달아놓았다. 바로 공책을 덮을 생각이었지만 원문과 현대어 글씨에서 미묘한 위화감을 느껴 공책을 책상에 펼쳤다.

후지오는 당황한 표정을 짓긴 했지만 뭐라고 하지는 않았다. 그걸 구실 삼아 사양 않고 페이지를 넘겨, 이번 학기 첫 수업 부분까지 거슬러 올라갔을 즈음 힐끔 후지오를 보며 말했다.

"이거, 네 공책 아니네. 그런데 숙제인 원문은 네가 썼어."

후지오는 놀란 듯이 눈을 휘둥그레 뜨고 빠르게 눈을 깜박였다.

"어째서 그렇게 생각해…?"

"원문이랑 번역문 글씨가 다르니까."

"그렇게 달랐어?"

후지오는 그렇지 않아도 가냘픈 목소리를 불안한 듯 떨면서 몸을 내밀어 공책을 들여다봤다.

원문과 번역문 모두 필적은 비슷하다. 전체적으로 세로로 길다. 필압이 낮고, 맺어야 할 부분과 뻗어야 할 부분 모두 애매해 오렌지색 잉크마저 어딘지 연하게 물든 것처럼 보인다.

알리시아의 감상문을 번역하고 있는 후지오의 글씨와는 다른 필적이었다. 후지오의 글씨는 그래야 할 곳에서 맺고 뻗어 있는 단정한 글씨다. 고전문학 공책 원문에는 아주 약간이지만 후지오가 쓴 글씨의 흔적이 남아 있었다.

나는 페이지를 넘기다가 새 학기 들어 두 번째 수업 부분에서 멈춰 손으로 원문을 가리켰다.

"아마 여기까지는 이 공책 주인이 원문도 자기가 썼을 거야. 그런데 이후로는 서체가 달라. 후지오 네가 쓴 거겠지."

"어떻게 알았어? 다부치 선생님도 한 번도 못 알아차리셨는데."

정확한 지적이었는지 후지오가 눈을 더욱더 휘둥그레 떴다.

"그냥 어쩌다가. 비슷하게 잘 쓴 것 같아도 내 눈엔 다른 부분이 보여. 난 필적감정사가 꿈이거든."

"정말이야?"

"아니, 농담."

후지오의 표정이 놀라움에서 당혹스러움으로 바뀌었다. 스스로도 그다지 재미있는 농담은 아니라고 생각했고, 딱히 재미있으라고 한 것도 아니라서 신경 쓰지 않았다.

"그건 그렇고 이렇게까지 필적을 흉내 내면 그냥 쓰는 것보다 번거롭기도 하고 시간도 더 걸리지 않아? 이런 성가신 일을 용케도 하고 있네. 친구한테 부탁이라도 받았어?"

후지오의 눈이 흔들린다. 시선이 부자연스럽게 내게서 벗어나더니 고개를 약간 떨구고 말없이 끄덕였다.

"그럼 그 친구한테 독서 감상문 써달라고 해"라고 말한다면 역시 심술이 지나친 걸까. 후지오는 스스로 "친구는 없어"라고 말했었다.

후지오가 거북한 듯이 입을 다물고 부자연스러운 몸짓으로 자리에서 일어섰다.

"저기, 도서실에서 빌린 책 반납 기한이 오늘까지라⋯. 잠깐 다녀올게."

거짓말을 했다는 죄책감 때문인지 후지오는 내 쪽을 보지도 않고 가방을 안고 교실을 나갔다. 그깟 거짓말 한두 개쯤 하는 거야 전혀 신경 쓰지 않아도 되는데. 후지오는 정직하다.

반면 난 그렇지 않기 때문에 후지오가 자리를 뜨자마자 책상 귀퉁이에 쌓여 있던 다른 공책도 펼쳐봤다. 전부 세 권. 모두 고전문학 공책이다. 하나같이 꼼꼼하게 필적을 흉내 냈지만 원문은 모두 후지오가 쓴 것 같았다. 분명 고전문학 수업이 끝나고 후지오 자리를 에워싸고 있던 여자애들한테 부탁받았을 것이다.

부탁받았다기보다 떠맡게 됐다고 하는 게 정확하겠지.

문득 지난번에 후지오가 했던 말이 머리를 스쳤다. 후지오가 이야기에 기대하고 있는 것.

―현실을 안전하게 살아가기 위한 정보를, 얼마나 전달해주는지.

같은 문장이 나란히 적힌 공책을 바라보며, 이걸 쓰는 데 들어간 시간과 노력을 가늠해보았다.

너의 현실은 안전하지 않은 거냐고 그때 물어보지 않은 것이 이제 와 조금 후회됐다.

밖이 완전히 컴컴해졌을 무렵 야에가시가 교실로 돌아왔다.

후지오와 나 말고는 아무도 없는 교실에서 우린 따분함을 못 이기고 그림으로 끝말잇기를 하고 있었다.

후지오는 생각했던 것 이상으로 그림 실력이 형편없었다. 모자 그림 다음에 그린 수수께끼의 동물이 뭔지 필사적으로 생각했지만 후지오가 창피한 듯이 "사슴이야"라고 해서 겨우 수수께끼가 풀렸다.*

"이왕이면 얼룩말이라든지 쉽게 알아볼 수 있는 동물을 고르지 그랬어."

그런 말을 주고받고 있던 우리를 보고 "뭐가 그렇게 재미있는데" 하고 야에가시가 볼멘 표정을 지었다.

"난 알리시아가 어떤 감상문을 써 왔을지 애가 타 죽겠는데!"

"그것보다 너나 네 감상문 어떻게 좀 해. 그게 뭐야. 러브레터도 아니고."

"이, 읽었어?"

"당연하지. 도서신문에 실려서 교내에 배포된다는 사실을 알고 쓴 거야?"

"아, 알고 있었거든!"

---

* 일본어로 모자는 '보시(帽子)', 사슴은 '시카(鹿)', 얼룩말은 '시마우마(縞馬)', 사마귀는 '카마키리(カマキリ)'라고 발음한다.

"정말이야?"

아에가시가 어금니를 악물고 성큼성큼 우리 곁으로 오더니 털썩 하고 후지오 옆자리에 앉았다.

"그치만… 어쩔 수 없잖아. 「무희」를 읽는 내내 알리시아 생각밖에 안 났으니까!"

"그렇겠지. 「무희」에 등장하는 두 사람은 너희랑 조금 닮았으니까. 그래도 솔직히 알리시아까지 이런 감상문을 쓸 거라고는 생각 못 했어."

"뭐, 뭔데, 알리시아는 뭐라고 썼는데…."

"아니, 기본적으로는 너랑 똑같은 내용인데."

"그래?"

언제 그랬느냐는 듯이 표정이 밝아진 아에가시에게 후지오가 번역한 감상문을 조심스레 건넸다. 아에가시는 초조한 손놀림으로 종이를 받아들고 얼굴 가까이 가져갔다.

교실에 정적이 흐르고, 따분해진 나는 그림 끝말잇기를 계속했다. 후지오가 그린 고양이로도, 개로도, 여우로도 보이는 사슴 옆에다 사마귀 그림을 그렸다.

의외로 알리시아가 쓴 감상문도 아에가시를 칭찬하는 말로 시작했다. "나와 함께 「무희」를 읽어준 그는 다정하고 진지하고, 내게 일본어를 열심히 가르쳐준다. 또 내가 영어를 가르쳐주면 열심히 공부하고, 내가 가르쳐준 간단한 영어 회화로 더듬대며 말을 해주는 게 기쁘다"라는 내용이었다.

나는 처음에 야에가시는 일본인 남자인 도요타로에게, 알리시아는 이국의 여자 엘리제에게 감정이입할 것이라고 생각했지만 뚜껑을 열어보니 완전히 달랐다.

야에가시가 감정이입한 건 도요타로에게 버림받는 엘리제 쪽이었다.

감상문 전반부에 알리시아가 얼마나 능력 있는지를 열거한 야에가시는, 후반부에는 '분명 독일로 유학 간 도요타로도 이렇게 유능한 사람이었을 것이다'라고 말하며, 도요타로를 붙잡을 수 없었던 엘리제의 심정을 가슴이 사무칠 정도로 이해한다고 썼다.

「무희」에는 도요타로와 엘리제 외에 도요타로의 친구인 아이자와라는 인물도 등장한다. 일본으로 돌아가야 할지, 엘리제와 함께 독일에서 살아야 할지 고뇌하는 도요타로의 심중을 안 아이자와는 도요타로의 눈을 피해 엘리제에게 말한다. 도요타로는 일본으로 돌아간다고, 귀국해서 일할 직장도 정해져 있다고.

독일에서 도요타로와 평생을 함께 하리라고 믿어 의심치 않았던 엘리제는 그 말을 듣고 그만 미쳐버린다. 그 모습을 보고 도요타로는 눈물을 흘리며 일본으로 돌아간다.

처음부터 끝까지 엘리제가 불쌍한 전개라고 생각했지만 야에가시의 견해는 조금 달랐다. 야에가시가 쓴 감상문에는 '엘리제는 미친 척한 것일지도 모른다'라고 되어 있었다.

도요타로는 유능하다. 귀국해서 갈 번듯한 직장도 있다. 하지만 심성이 착하기 때문에 이국의 연인을 버리지 못한다. 그래서 엘리제는 도요타로의 미련을 끊어내기 위해 미쳐버린 척하고 도요타로를 일본으로 돌려보낸 게 아닐까 짐작한 것이다.

그 대목을 읽었을 때는 눈이 휘둥그레졌다. 초등학생이 갈겨쓴 듯한 글씨로 '그렇게라도 하지 않으면 상대방의 손을 놓지 못했던 게 아닐까'라고 쓰여 있었다. 글씨체와 내용의 간극이 너무나 컸다.

한편으로는 억지 해석 같기도 해서 야에가시를 기다리는 동안 이 부분은 비약이 심한 거 아니냐고 후지오에게 물었다. 보통은 엘리제가 정말 충격을 받아 미쳐버렸다고 읽는다.

하지만 후지오는 내 말을 넌지시 부정했다.

"야에가시의 감상도 틀렸다고 단언할 수는 없어. '그건 꾀병이 아니었다'라고 작중에서 도요타로가 분명히 말하고 있다면 이야기가 달라지겠지만."

"그런 식으로 말하면, 본문에 적혀 있지 않은 건 뭐든 다 가능해지잖아. 도요타로가 엘리제와 헤어져 일본으로 귀국한 후 다시 독일로 돌아갔을지도 모른다는 해석도 가능해."

"그것 역시 틀린 건 아니야. 이야기는 거기서 끝나지만 그 후로도 도요타로의 인생은 계속되니까. 엘리제 곁으로 돌아가지 않았다고 단언할 수 없어."

소설은 이야기 속 등장인물의 인생을 일부 잘라낸 것이다. 그것도 장면은 중간중간 건너뛰고, 그 사이에 어떤 이야기가 전개됐는지는 자세히 드러나지 않는다. 작가 본인의 머릿속에는 분명하게 그려져 있을지도 모르지만, 독자에게 그것이 전해질 기회는 극히 적다.

"그래서 난 자유롭게 상상하려고 해. 활자로 옮겨지지 않은 이야기의 행간이나 마침표 후에 무슨 일이 일어나는지. 그건 읽는 사람의 상상력에 좌우되기 때문에 같은 이야기라도 누가 읽느냐에 따라 감상이 달라진다고 생각해."

야에가시도 그렇게 이야기 틈새로 상상의 나래를 펼쳐 「무희」의 엘리제에게 자신을 동화시켰다. 그리고 자기라면 이렇게 미친 척하지 않는다면 상대방의 등을 밀어주지 못했을 거라고 느낀 것이다. 사실은 연인이 귀국하는 걸 원치 않기 때문에 웃는 얼굴로 손은 흔들어주지 못한다. 하지만 붙잡아둘 수도 없다.

한편 알리시아도 의외의 인물에게 감정이입했다. 도요타로다.

알리시아는 엘리제를 사랑하면서도 모국을 향한 미련을 끊어내지 못한 도요타로를 몹시 동정했다. 가슴 아플 정도로 그 심정을 잘 알겠다고 했다.

일단 모국으로 돌아가버리면 이 땅으로 돌아올 수 있다는 확신이 없다. 그렇기 때문에 남겨두고 가는 연인에게 자기를 기다려달라는 말을 하지 못한다. 하지만 이별이 힘든 것 역시 진심이라 헤어지자는 이야기도 꺼내지 못한다. 그렇다면 마음을 굳게 먹고 이국땅에 눌러앉으면 되지 않겠느냐고 생각할지도 모르지만, 아무래도 이국땅은 고향 같지 않다. 도요타로가 모국을 그리워하는 심정을 쉽게 상상할 수 있었던 이유는 알리시아 자신이 이국땅에서 생활하고 있었기 때문일 터였다.

일본 문화를 동경해 유학을 온 알리시아 역시도 고향이 그리워지기 시작한 모양이다. 그러니 귀국을 연기할 수도 없고, 그렇다고 이제 곧 헤어질 사람에게 기다려달라 부탁할 수도 없는 난감한 상황이겠지. 도요타로와 엘리제 못지않게 고등학생인 우리의 미래 역시 불확실하다.

두 사람의 감상문을 읽고 알게 된 건, 서로 상대방의 사정을 지나치게 배려한 나머지 누구도 본심을 말하지 못하고 있다는 사실이었다. 비행기로 열 시간. 그 거리를 둘 다 잘 이해하고 있을 뿐만 아니라 헤어진 후에 상대방의 마음을 얽매지 않도록 명확한 말을 피하고 있었다.

진작 다 읽었을 텐데 야에가시는 알리시아의 감상문에서 얼굴을 떼려 하지 않는다. 덕분에 나는 사마귀 그림을 쓸데없이 사실적으로 묘사하는 중이라 발밑에 화초까지 그려 넣고 있었다.

연필이 종이 위를 달리는 소리만 울려 퍼지는 교실에서 머뭇머뭇 말문을 연 사람은 후지오였다.

"저기… 도요타로는 이야기 첫머리부터 줄곧 후회하잖아. 일본으로 돌아오는 배 안에서도, 내내. 장이 하루에 아홉 번이나 꼬일 정도니까 상당했을 거야."

알리시아의 감상문에서 눈을 떼지 않던 야에가시가 겨우 얼굴을 들었다. 그러고는 집어삼킬 듯한 눈초리로 야에가시가 쳐다보는데도 후지오는 기죽지 않는다. 후지오는 책 이야기를 할 때만큼은 시선이 흔들리지 않는다.

"도요타로가 이렇게나 후회하는 이유가 뭐라고 생각해?"

"그야 엘리제를 두고 왔으니까."

힘없는 목소리로 말한 야에가시에게 후지오는 "그럴까?" 하고 단호히 물었다.

"난 그게 다가 아닌 것 같아. 도요타로가 그렇게나 후회했던 건 스스로 결정한 게 아무것도 없기 때문이 아닐까."

책상 아래에서 다리를 빼낸 후지오가 야에가시를 향해 몸을 돌렸다.

"도요타로는 엘리제를 선택할지, 일본으로 돌아갈지 결정하지 못해. 그런데 그건 도요타로의 성격 때문만은 아니야. 당시 일본은 아직 메이지 시대 중반이었고, 집안이나 국가가 중시됐던 시대야. 집안은 단순히 같은 집에 사는 가족을 말하는 게 아니라 대대로 이어진 혈통을 가리키는 것이었지. 도요타로는 일본의 법학을 발전시키기 위해 유학을 갔고, 집안을 위해 귀국하려고 해. 자신을 위해서가 아니야. 이 시대의 일본인에게 개인의 의지라는 건 매우 희박했어."

하지만 도요타로는 유학을 갔다가 해외의 개인주의를 경험했다. 자기 의사를 존중하며 사는 이국의 사람들을 두 눈으로 본 후에는, 사욕을 버리고 귀국하는 게 올바른 행위라고 단언할 수 없게 됐을지도 모른다. 상사가 귀국을 종용해도 곧바로 행동하지 못했던 그 시점에서 도요타로는 이미 바뀌기 시작했던 것이다.

"그런데 도요타로가 결론을 내리기 전에 가까운 친구인 아이자와가 나섰고 엘리제는 결국 미쳐버리고 말았어."

후지오는 무릎을 가지런히 모으고 야에가시 쪽으로 몸을 내밀다시피 한 채로 말을 이었다.

"스스로 내린 결론이라면 설사 생각했던 것과 다른 결과에 이르더라도 납득하지 않을까. 하지만 도요타로는 스스로 결정하지 못했어. 흐름에 몸을 맡겨버렸지. 그랬던 걸 거듭 후회하고 있어."

우리밖에 없는 교실 구석구석으로, 후지오가 내뱉는 목소리의 잔향이 빨려 들어가 사라진다.

책 이야기를 할 때 후지오는 고개를 숙이지 않는다. 흥분했는지 뺨이 발갛고, 평소 고개를 숙이고 소곤소곤 이야기하는 모습이 거짓말인 것처럼 목소리에 뚜렷하게 형태가 생긴다.

"이야기는 예언서야. 멀지 않은 미래에 야에가시도 도요타로처럼 고민할 거야."

돌직구 같은 후지오의 말에 움찔했는지 야에가시가 변명 같은 말을 입안에서 우물거렸다. 하지만 후지오는 개의치 않고 단호한 어조로 덧붙였다.

"야에가시는 알리시아한테 아무 말도 안 한 채 헤어지기로 스스로 결정했어? 아니면 우물쭈물 시간이 지나기를 기다리면서, 무엇 하나 스스로 결정하지 않고 흐지부지하게 끝낸 도요타로처럼 되고 싶은 거야?"

—석탄을 벌써 다 실었다.

「무희」의 첫머리에 등장하는 문장이 머릿속을 스쳤다. 선실에서 홀로 흔들리는 불빛을 바라보며 과거를 회상하는 도요타로의 얼굴이, 스마트폰을 뚫어져라 내려다보는 야에가시의 얼굴로 바뀌었다. 대기화면은 여전히 알리시아와 함께 찍은 사진이었고, 고민하는 야에가시의 옆얼굴을 백라이트가 비춘다.

어쩌면 야에가시도 자신의 그런 모습을 상상했는지도 모른다. 엉거주춤하게 앉은 자세로 후지오가 하는 말에 귀를 기울이고 있던 야에가시의 얼굴에 갑자기 초조한 빛이 떠올랐다. 알리시아가 귀국하리란 건 오래전부터 알고 있었으면서, 지금에서야 남은 시간이 얼마나 적은지 깨달은 듯한 얼굴로 자리에서 황급히 일어섰다.

"나… 테니스부 갔다 올게. 알리시아는 아직 동아리 안 끝났을 거야."

"그럼 이거 가지고 가."

후지오가 책상 위에서 종이를 집어 든다. 거기에는 야에가시를 기다리는 동안 후지오가 영어로 번역한 야에가시의 감상문이 적혀 있었다.

"이걸 알리시아한테 보여줘. 분명 야에가시의 마음을 알아줄 거야."

야에가시는 후지오에게서 종이를 받아 들고는 작고 떨리는 목소리로 "고마워"라고 말했다.

"고마워, 후지오. 나, 갔다 올게!"

"파이팅!"

웬일로 후지오가 큰 목소리로 말했다. 그 말이 등을 밀어준 것처럼 야에가시가 힘차게 교실을 뛰쳐나갔다.

야에가시의 발소리가 멀어지다 이윽고 들리지 않자, 교실에 걸린 벽시계의 초침 소리가 생각났다는 듯이 귀에 들어왔다. 그 소리를 듣고 있는데 후지오가 쥐고 있던 주먹을 풀며 책상에 맥없이 엎드렸다.

"말을 너무 많이 해서 지쳤어?"

내가 물어보자 후지오는 책상에 상체를 바싹 붙인 채 웅얼거리듯 말했다.

"누군가의 등을 밀어주는 건, 긴장되는 일이구나."

"그런 것치곤 힘차게 잘 밀어주던데. 평소에도 그 정도로 말하면 좋을 텐데."

나는 연필을 고쳐 쥐고 사마귀 그림을 완성했다. 한동안 연필 소리만 실내에 울리자 후지오가 엎드린 채 느릿느릿 고개를 돌려 나를 바라봤다.

"책 이야기라면 나름대로 잘할 수 있지만 그 외에는 도무지…. 가끔 책 이야기를 할 때도 내가 너무 몰입해버려서, 정신 차리고 보면 다들 표정이 싸늘해져 있더라."

"그런가. 난 평소의 세 배속으로 말하는 널 보고 있으면 재미있어서 좋은데."

자기 팔을 베개 삼아 있던 후지오가 눈을 휘둥그레 떴다. 테가 큰 안경이 흘러내려 삐딱해졌지만 신경도 쓰지 않고 나를 쳐다보기만 할 뿐이었다.

재미있다는 말에 기분이 상한 걸까. 하지만 사실이었다. 몰입해서 책에 대해 이야기하는 후지오를 보고 있으면 재미있다. 아니, 즐겁다. 더 적당한 표현이 없을까. 비슷한 듯하면서 미묘하게 다른 어휘가 잘 떠오르지 않았다. 자신의 감정을 어휘로 나타내는 건 어렵다.

후지오라면, 많은 책을 읽고 많은 어휘를 알고 있을 후지오라면 이럴 때 뭐라고 말할까. 생각에 잠겨 있는데 후지오가 어렴풋이 웃었다.

"그런 말 듣는 거, 처음이야."

웃었다고도 할 수 없는 미세한 표정 변화였지만, 지금까지 본 얼굴 중에서 가장 부드러운 표정에 눈을 빼앗겼다. 한참 바라보다 그런 내 행동을 얼버무리려는 듯이 얼른 손으로 눈길을 돌렸다.

"야에가시랑 알리시아, 잘될까."

일부러 화제를 바꾸면서 사마귀 발치에 꽃을 더 그려 넣었다. 잘되면 좋겠다고 생각했다. 서로가 서로에게 보내는 러브레터 같은 감상문을 썼으니, 서로가 호감을 가지고 있는 것이 틀림없다.

대책 없이 밝은 야에가시가 풀이 죽어 있는 모습은 보고 싶지 않고, 바다 건너 이역만리 일본까지 온 알리시아가 웃는 얼굴로 돌아갔으면 좋겠다는 생각도 든다.

무엇보다 긴장해가며 필사적으로 야에가시를 부추긴 후지오가 실망할 만한 결과가 되지 않기를 기도하며, 사마귀 발치에 무성히 핀 꽃에 리본을 그려 넣었다.

모자, 사슴, 사마귀, 리본.

꽃다발 같은 그림을 마지막으로, 나는 노트를 덮었다.

Chapter 2

방과 후의
캠프파이어

새 학기가 시작되고 맞는 세 번째 수요일, 1교시 체육 수업을
빼먹었다.

처음부터 그럴 생각은 아니었는데, 전철이 지연되는 바람에 역
에서 나온 순간 이미 지각이 결정된 탓에 빼먹기로 마음먹었다.
역에서 배포하는 열차 지연 증명서를 제출하면 지각 처리는 면하
지만, 학교에 도착할 무렵이면 수업은 이미 절반 가까이 지나 있
을 텐데 굳이 그것 때문에 체육복으로 갈아입기가 귀찮았다.

아무도 없는 현관 입구에서 실내화로 갈아 신고, 3층 교실로
가려다가 발걸음을 멈췄다. 2교시 수업은 생물이었다. 이왕이면
생물실에서 시간을 때울 수 없을까 하고 생물실 앞까지 가봤지
만 문은 잠겨 있었다. 포기하고 교실로 가려다가 도서실에 불이
켜져 있길래 그쪽으로 발길을 돌렸다.

도서실은 열려 있었다. 수업 중이라 당연히 카운터에 사람은 없었다. 아무도 없는 실내를 둘러보는데 사서실에서 가와이 선생님이 얼굴을 내밀었다.

"어머, 아라사카? 책이라면 질색인 네가 이런 데를 다 오고 웬일이니?"

수업에 빠진 걸 들켜 당황한 나는 자세를 바로 했다. 꾸중 들을 걸 각오했지만, 선생님은 웃는 얼굴로 "뭐 빌려 갈 책이라도 있어?"하고 물었다.

"아뇨, 딱히…."

"그래, 혹시 빌리고 싶은 책이 있거든 말해. 대출 처리해줄게."

"선생님."

말을 마치자마자 다시 사서실로 돌아가려고 하는 선생님을 나는 무심코 불러 세웠다.

"수업 빼먹었는데 왜 안 혼내세요?"

가와이 선생님은 돌아보더니 어리둥절한 얼굴로 "혼낼 걸 그랬니?"라고 되묻는다. 말없이 고개를 가로젓자 선생님이 장난스럽게 웃었다.

"가끔이라면 못 본 척해줄게. 학교 안에 한 군데 정도는 도망쳐 숨을 수 있는 장소가 있어도 괜찮지 않겠어? 그것보다 도서신문 일 잘 부탁한다."

학생이 수업을 빼먹고 있는 걸 '그것보다'라는 한마디로 간단히 넘겨버리고 선생님은 사서실로 돌아갔다.

책에 흥미가 없으니 도서실에 볼일도 없다고 생각했는데, 의외의 용도를 발견했다. 용도에 맞게 아무 자리에나 앉아 낮잠이나 잘까 하다가 도서신문 얘기가 떠올라 가방에서 클리어 파일을 꺼냈다. 안에는 도서신문에 실을 감상문이 들어 있다.

아에가시와 알리시아한테서 감상문을 받은 건 이틀 전. 후지오에게 등을 떠밀린 아에가시는, 그길로 동아리가 끝난 알리시아를 찾아가 후지오가 영어로 번역해준 자신의 감상문을 건넸다. 알리시아는 그걸 읽고 울었다고 한다. "너도 내 생각을 해주고 있어서 기뻐"라고 하면서.

다음 날부터 아에가시는 점심시간마다 알리시아와 도시락을 먹게 됐고, 알리시아가 돌아간 후에는 편지로 소식을 주고받기로 했다고 한다. 요즘 세상에 지나치게 구식이긴 하지만, 손으로 쓰는 게 글씨 연습이 된다며 알리시아가 부탁한 모양이다.

고백은 했느냐고 묻자 아에가시는 말끝을 흐렸다. 내가 "상 다 차려줬는데!" 하고 실망스러워 하자 "그렇게 간단한 게 아니란 말이야!" 하고 나를 쏘아봤다.

"아무래도 장거리 연애는 힘들 것 같단 말이지. 보고 싶을 때 못 보면 외롭기도 하고, 상대방도 나처럼 힘들게 참고 있다고 생각하면 기분도 안 좋잖아. 그럴 바에야 일단 지금은 친구 상태로 있는 게 좋지 않을까 생각했어. 일 년에 몇 번밖에 편지를 못 주고받아도 서로 괜히 미안해하지 않아도 될 정도의 관계가 좋을 것 같아. 아르바이트든 뭐든 해서 내가 호주로 가기 전까지는 그런 식으로 이어져 있고 싶어. 그렇게 결심했어."

그때 야에가시가 빡빡머리를 어루만지면서 하는 말을 듣고 나는 약간 감동했다. 초등학생처럼 삐뚤삐뚤한 글씨를 쓰는 야에가시의 옆얼굴이 갑자기 어엿한 사나이처럼 보이기까지 했다.

파일에서 꺼낸 야에가시와 알리시아의 감상문을 나란히 놓고 보니 재미있다는 생각이 들었다.

이야기에 감정이입한다는 건 자신과 성별이나 나이가 비슷한 캐릭터에 자기를 대입해서 읽는 거라고 생각했다. 그런데 야에가시와 알리시아는 둘 다 자신과 다른 성별인 등장인물에 스스로를 겹쳐 보았다.

두 사람의 감상문을 파일에 다시 넣고, 이번에는 미도리카와 선배가 쓴 감상문을 찾았다. 선배도 이야기 속 등장인물에게 감정이입해서 책을 골랐을까. 궁금해하면서 감상문을 찾다가 동작을 멈췄다. 선배한테 받은 원고가 없다.

당황해서 파일에서 원고를 모두 꺼냈다. 야에가시와 알리시아가 써준 감상문 각각 한 장씩, 후지오가 일본어로 번역한 원고가 한 장. 총 세 장밖에 없다.

어디 떨어뜨린 걸까. 곧 죽어도 다시 써달라고 할 수는 없었다. 애타는 심정으로 가방 안을 샅샅이 뒤졌지만 선배의 감상문은 보이지 않았다. 야에가시와 알리시아의 원고를 꺼낼 때 바닥에 떨어뜨렸나 싶어서 테이블 아래를 들여다봤지만 역시나 없다.

창백해진 얼굴로 테이블 위에 올려놓은 원고를 눈앞에 가까이 가져와 살펴보니 그제야 후지오의 원고용지 색이 야에가시와 알리시아의 그것과는 조금 다르다는 걸 알아차렸다.

종이를 집어 들자 약간의 두께감이 느껴진다. 한 줄기 희망을 걸고 손가락 끝으로 종이 모서리를 튕겼다. 그렇게 몇 번 반복하니 종이가 두 장으로 나뉘었다. 후지오의 원고용지 밑에 미도리카와 선배의 원고가 겹쳐져 있었던 것이다. 파일에 넣을 때 정전기라도 일어났는지, 감쪽같이 맞붙어 있어 눈치채지 못했다.

휴, 하고 가슴을 쓸어내리는데 종이 울렸다. 테이블 위를 정리하고 생물실로 향했다. 아직 문이 잠겨 있을지도 모른다고 생각했는데 미닫이문은 손쉽게 열렸다. 아직 아무도 와 있지 않았고, 선생님도 보이지 않았다.

텅 빈 생물실을 가로질러서 창가로 다가가 아래를 내려다보았다. 야에가시가 말한 대로 생물실 바로 아래에 클레이 코트가 있었다. 이 거리라면 알리시아의 얼굴도 잘 보였을 테지.

아무도 없는 코트를 내려다보고 있는데 뒤에서 끼익, 하는 소리가 났다. 반사적으로 돌아봤지만 생물실은 여전히 텅 비어 있었다. 실내에는 불이 켜져 있지 않아 복도 쪽 벽에 나란히 놓인 선반 안쪽에 어둠이 서려 있었다.

쥐 죽은 듯 고요한 실내를 둘러보면서 야에가시한테 들었던 괴담을 떠올렸다. 생물실에 혼자 있으면 창밖에서 뭔가 커다란 게 떨어지는 소리가 난다고 했다. 그래서 창문 아래를 내려다보면, 벽을 타고 올라오는 피투성이 여학생과 눈이 마주친다는 이야기다.

햄버거 가게에서 들었을 때는 뻔한 괴담으로만 생각했는데 아무도 없는 생물실에서 떠올리니, 갑자기 등줄기가 서늘해졌다.

끽, 하는 소리가 또다시 나는 순간 나는 과감하게 몸을 돌려 창문 아래를 내려다봤다. 재빨리 훑어봤지만 창밖에는 아무것도 없었다. 당연하다. 당연하지만, 안도했다.

가슴을 쓸어내리고 있는데 또 끼익, 하고 뭔가가 삐걱대는 소리가 났다. 자세히 보니 칠판 옆에 있는 문이 약간 열려 있어서 그게 흔들흔들 움직일 때마다 경첩에서 소리가 난 모양이다.

칠판 쪽으로 다가가 살짝 열린 문틈으로 안을 들여다봤다. 문 너머는 생물 준비실이고, 복도 쪽 문으로도 드나들 수 있다. 수업 전에 히자키 선생님이 대기하고 있는 경우가 많아서 당연히 선생님이 있을 줄 알았는데 아무도 없다.

생물 준비실은 세 평 정도 되는 좁은 방이라, 키가 큰 스틸 장식장과 책상만으로 꽉 찬다. 창가에 놓인 책상 위에는 교과서와 프린트물 같은 것들이 켜켜이 쌓여 있다. 창문이 열려 있는지 햇빛 때문에 누렇게 변색된 커튼이 바람에 크게 부풀어 올랐고, 그 움직임에 맞춰 또 끼익, 하는 소리가 났다. 창문으로 들어온 바람이 문을 흔든 모양이다.

뭐야, 하고 한숨을 토한 그 순간, 내 호흡에 맞추듯이 커튼이 크게 부풀더니 실내로 바람이 세게 불어 들어왔다. 책상 위에 쌓여 있던 프린트물이 후두둑 바닥에 떨어졌다. 바람은 멎지 않고 방구석까지 프린트물을 날려 보냈다. 순간 망설였지만 못 본 척할 수는 없어서 준비실로 들어가 창문을 닫았다. 들어간 김에 바닥에 떨어진 종이들을 주워 한데 모아 책상에 올려두었다.

창문을 닫긴 했지만 프린트물 위에 무게가 나가는 무언가를 놓아두는 게 좋을 것 같았다. 책상 위를 둘러보니 교과서 위에 가죽 수첩이 놓여 있었다. 이거면 되겠다 싶어 수첩을 손으로 집어 올린 순간 수첩 사이에서 종이 한 장이 하늘하늘 떨어졌다.

반으로 접은 메모지다. 새 것으로 보이는 수첩에 끼워져 있던 것치고는 이상하리만치 오래되어 보였다. 몇 년씩이나 책장 사이에 꽂힌 채 잊혀 있었던 것처럼 누렇게 바랬고, 접은 부분은 닳아서 찢어지려 했다.

한쪽 손에 수첩을 든 채 다른 손으로 메모지를 집어 들자 반으로 접어놓은 메모지가 펼쳐졌다. 글자가 적혀 있다. 하지만 선생님 글씨가 아니다.

선생님은 달필이라 칠판에 분필로 적는 글씨마저도 진청색 만년필로 쓴 것처럼 유려하다. 그런데 메모지의 이 글씨는 달랐다.

낡은 종이처럼, 늘어선 글자 또한 시간이 흘러 녹슬어버린 듯 거칠고 붉었다.

종이의 질감과 글자의 색깔에 정신이 팔려, 거기에 써 있는 말이 순간 이해되지 않았다. 눈을 깜박이자 그제야 글자의 의미가 머릿속에 들어온다.

—아이를 잘 부탁합니다.

뚱딴지같은 내용에 당황했다. 한 번 더 눈을 깜박였을 때, 뒤에서 문이 끼익 열리는 소리가 나 가슴이 철렁했다. 반사적으로 메모지를 수첩에 끼우고, 몸을 돌리는 동시에 수첩을 내던지듯 책상에 되돌려놓았다.

돌아보니 생물 준비실 문 앞에 히자키 선생님이 서 있었다.

나는 당황한 나머지 몸을 바로 세우고 열중쉬어 자세를 취했다. 나쁜 짓을 감추는 것처럼 보이는 어색한 동작이었다. 사실 남의 메모를 훔쳐보는 건 칭찬받을 일은 아니다. 선생님이 눈치채지 못했기를 바랄 뿐이다.

히자키 선생님이 흰 가운 자락을 펄럭이면서 안으로 들어오더니 입가에 웃음을 머금고 말했다.

"넌 분명 2학년 6반의 출석번호 2번."

"아라사카예요."

켕기는 마음에 또박또박 대답하자 "그랬지" 하고 선생님이 다시 미소를 지었다.

"이제 막 종이 울렸는데 꽤 빨리 왔구나."

"네, 그런데 이 방 창문이 열려 있더라고요. 프린트물이 바람에 날리길래 허락도 없이 들어왔어요. 죄송합니다."

선수를 쳐서 사정을 설명하고 머리를 숙이자 선생님은 "그거 고맙구나" 하고 얼굴 가득 웃음을 지었다. 그러고는 책상 위의 프린트물을 다시 한데 묶고, 지극히 자연스러운 동작으로 가죽 수첩을 책상 서랍에 넣었다.

내가 메모를 봤다는 건 눈치채지 못한 걸까. 아니면 누가 보더라도 곤란해질 만한 내용은 아니었던 걸까.

의미심장한 메모라 봐서는 안 될 것을 본 기분이 들었지만 어느 날 아이를 도맡은 선생님에게 부인이 보낸 쪽지일지도 모른다. 그런 것치고는 종이가 너무 낡은 것 같긴 한데 옛날에 받은 것이라고 생각할 수도 있다. 그런 걸 아직도 수첩 사이에 끼워놓고 있는 이유는 모르겠지만.

선생님은 내게 등을 돌리고 책상 위를 정리하고 있다. 나가라고도 하지 않는다. 이제 그만 생물실로 가면 되는데 흰 가운을 입은 선생님의 하얀 뒷모습을 보고 있었더니 나도 모르게 말이 입을 뚫고 나왔다.

"우리 반 야에가시한테 방과 후에 생물실을 쓸 수 있게 해주셨다면서요?"

책상 위를 정리하는 선생님의 손이 멈췄다. 뒤돌아본 순간 회색 머리카락이 눈가에 드리워져 눈을 살짝 찡그리면서 나를 본다. 그 순간 나는, 야에가시 일을 묻고 싶었던 게 아니라 단순히 선생님을 돌려세우고 싶었던 것뿐이었다는 걸 깨달았다.

"야에가시라고 하면…."

"우리 반 출석번호 39번이에요."

"아아, 빡빡머리."

출석번호를 대자 대답이 바로 나왔다. 얼굴과 출석번호를 매치해 외운다는 건 정말인 모양이다.

"자습할 장소를 찾고 있는 것 같아서 괜찮으면 쓰라고 했지."

"야에가시를 위해 교환학생한테까지 말을 걸어주셨다면서요. 담임도 아닌데 그렇게까지 해주시다니, 의외였어요."

선생님은 빙긋 웃고는 "그게 교사의 의무니까" 하고 대답했다.

무난한 대답을 골라 했다는 게 뻔히 보여서, 오랫동안 가슴에 묻어두었던 말이 입밖으로 흘러나왔다.

"방과 후의 캠프파이어도 학생을 위해선가요?"

선생님의 눈이 살짝 커졌다. 캠프파이어라는 말에 짚이는 구석이라도 있었던 걸까. 아니면 뭔가 눈치를 챈 걸까. 표정도 없이 나를 내려다보던 선생님의 눈가에 스멀스멀 웃음기가 떠올랐다. 숨죽이고 대답을 기다리고 있는데, 선생님이 쾌활한 목소리로 말했다.

"그러고 보니 넌 후지오랑 같이 있던 도서위원이구나. 「붉은 누에고치」는 다 읽었니?"

예상치 못한 질문에 얼른 반응하지 못했다. 그저 눈만 깜박이는 나를 보고 선생님은 낮은 목소리로 웃으며 말을 이었다.

"가와이 선생님한테서 들었단다. 연휴 직후까지 도서신문을 완성하지 못하면 벌칙이 있다며? 네가 감상문을 주면 나도 바로 쓰기 시작할 테니까 서두르는 게 좋을 거야."

내 얼굴을 빤히 보다가 뭔가 생각난 듯한 얼굴을 하는가 싶더니 이거였나.

뭔가 다른 얘기를 하지 않을까 싶었지만 그럴 생각은 없는 모양이다. 있다면 이렇게 기분 좋아 보이는 웃음을 짓고 있을 리가 없다. 질문을 교묘하게 거부당한 것 같아 입을 꾹 다물고 있자 선생님이 내 어깨를 토닥였다.

"이제 수업 시작한다. 준비해야지."

"네."

"네 감상문, 기대하고 있으마."

진심인지 농담인지 모를 말투에 '정말이세요?' 하고 따지고 싶었다. 무슨 생각을 하는지 속을 알 수 없는 상대다.

준비실에서 생물실로 돌아오자 반 아이들이 하나둘 교실로 들어왔다. 남학생 무리가 소란스럽게 들어온 후에 여학생들이 들어와 자리를 채웠다. 나는 생물실 입구를 계속 바라보았다. 곧 수업 종이 울릴 텐데 후지오의 모습이 보이지 않았기 때문이다. 학교에 안 온 건가 생각하는데, 종소리가 울리는 것과 동시에 후지오가 생물실로 허둥지둥 뛰어 들어왔다.

후지오는 교과서와 공책을 가슴에 안고 구부정한 자세로 찰싹찰싹 발소리를 내며 걸어와 자리에 앉는다. 발소리가 유난히 귓전을 때린다 싶어 자세히 봤더니, 후지오는 실내화가 아니라 녹색 슬리퍼를 신고 있었다. 현관 입구에 있는 방문객용 슬리퍼다. 왜 저걸 신고 있는지 의아했지만, 후지오는 내가 앉은 자리에서 멀리 떨어져 있다. 말을 걸 수도 없어서 보고만 있으려니 이내 히자키 선생님이 수업을 시작했다.

필기를 하면서 후지오의 뒤통수를 쳐다보았다. 수업이 끝나면 어째서 방문객용 슬리퍼 같은 걸 신고 있는지 물어볼 생각이었는데, 종소리가 울리자마자 후지오는 누구보다 빨리 생물실을 나가버렸다.

와자지껄한 학생들의 웅성거림 사이로 슬리퍼 바닥이 찰싹찰싹 복도를 때리는 소리가 멀어져갔다. 아직 공책을 덮지도 않았던 나는 교실을 빠져나가는 후지오의 뒷모습을 지켜보다가 고개를 돌려 교실 앞을 바라보고는 눈을 깜빡였다.

히자키 선생님이 후지오가 나간 쪽을 보고 있었다. 선생님도 후지오가 슬리퍼를 신고 있다는 걸 알아차렸던 걸까. 그런 사소한 것을 눈여겨본 까닭에, 누구보다 빨리 교실을 나간 후지오를 눈으로 좇았던 걸까. 언제든 웃음을 머금고 있는 그 얼굴에, 걱정

어린 표정이 드리운 것 같아 나는 눈을 휘둥그레 떴다. 잘못 봤나 싶어 눈을 비비는 그 틈에, 같은 반 여학생들이 선생님을 에워쌌다. 교과서도 펼치지 않고 선생님에게 뭐라고 말하는 걸로 보아 수업 관련 질문은 아닌 모양이다.

학생들을 상대하는 선생님은 어느샌가 평소같이 온화한 웃음을 띤 얼굴로 돌아와 있어서, 후지오의 뒷모습을 지켜보던 그 표정이 잘못 본 것이었는지 확신할 수 없었다.

후지오가 방문객용 슬리퍼를 신고 있었다는 게 다시 생각난 건 그날 점심시간 때였다. 매점에서 빵을 살 생각으로 4교시 수업이 끝나자마자 복도로 뛰쳐나와 교무실 앞에 있는 매점으로 향했다. 서두르지 않으면 조리빵 종류가 다 팔려버린다. 복도를 내달린 후 계단은 두 칸씩 내려와 층계참에서 인코스를 공략해 교무실이 있는 2층에 도착했다. 교무실 앞에서 뛰었다가 자칫 선생님들한테 주의를 받아 시간을 뺏기지 않도록 2층 복도에서만큼은 평소와 다름없는 속도로 걸었다.

매점 앞에는 다행히 아직 학생들이 줄을 서지 않았다. 조리빵들도 넉넉히 남아 있었다. 야키소바빵과 고로케빵, 그리고 디저트 대신 식빵 테두리로 만든 러스크를 사기로 하고 지갑을 꺼내려는데, 뒤에서 누가 교복 상의를 잡아당겼다. 뒤를 돌아보니 후지오가 가쁜 숨을 내쉬며 내 교복 소매를 붙잡고 있었다.

"어라, 후지오도 오늘은 빵이야?"

"그, 그게 아니라⋯."

후지오가 숨을 헐떡이면서 나를 쫓아온 거라고 말했다. 미도리카와 선배의 감상문 때문에 할 이야기가 있어서 부르려고 했는데 복도로 나가자마자 내가 무서운 속도로 달리기 시작한 바람에 깜짝 놀라 헐레벌떡 쫓아온 모양이다.

"그렇게 허둥대고 안 쫓아와도 됐는데, 금방 교실로 돌아갈 거라."

"그, 그러게. 하지만, 조퇴일지도 몰라서⋯ 연휴까지, 이제 그렇게 시간도 없고⋯."

"그런데 너 슬리퍼 신고 있지 않았어? 잘도 뛰어⋯."

생물 시간에 방문객용 슬리퍼를 신고 있던 게 생각나 내려다보니, 후지오는 실내화를 신고 있었다. 발끝에는 분명히 후지오의 이름도 적혀 있다.

"어, 아침엔 슬리퍼 아니었어?"

"응, 그게, 옷 갈아입을 때 잘 안 보여서."

그렇게 눈이 나쁘냐고 농담 삼아 물어보려다가 어깨를 들썩이면서 말하는 후지오가 너무 힘들어 보여서 그만뒀다. 아무래도 상관없는 대화는 그만하기로 하고, 매점에서 종이 팩에 담긴 오렌지주스를 사서 후지오에게 건넸다.

"이거 마시고 숨 좀 돌려."

"아, 도, 돈⋯."

"됐어. 너한텐 도서신문 일로 신세도 지고 있는데."

후지오는 놀란 듯한 얼굴로 나를 올려다보다가 양손으로 주스를 받더니 "고마워" 하고 땅에 닿을 듯 상체를 숙였다. 영주님에게 상이라도 하사받은 것처럼 공손하게. 계산하러 줄을 선 학생들이 무슨 일인가 싶어 돌아볼 정도로 깊숙이 허리를 숙이고 있는 후지오가 창피해 나는 후지오를 떠밀어 빠른 걸음으로 그 자리를 벗어났다.

후지오가 그날도 도서실에서 도시락을 먹을 거라고 해서 나도 같이 가기로 했다. 이번 주의 카운터 당번이 긴 테이블에서 도시락을 먹고 있었고, 우리도 같은 테이블 끝자리에 엉덩이를 붙였다.

"미도리카와 선배 감상문 관련해서 할 이야기란 게 뭐야?"

내가 묻자 후지오가 앉자마자 도시락 꾸러미를 풀려던 손을 멈추고 매듭이 묶인 곳을 손가락으로 만지작대면서 난감한 표정을 지었다.

"몇 가지 짐작되는 작품을 골라내긴 했는데, 결정타가 조금 부족하다고 할까…. 주인공이 어떤 실수를 저지르고, 많은 세월이 흘러서도 후회하는 이야기, 그것만 가지고는 아무래도 힌트가 적어도 너무 적어."

"하긴. 주인공이 남자인지 여자인지도 모르고."

야키소바빵 봉지를 뜯자, 실내에 짭짤한 냄새가 퍼졌다. 식욕을 돋우는 냄새에 정신이 들었는지 후지오도 도시락 꾸러미를 마저 풀면서 계속 말했다.

"굳이 힌트를 찾자면, 미도리카와 선배 자신에게 일어난 일이 아닐까 생각해. 선배가 뭔가 후회하고 있는 일. 그렇게 생각하면 역시 아라사카의 그림이 사라진 일이 마음에 걸려."

야키소바빵을 베어 물려던 나는 멈칫하고는 가볍게 눈살을 찌푸리며 말했다.

"그러니까 그건 선배한테 잘못이 없다니까."

"미술부에서는 동아리 활동 시간이 끝나면 마지막에 부장이 미술실 문단속을 한다고 들었어. 그렇다는 건, 마지막으로 아라사카의 그림을 본 사람이 선배라는 말이야."

후지오는 아직도 선배가 내 그림을 감췄을 가능성을 버리지 못하고 있는 것 같다.

"물론 그렇지만, 미술실 열쇠는 관리인실에 가면 누구든 가져올 수 있어. 선배가 집에 간 뒤에 누군가가 미술실에 들어갔을 수도 있잖아."

후지오는 도시락 모퉁이를 손가락으로 어루만지면서 "하지만…" 하고 시선을 떨어뜨렸다.

"만약 그렇다면, 선배가 그렇게 마음에 두고 힘들어할 이유는 없지 않아?"

"맞아, 그 말도 맞지만…."

선배가 필요 이상으로 사과를 거듭하는 건 나름대로 사연이 있다. 그다지 기분 좋은 이야기는 아니기에 그 사연을 떠올리면 마음이 무겁지만, 후지오는 젓가락질을 멈추고 다음 말을 기다리고 있었다. 나는 마지못해 입을 뗐다.

"우리 학교 미술부는 매년 미술전에 그림을 출품해. 1년에 한 번, 유치원생부터 대학생까지 몇만 점이나 되는 작품이 모이는 대규모 전람회야. 단체마다 출품 수에 제한은 없지만, 우리 고문은 부원 전원에게 그림을 그리게 해서 그중에 제일 완성도가 높은 작품 하나만 출품시킨다는 방침을 가지고 있어."

부원들의 창작 의욕을 부추기겠다는 목적으로 정해진 방침인 듯하지만, 나는 정말 아무래도 상관없었다. 내가 미술부에 들어간 건 체육 계열 동아리보다 체력을 소모하지 않아도 될 것 같아서였고, 다른 문과 계열 동아리에 비해 그래도 흥미가 있었기 때문이다. 그림 그리는 걸 좋아해서 가벼운 마음으로 들어갔는데 성가시기가 이루 말할 수 없었다.

그랬던 나인데 무슨 이유에서인지 미술부 고문 선생님이 내 그림을 전람회에 출품하려고 했다. 정확히는 나와 미도리카와 선배의 그림 중 하나를 내려고 했다.

미술실에 있던 내 그림이 홀연히 사라진 건, 고문 선생님이 좀처럼 결정을 내리지 못하고 있을 때였다. 이후 부원이 총출동해서 미술실은 물론, 온 학교를 다 뒤졌지만 그림은 나오지 않았다. 수상한 외부인이 교내에 들어와 그림을 훔쳤을 가능성도 있었기 때문에 학교 정문과 뒷문, 운동장을 둘러싼 펜스를 따라 설치된 방범 카메라도 체크했는데 외부인이 침입한 흔적은 없었다. 캔 버스 비슷한 것을 가지고 나가는 인물의 그림자조차 찍혀 있지 않았다고 한다.

내가 사용하던 캔버스는 15호. 세로 길이는 60센티미터 이상 이라 그런 큰 물건을 가지고 아무도 모르게 밖으로 나갈 방도는 없다.

그러므로 내 그림은 교내 어딘가에 숨겨져 있거나, 원래 형태 를 알아볼 수 없을 정도로 훼손되어 쓰레기통에 처박혔거나 둘 중 하나일 거라고 결론이 났다.

미술부 부원 모두가 대체 누가 그런 짓을 저질렀는지 당연히 궁금해했고, 미도리카와 선배가 제일 먼저 의심의 눈초리를 받았 다. 자기 그림을 출품하고 싶어서 내 그림을 감춘 게 아닐까 하고.

"바보 같지 않아? 그런 짓 안 해도 당연히 선배 그림이 출품될 텐데."

얼굴을 찌푸리고 야키소바빵 한가운데 놓인 홍생강을 입에 넣 었다.

"미도리카와 선배는, 그림을 그렇게 잘 그려?"

이제야 도시락에 젓가락을 대기 시작한 후지오의 질문에 나는 고개를 크게 끄덕이며 말했다.

"선배는 그림을 정말 좋아해. 캔버스 앞에 앉아 있는 게 힘들지 않을 거야. 나는 금세 싫증 내는데. 전람회에는 선배 그림이 출품됐고, 당당히 입선했어. 2월에 심사 결과가 발표되고 나서 초봄까지 미술실에 전시됐어."

"그 그림은 이제, 미도리카와 선배한테 돌아갔어?"

"지금은 교장실 앞 복도에 진열되어 있어. 다음에 한번 가서 봐. 눈 그림이야."

"눈 내린 풍경 그림이구나. 예쁘겠다."

후지오가 어떤 그림을 상상하는지 알 것 같아서 입꼬리가 올라갔다.

"예쁘긴 한데, 생각하는 거랑 좀 다를지도 몰라."

"무슨 말이야?"

"눈 내린 다음 날의 운동장 풍경을 그린 그림이야."

후지오는 살며시 미간을 찌푸렸다.

"다음 날이라면, 운동장이 엉망이 되어 있는 거 아냐?"

"응, 엉망이야. 발자국투성이에 눈은 다 흙탕물이 됐지."

미도리카와 선배는 다른 사람들이 그림 소재로 고르지 않을 광경을 군이 그리고 싶어 하는 사람이었다.

진흙투성이가 된 눈은 지저분하다. 하지만 녹은 눈이 밤사이에 다시 얼어붙어서 눈도, 얼음도 아닌 덩어리가 빛을 날카롭게 반사하는 광경은 신기하게도 눈길을 끌었다. 물과 얼음을 구분해내는 표현이 적확했다. 바라보고 있으면 한겨울 아침, 코 깊숙

한 곳까지 얼어붙는 것 같은 눈 냄새가 떠올랐다.

"모티브를 선정하는 것도 그렇지만, 그림으로 표현해낼 때도 다양한 방법을 시도해. 입선한 그림도 처음에는 얇고 섬세하게 색을 입혔는데, 갑자기 과감하게 두껍게 칠해본다거나. 그런데도 눈 아래에 있는 지면이 비쳐 보이는 것 같았어."

내 말을 단서 삼아 구체적인 이미지를 상상하는지, 후지오는 연신 고개를 끄덕였다. 꼭 실제 그림을 보여주고 싶다. 나중에 교장실 앞으로 데리고 가야겠다고 마음먹었다.

"그래서 선배가 내 그림 같은 걸 감출 리가 없다는 거야. 난 뭐 모티브를 고르는 것조차 귀찮아서 미술실에 있던 조화를 그렸으니까."

미술부 부원들한테도 이렇게 말했지만 부원들은 선배를 계속 의심했다. 대놓고 선배를 심문하는 게 아니라 뒤에서 몰래 수군댔다. 진심으로 의심했다기보다 만약 그랬으면 재미있겠다 정도의 기분이었을지도 모른다.

그 분위기를 버티다 못해 2학년이 될 때까지 기다리지 않고 탈퇴해버렸다. 걸핏하면 "사실은 너도 선배를 의심하는 거 아냐?"라고 묻는 말에 진저리가 났다.

내가 그렇게 동아리를 탈퇴한 것이 선배는 마음에 걸렸는지 교실까지 찾아와 몇 번이고 머리를 숙였다. 부장으로서 부원들을 제대로 이끌지 못했기 때문이다. 다른 부원들의 신뢰를 얻지 못해서 이런 일이 생기고 말았다, 네게 정말 미안하다면서 거듭 사과했다.

선배는 자기가 그림 그리는 걸 좋아하기 때문에 나도 마찬가지라 여기고 미술부를 떠나는 게 틀림없이 괴로웠을 거라고 짐작하는 듯했다. 난 정말로 미술부에 미련이 없다고, 몇 번이고 그렇게 말했는데도 말이다. 자기만의 확고한 틀에 갇혀 있는 구석이 있다는 건 부정할 수 없다.

"선배가 아직도 미안한 내색을 비치는 건 내가 미술부를 탈퇴했기 때문이야. 그것 말고 다른 이유 같은 건 없어."

후지오는 말없이 방울토마토를 입에 넣었다. 잠시 우물우물 입을 움직이고는, 입술에 손가락을 살짝 갖다 대며 말했다.

"실은 혹시, 하는 생각이 드는 소설이 있는데."

놀라서 입 가까이로 향하던 고로케빵이 궤도를 벗어났다. 입술 끝에 소스가 묻었지만 개의치 않고 몸을 내밀며 물었다.

"짐작 가는 게 있어? 무슨 책인데?"

"아, 아니, 그게 혹시 어쩌면, 하는 정도라서…."

후지오는 자신이 없는 듯 고개를 숙이고 작은 목소리로 말했다.

"선배가 읽은 건, 헤르만 헤세의 「공작나방」이 아닐까."

헤르만 헤세. 이름 정도는 들어본 것 같다. 내게 그 정도 지식밖에 없다는 걸 예상했는지 후지오가 곧바로 설명했다.

"헤세는 독일 태생 작가야. 나중에 스위스로 귀화했지만, 독일

문학계의 대표적인 인물로 알려져 있어. 유명한 작품은 『수레바퀴 아래서』야. 『수레바퀴 아래서』는 주위의 기대를 한 몸에 짊어진 주인공이 그 무게를 버텨내지 못하고 마음이 병들어 가는 모습을 그리고 있는데, 헤세의 자전적 소설이라고 일컬어지기도 해. 주인공은 엘리트 신학교에 입학하는데, 헤세도 아버지가 선교사고 계율이 엄격한 신학교에 입학했거든. 하지만 헤세는 입학하고 얼마 지나지 않아 신학교에서 도망 나와. 『수레바퀴 아래서』의 주인공도 똑같이 신학교를 그만두지. 이 작품을 자전적 소설이라고 하는 이유야. 헤세는 소설뿐만 아니라 수채화도 그리고 시도 쓰는 등 재능이 많았고, 노벨상과 괴테상을 수상했어."

역시 책에 얽힌 이야기라면 후지오는 막힘이 없다. 나는 고로케빵을 먹으면서 후지오가 하는 이야기에 귀를 기울였다.

헤세의 성장 과정부터 시작해서 그것이 작품에 미친 영향 등, 후지오의 이야기는 한참 동안 이어졌다. 흥분했는지 후지오의 뺨이 붉게 물들기 시작했다. 나는 고로케빵을 다 먹고 러스크 봉지를 뜯었다. 오늘은 이대로 점심시간이 끝나겠다고 생각하며 러스크를 입에 넣은 채 고개를 끄덕이거나 추임새를 넣고 있는데, 그제야 후지오가 정신이 돌아온 얼굴로 말끝을 흐렸다.

"미, 미안해. 쓸데없는 이야기를⋯."

"아니야, 헤르만 헤세라는 사람에 대해 잘 알게 돼서 좋았어. 그래서 「공작나방」은 어떤 이야기야?"

"아, 그, 그렇지. 중요한 걸 빠트렸네. 그런데 아라사카도 읽은 적이 있을지 몰라. 이 소설은 대부분의 중학교 교과서에 실려 있거든."

"그래? 처음 듣는 제목인데."

후지오는 아까 내가 준 오렌지주스로 목을 축인 후에 이어서 「공작나방」의 줄거리를 이야기하기 시작했다.

이 소설은 주인공이 과거를 회상하는 형식으로 쓰여 있다. 열 살 소년인 주인공은 나비 채집에 푹 빠져 있다. 가난해서 나비 수집함을 살 수 없었던 주인공은 종이 박스로 직접 나비 수집함을 만든다.

"주인공 이웃집에는 에밀이라는 소년이 살았어. 에밀의 부모님은 학교 선생님이고, 에밀도 나무랄 데 없는 모범생이었지. 그도 주인공처럼 나비 수집이 취미였는데, 에밀의 나비 표본은 예쁜 나비 수집함에 반듯하게 정리되어 있었어."

주인공은 그런 에밀과 썩 잘 지내지 못한다. 주인공이 직접 만든 나비 표본을 보고 에밀이 이것저것 지적하며 헐값을 매기는 등 주인공을 깎아내렸기 때문이다. 이후 주인공은 재수 없는 녀석이라며 에밀과 거리를 둔다.

어느 날, 에밀이 희귀한 공작나방의 고치를 손에 넣어 우화(羽化)에 성공했다는 소문이 돈다. 공작나방을 너무나 보고 싶었던 나머지 주인공은 에밀의 집에 몰래 숨어들어 책상 위에 놓여 있던 공작나방을 훔친다. 그런데 나가는 도중 에밀의 집에서 일하는 가정부와 마주치자 엉겁결에 공작나방을 바지 주머니에 넣어 버린다.

"일단 공작나방을 훔쳐서 집으로 돌아온 주인공은 마음을 고쳐먹고 다시 에밀의 방으로 숨어들어. 그리고 훔친 공작나방을 제자리에 되돌려놓으려 하지만 공작나방은 주머니 안에서 무참한 모습으로 으스러져 있었어."

"아아… 있었던 것 같네, 그런 이야기."

주인공은 에밀의 책상에 부서진 공작나방을 두고 집으로 도망쳐 돌아온다. 이후 고민 끝에 엄마에게 자초지종을 털어놓은 주인공은, 에밀에게 죄를 고백하고 사과와 변상을 해야만 한다는 엄마의 설득에 다시 에밀의 집으로 향한다. 그리고 자신이 한 짓을 낱낱이 고백하지만, 에밀은 주인공을 용서하지 않는다.

"그렇지만 에밀은 주인공에게 고함을 지르거나 폭력을 휘두르지는 않았어. 그저 쌀쌀맞게 주인공의 사과를 거절했을 뿐이야. 주인공이 자기의 나비 표본을 모두 주겠다고 해도 받으려 하지 않아. '네가 가지고 있는 건 이미 전부 다 있어. 네가 어떻게 나비를 다루는지도 잘 알았으니까'라고 하면서."

"그런 말까지 들을 정도라면 두들겨 맞는 게 차라리 낫겠네."

사과도, 변상도 전부 거절당하고, 채집가로서의 자존심도 박살나버린 주인공은, 귀가하자마자 지금껏 만들어온 표본을 하나 하나 손가락으로 으스러뜨린다. 그렇게 소설이 끝난다.

「공작나방」의 전체 줄거리를 생각해낸 나는 땅이 꺼져라 한숨을 쉬었다. 후지오가 말한 대로 나도 중학교 수업 시간에 이 이야기를 읽은 적이 있었다. 그때도 암담한 결말에 한숨을 내쉬었다. 주인공이 한 짓은 물론 나쁘지만 그래도 성심껏 사과했으니 용서해줘도 되지 않느냐고 울분에 가까운 심정을 느꼈다. 에밀 같은 녀석은 분명 친구도 없을 거라고 생각하기도 했다.

"미도리카와 선배가 준 감상문에 '예전에 읽은'이나 '지루하다'라는 단어가 적혀 있기 때문에 어쩌면 자발적으로 읽은 게 아니라 어쩔 수 없이 읽어야 했던 이야기가 아닐까 생각했어. 그래서 교과서에 실려 있는 작품으로 추렸더니 제일 먼저 떠오른 게 「공작나방」이었어."

"그랬구나…."

앞뒤가 들어맞긴 하지만, 품행이 단정하고 점잖은 미도리카와 선배에게, 욕망에 못 이겨 공작나방을 훔친 주인공의 이미지를 겹쳐 보는 건 어려웠다.

입을 다문 내 얼굴을 힐긋거리던 후지오가 작은 목소리로 덧붙였다.

"선배는, 작중의 공작나방과 아라사카의 그림을 동일 선상에 놓고 있는 게 아닐까 생각했어…."

"아직도 선배가 그림을 감췄다고 의심하는 거야?"

따질 생각은 아니었는데 후지오가 겁먹은 듯이 어깨를 움츠렸다. 후지오의 말을 부정하기만 해서는 같은 이야기만 반복될 것 같아서 나도 조금 인정하기로 했다.

"만약에 그림을 숨긴 게 선배라고 치자. 그렇다면 이제 와서 왜 그런 감상문을 써낸 걸까? 보통은 그냥 계속 감춰두려 하지 않을까? 게다가 당사자인 나한테 힌트가 될 만한 감상문을 준다는 것도 이상하잖아?"

양보했다고 생각했는데 결국 선배를 옹호하고 말았다.

후지오는 잠시 말이 없었지만, 이윽고 결심한 듯 입을 열었다.

"야에가시가 「무희」의 감상문을 썼을 때, 알리시아에게 보내는 러브레터처럼 됐잖아. 알리시아도 비슷한 내용이었고."

갑자기 야에가시 이야기가 나와서 당황스러웠지만, 괜히 말을 덧붙이지 않고 일단 들었다.

"분명 야에가시도, 알리시아도 상대방이 감상문을 읽을 걸 예상하고 그런 내용으로 썼을 거라고 생각해. 독서 감상문은 기본적으로 누군가가 읽으리라는 걸 전제한 글이니까. 그렇다면 미도리카와 선배도, 아라사카가 읽는다는 걸 의식하고 그런 감상문을 쓴 게 아닐까? 「공작나방」이라는 책을 선택하고 아라사카한테 그 감상문을 건넨 것 자체가, 자신이 지은 죄를 고백하는 것 같다는 생각을 떨칠 수가 없어."

설마, 하고 웃어넘기려 했는데, 입꼬리에 미세한 경련이 일어날 뿐 웃을 수가 없었다.

　감상문을 받았던 날, 내게 감상문을 건네고 교실로 돌아가던 선배의 뒷모습을 떠올렸다. 후지오의 말이 맞는다면 돌아가던 길의 선배는 밝은 홍갈색 눈가의 웃음을 지우고 목소리도 싸늘하게 식어 있지 않았을까.

　"그럼 선배가 내 그림을 숨겼다는 거야? 어째서?"

　"그 대답이 바로 「공작나방」이 아닐까."

　후지오는 식은 밥을 젓가락으로 갈라 한 덩이를 입에 넣었다. 후지오의 말이 무슨 뜻인지 후지오가 밥을 다 씹을 때까지 생각해봤지만 도무지 알 수 없어서 말없이 고개를 가로저었다.

　입안에 있던 걸 삼키고 후지오가 물었다.

　"주인공은 에밀에게 어떤 감정을 품고 있었지?"

　나는 옛날에 읽은 「공작나방」의 내용을 필사적으로 떠올렸다.

　에밀은 가정부가 있는 집에 살고, 표본도 주인공처럼 손으로 만든 게 아니라 부모님이 사준 비싼 세트를 갖고 있었다. 주인공이 직접 만든 자랑스러운 표본을 싸구려라고 평가하는 말은 맞는 말일지는 몰라도 상대의 감정을 파악하거나 배려하는 눈치가 부족하다.

　"재수 없는 녀석이 가진 게 많아서 부럽다?"

　"그래, 쉽게 말해 질투야."

　간결하게 정리된 후지오의 말에 나는 눈을 깜박였다.

"하지만 선배는 다른 사람을 질투하는 그런 타입도 아니고, 날 질투할 이유도…."

"있어. 어쩌면 고문 선생님은 전람회에 아라사카의 그림을 출품할 생각이 아니었을까? 부장인 미도리카와 선배는, 그걸 누구보다 빨리 알았을지도 몰라."

모른다는 표현을 썼지만 후지오의 목소리에는 단정적인 울림이 있었다.

"미도리카와 선배는 아라카사의 그림을 훔친 걸 후회하고 있고, 그 죄를 고백하기 위해 이런 감상문을 쓴 게…."

"아니야."

무심결에 날 선 목소리가 나와 후지오의 어깨가 움츠러들었다. 오랜만에 겁먹은 작은 동물처럼 나를 바라보는 눈을 보고, 목소리 톤을 황급히 낮췄다.

"아니라니까. 내 그림을 훔친 건 선배가 아니야."

되도록 부드러운 어조로 말하려 신경을 썼는데도 후지오는 입술을 앙다물고 움직이지 않았다. 온몸에 경계심을 두르고 있다.

후지오는 젓가락을 움켜쥐고 한동안 잠자코 있다가 내가 화내는 게 아니라는 걸 알았는지 머뭇거리며 입을 열었다.

"달리 짐작 가는 사람이 있는 것처럼 들리는데…."

그 와중에 후지오는 날카롭게 정곡을 찔렀다. 입을 잘못 놀렸다는 걸 깨달았을 때는 이미 늦어서 아아, 하고 난처함을 못 이기고 탄식이 새어 나왔다.

이런 일을 누군가에게 말할 생각은 없었다. 멍청한 짓을 저지른 내가 한심했지만, 한번 입에서 나온 말은 다시 집어넣을 수 없다.

나는 고개를 돌려 사서실을 둘러봤다. 떨어진 자리에서 도시락을 먹던 도서위원들은 이미 다들 카운터에 들어가 있었다. 가와이 선생님의 모습도 보이지 않았다. 실내에 나와 후지오 단 둘만 있는 걸 확인하고, 나는 최대한 목소리를 낮춰 말했다.

"범인은 선배가 아니야. **히자키 선생님이야.**"

후지오가 눈을 휘둥그레 뜬다. 나비가 날개를 펼치듯 천천히. 너무 놀라 목소리도 안 나오는지, 말없이 입술을 파르르 떠는 후지오를 진정시키기 위해 나는 한쪽 손을 들어 보이며 말했다.

"자세히 설명할 테니까 도시락 마저 먹으면서 들어. 곧 점심시간 끝나니까."

후지오는 깜짝 놀란 듯이 시계를 올려다보고 나서 아직 3분의 1 정도 남은 도시락에 허둥지둥 젓가락을 댔다. 볼이 불룩하게 달걀말이를 입안에 넣고 열심히 씹으면서도 내게 눈을 떼지 않고 다음 이야기를 재촉한다.

나는 후지오가 입안에 든 걸 삼키기를 기다렸다가 무겁게 입을 열었다.

"내 그림은 도둑맞은 게 아니라 소각됐어."

"소… 켁, 켁!"

후지오는 놀랐는지 눈을 크게 뜨고는 급하게 숨을 들이마시다가 사례들린 듯 세차게 기침을 했다. 달걀말이를 다 삼킬 때까지 기다리기를 잘한 것 같다.

"선생님이 내 그림을 태우는 걸 봤어. 밤에 학교에서."

"밤에? 그 시간에 학교에 있었어? 혼자?"

"응, 깜박하고 안 가져간 게 있어서."

그날 교실 책상에 지갑을 두고 하교했다. 저녁 무렵 집에 있다가 편의점에 가려던 차에 그 사실을 알았고, 누군가가 슬쩍하기라도 하면 곤란해서 다시 학교에 갔다. 오후 8시가 한참 넘어간 때였지만 교무실에서는 아직 불빛이 새어 나오고 있었다.

빠른 걸음으로 교실로 가 책상 서랍에 있는 지갑을 꺼냈다. 교내를 순찰하는 경비원한테 들키지 않게 교실 불은 켜지 않았지만 복도에 전등이 켜져 있었기 때문에 주위를 충분히 확인할 수 있었다.

지갑을 가지고 복도로 나와 별 생각 없이 밖으로 눈을 돌렸다. 1학년과 2학년 교실은 3층에 있어서 복도 창문으로 운동장이 내려다보인다. 시간이 늦어 운동부 모습은 보이지 않고, 체육관 불빛도 꺼져 있었다. 체육관 옆에는 체육 창고가 나란히 서 있지만, 당연히 그쪽에도 인적은 없었다. 시선을 거두려던 순간, 붉은빛이 눈가를 스쳐 얼굴을 창문 가까이 가져갔다.

체육 창고 뒤에서 뭔가가 빛나고 있었다. 눈에 힘을 주고 보니,

불이란 걸 알아볼 수 있었다. 설마 화재인가 싶어 당황했지만 이내 소각로의 존재가 생각났다. 소각로는 이제 사용하지 않는다고 전에 누가 말했던 것 같은데, 아직 사용되고 있었던 걸까.

복도를 몇 걸음 걸어가자 창고 지붕에 가려져 있던 소각로 전경이 똑똑히 보였다. 어둠 속에서 끊임없이 색을 바꾸며 타오르는 불길의 모습도 잘 보였다.

소각로 앞에는 히자키 선생님이 서 있었다. 멀리서도 알아볼 수 있었던 건 선생님이 입고 있는 흰 가운 때문이었다. 교내에서 평소에 흰 가운을 입는 사람은 히자키 선생님밖에 없다.

단 한순간도 똑같은 모습을 유지하지 않는 불길 앞에서 선생님은 미동조차 하지 않았다. 한밤의 운동장에서 열린 캠프파이어를 홀로 지켜보는 파수꾼처럼.

나는 선생님의 뒷모습을 곁눈질하며, 필요 없어진 프린트물이라도 태우는 걸까 하고 생각하면서 집으로 돌아갔다.

내 그림이 미술실에서 사라진 건 그다음 날이다. 모두 교내를 뒤지는 가운데, 난 혼자 체육 창고 뒤편의 소각로로 향했다. 어떤 예감이 들었던 건 아니다. 한밤중에 학교에서 불을 지피는 선생님의 뒷모습이 인상에 남아, 그림을 찾아 나선 김에 아직도 쓰이는 것 같은 소각로나 한번 보자는 생각이었다.

"그랬는데, 소각로 안에 타다 남은 캔버스의 잔해가 있었어."

후지오가 숨을 삼켰다. 설마, 하고 작게 중얼거리고는 드디어

다 비운 도시락을 옆으로 치우며 말했다.

"정말 캔버스였어? 잘못 본 게 아니라?"

"응, 화포는 다 타서 떨어졌고, 틀도 숯덩이가 됐지만 틀림없었어."

미술부는 동아리 예산 절감을 위해 부원이 손수 캔버스 롤에서 화포를 잘라내 나무틀에 치고 못을 박는다. 내 손으로 만든 형상이므로 잘못 볼 리 없었다.

"하지만 화포가 타서 없어졌다면, 아라사카의 그림이라고 단언할 순 없지 않을까…."

"아니, 확실해. 내 거야. 내 그림을 찾을 때, 처음엔 미술실을 샅샅이 뒤졌어. 어딘가에 그림이 잘못 들어가지 않았는지, 내 것 말고 또 없어진 그림은 없는지. 만에 하나 외부인이 침입했다고 한다면 경찰에 신고해야 하니까, 미술부 고문 선생님은 비품 내역을 정리한 공책이랑 대조까지 해가며 체크했어. 그리다 만 캔버스도, 새하얀 캔버스도, 아직 화포를 치지 않은 나무틀 수까지 모조리 조사해서 미술실에서 사라진 건 내 그림 한 장뿐이란 걸 확인했어."

그런 상황에서 소각로에서 불타버린 캔버스 잔해가 나왔다. 당연히 내 그림이 불탔다고 생각하는 게 자연스러운 상황이었다.

후지오는 믿기지 않는다고 말하고 싶은 듯한 표정을 지었다가 문득 뭔가가 생각났다는 듯이 몸을 내밀었다.

"혹시, 그래서 아라사카는 히자키 선생님한테 독서 감상문을 의뢰한 거야? 뭔가 캐낼 생각으로…?"

"캐낸다기보다 무슨 생각을 하는지 궁금해서."

나는 1학년 때도 히자키 선생님에게 생물 수업을 들었지만 선생님과 개인적인 이야기를 나눈 적은 없었다. 생물 성적은 좋지도, 나쁘지도 않았고 찍힐 이유 같은 건 짐작도 안 가는데 어째서 내 그림은 선생님 손에 의해 불타버린 걸까.

"선생님은 내 이름도 기억 못 하니까 내가 선생님에게 뭔가 원한을 샀다고 생각하기는 힘들어. 개인에 대한 공격이 아니라면 무슨 이유로 그림을 태웠을까. 나라면 이유도 없이 남의 그림을 태우지 않아. 그림에 들어간 시간이나 열의 같은 여러 가지 것들이 보일 수밖에 없으니까."

나뿐 아니라 누구든 주저할 것이다. 그렇지만 히자키 선생님은 어떨까. 모르기 때문에 알고 싶어졌다. 하다못해 그 그림을 그린 사람이 나라는 사실을 알고는 있는지 확인하고 싶어서, 그래서 감상문을 부탁한 것이다.

후지오는 창백해진 얼굴로 날 보면서 무릎 위에 올려놓은 손을 꼬옥 움켜쥐었다.

"서, 선생님에게 복수 같은 걸… 생각하고?"

"그럴 생각은 전혀 없는데."

"하지만 그림을… 시간을 들여 힘들게 그렸는데…."

내가 선생님에게 무슨 짓이라도 할 거라고 생각했는지 후지오의 뺨이 점점 하얘진다.

후지오가 불안을 떨쳐버릴 수 있게 나는 그러지 않을 거라고 단언했다.

"완성 직전의 그림을 태워버렸다면 화가 났을지 몰라도 그건 이미 완성한 그림이라서. 그림을 그리는 건 좋아하지만 다 그린 그림에는 흥미가 없어. 옛날에 그린 그림도 한 장도 안 남겨놨어. 최근에는 스마트폰이나 태블릿에 그렸다가 금방 지워버리고."

나는 그림을 그리는 걸 좋아할 뿐이지, 수중에 남겨두고 싶지도 않고 다른 사람에게 평가받고 싶은 생각도 없다. 그저 색을 덧씌우는 행위에 몰두하면 마음이 편안해지기 때문에 그림을 그린다.

후지오는 탐색하는 듯한 눈초리로 나를 한참 응시하더니, 내가 안 좋은 일을 계획하고 있지 않다는 사실을 납득했는지 안도하듯이 숨을 내쉬었다.

"저, 그런데 소각로 앞에 있던 사람이 정말 히자키 선생님이었을까?"

도시락 뚜껑을 덮으면서 후지오가 조심스레 의문을 제기했다.

"아라사카는 학교 건물에서 소각로를 본 거잖아. 조금 거리가 있기도 하고, 밤이어서 어두웠을 테고…. 히자키 선생님이라고 단정할 수 없지 않을까…."

"흰 가운을 입고 있었는데?"

"가운이라면 입으려고 마음먹으면 누구든 입을 수 있으니 그것만 가지고는…."

"얼굴 옆모습이 선생님이었어."

"잘못 봤을 수도…."

'내 시력은 2.0이야'라고 말하면 좋았겠지만 정확하지 않아서 입을 다물었다. 시력검사에서는 2.0까지밖에 측정해주지 않지만, 실제로는 2.5까지 보인다.

소각로 앞에 서 있던 사람은 실루엣으로 봤을 때 남자였다. 키가 컸고, 흰 가운을 입었으며, 머리카락은 회색이었다. 뒤쪽을 신경 쓰는 몸짓으로 돌아봤을 때 그 옆얼굴은, 분명히 히자키 선생님이었다. 실제로 이 눈으로 본 나는 단언할 수 있지만, 그 자리에 없었던 후지오를 납득시키기는 어렵다.

그 사람이 정말 히자키 선생님이었는지 지금 와서 다시 생각한다 하더라도 내 대답은 달라지지 않지만, 그것보다 선생님을 유난히 두둔하는 후지오의 반응이 신경 쓰였다.

"왜 그렇게 히자키 선생님을 감싸는 거야?"

별다른 뜻 없이 궁금해서 물어봤는데, 후지오는 어깨를 움츠리고 고개를 숙였다. 입술을 굳게 다물고 있는 걸 보면 말하고 싶지 않은 이유가 있는 건지도 모른다. 겁먹은 것처럼 이리저리 시선이 흔들리는 후지오를 보다 못해 가벼운 투로 덧붙여 말했다.

"네 말대로 내가 착각했는지도 모르지."

말했다시피 딱히 선생님의 죄를 폭로하고 싶다거나 사과를 받고 싶은 게 아니다. 선생님한테 독서 감상문을 의뢰한 시점에서 내 목적은 거의 달성됐다. 선생님은 그걸 내 그림이라고 알고 있는 상태에서 소각하지 않았고, 나라는 사람에게도 딱히 흥미를 가지고 있지 않았다. 그 사실을 안 것만으로 충분했다.

히자키 선생님은 언제나 상냥한 웃음을 머금고 누구에게나 부드러운 어조로 말하지만 내면을 알기 힘든 사람이다. 「붉은 누에고치」 같은 정체 모를 소설의 감상문을 요구하는 그런 사람이다.

선생님과 「붉은 누에고치」라는 이야기에서 기묘한 시그널을 발견한 것 같은 느낌이 든 순간, 후지오가 결심한 듯 "그게 아니야"라고 소리 내어 말했다.

"나는… 아라사카가 근거 없는 말을 한다고 생각하는 게 아니라… 그저 히자키 선생님이, 그렇게 심한 짓을 할 만한 사람으로는, 보이지 않아서…."

"그래? 희희낙락하면서 너구리 사체에서 가죽을 벗기는 사람인데?"

"으… 그, 그렇긴 하지만…."

후지오는 난처한 듯 울상을 짓는다. 너무 심했나. 표정을 고쳐 이야기를 들을 의사를 나타내 보이자 후지오가 등을 펴고 띄엄띄엄 말하기 시작했다.

"그게, 1학년 때, 히자키 선생님이랑 생물실에서, 이야기를 나눈 적이 있는데…."

"어떤 이야기?"

후지오는 눈을 내리깔고 "독서에 대해서"라고 속삭이는 듯한 목소리로 말했다.

"전에 내가 아라사카한테 사람들이 왜 책을 읽는지 이야기한 적이 있을 텐데…."

"응, 예언서 이야기 말이지."

"그거, 히자키 선생님이 하셨던 말이야."

후지오는 눈을 내리깐 채 무릎 위에서 양손으로 깍지를 끼고 엄지손가락의 손톱을 튕겼다. 다음 말을 꺼낼 시간을 미루고 싶다는 듯 몇 번이고 손톱을 튕기던 후지오가 드디어 다시 입을 열었다.

"초등학생 때부터, 나, 왕따였어."

나는 입술을 살짝 열었다가 닫았다. 뭐라고 대답하면 좋을지 몰랐다. 그렇게는 안 보인다는 뻔한 말은 못 하겠다. 그랬겠지, 하는 무신경한 말도 할 수 없다. 그 말을 입밖으로 꺼내기까지 후지오가 보였던 망설임을 생각한다면 그랬구나, 하고 가볍게 흘리는 대답도 맞지 않는 것 같아서 "응" 하고 고개를 끄덕였다. 눈은 똑바로 후지오를 향한 채 말보다는 목소리나 시선으로 "듣고 있어" 하는 뜻을 전달하기 위해서.

후지오는 나를 힐끔 봤다가 금세 다시 눈을 내리깔았다.

"친구가 없어서, 학교에서는 항상 책만 읽었어."

반 친구들은 그런 후지오에게 말을 걸려고 하지 않았다. 명확한 악의를 가지고 무시하거나 괴롭히진 않았지만, 그래도 넌지시 시선을 피했다. 후지오가 용기를 쥐어짜내 꺼낸 목소리는 교실의 소란스러움에 묻혀 누구의 귀에도 닿지 못하고 누군가의 실내화에 밟혀 찌그러졌다.

직장 일로 바쁜 부모님한테 말하지도 못하고 시끄러운 교실에서 담임을 불러 세우지도 못한 후지오는 친구와 수다를 떠는 대신 교실에서 오로지 책만 읽었다.

"틈만 나면 활자를 읽었어. 그러지 않으면, 숨을 쉴 수가 없었거든. 하지만 전에 아라사카가 말한 대로, 소설은 가공의 사건을 엮어 쓴 거야. 친구를 만드는 노력도 하지 않고 책만 읽는 건, 현실도피일지도 모르니… 나도 마음이 찔리긴 했어."

초등학교에서 중학교, 고등학교로 진학해서도 상황은 달라지지 않았다. 다른 사람과 대화하는 게 힘들었던 후지오는 혼자 묵묵히 책을 읽는 편이 마음이 더 편했다.

"작년에 생물실에 뭘 두고 와서… 방과 후에 가지러 갔어. 그랬는데, 거기 히자키 선생님이 계셨어."

히자키 선생님은 후지오의 얼굴을 보자마자 "도서실 앞에서 자주 보는 학생이네" 하고 웃었다고 한다. 책을 좋아하느냐는 질문에 고개를 끄덕이기는 했지만 후지오는 선생님 얼굴을 제대로 바라볼 수 없었다. 독서라는 행위에 떳떳하지 못함을 느끼고 있었던 탓이다. 그래도 선생님은 개의치 않고 후지오에게 질문을 계속했다. "어떤 책을 읽니?", "좋아하는 책은 뭐지?", "좋아하는 작가는?" 하고.

"책을 잘 읽는구나" 하고 칭찬하는 어조로 말한 선생님에게 후지오는 "책 말고는 좋아하는 게 없어요" 하고 대답했다고 한다.

"'현실에서 도망치고 있을 뿐이에요.' 그렇게 말하고 말았어. 그랬더니 선생님이, 그건 아니라고 말씀해주셨어."

석양으로 물든 생물실에서 선생님은 창문 쪽으로 몸을 돌리고는 말했다고 한다. 책을 읽는 건 현실도피가 아니라 현실에 맞서기 위한 기술 중 하나라고. 그때 예언서 이야기를 해줬던 모양이다.

"'책을 많이 읽으렴' 하고 말씀해주셔서, 마음이 너무 든든했어."

"그런 분이기 때문에…"라고 말끝을 흐리고 후지오는 입을 닫았다. 그렇기 때문에 학생이 심혈을 기울여 그린 그림을 이유도 없이 불태워버렸단 말이 믿기지 않는다는 말이 생략된 맺음이었다.

히자키 선생님과 있었던 일을 말하는 후지오의 뺨이 살짝 달아올라 있었다. 마치 책 이야기를 할 때 같았다. 그 얼굴을 보고 그제야 후지오가 얼마나 히자키 선생님에게 마음이 기울어 있는지를 알 수 있었다. 어쩌면 후지오는 수업이 끝나고 선생님에게 몰려드는 여학생들보다 훨씬 더 히자키 선생님에게 빠져 있는지도 모른다.

말을 많이 해서 지쳤는지 가냘픈 한숨을 내쉰 후지오가 문득 정신이 든 듯 주머니에서 스마트폰을 꺼냈다. 후지오의 대기화면도 내 것처럼 심플해서, 화면 중앙에 시각을 표시하는 숫자가 나란히 있는 게 다였다. 숫자의 색은 빨강. 그걸 본 순간, 나는 자리에서 벌떡 일어섰다.

"언제 예비종 울렸지? 우와, 전혀 몰랐는데!"

"아, 아닌데, 아직⋯."

후지오의 목소리를 덮어씌우듯이 종소리가 울려 퍼졌다. 수업 시작종이라 생각해 얼굴이 파래진 내게 후지오가 황급히 스마트폰 화면을 보여주며 말했다.

"괜찮아, 지금 울리는 게 예비종이야."

"하지만 방금 숫자가 빨갛게⋯."

후지오가 보여준 화면을 들여다보고 눈을 깜박였다. 표시된 시각은 12시 55분. 아직 오후 1시가 되기 전이었다. 하지만 숫자 색은 빨갛다. 그렇구나, 하고 나는 맥 빠진 목소리로 말했다.

"시간, 처음부터 빨강이었구나."

"숫자 색깔 말이야? 맞아, 그런 디자인인데⋯. 혹시 아라사카의 대기화면은 시간에 따라 숫자 색깔이 바뀌는 거야?"

"아, 응. 오후 1시가 빨강이라서 착각했어. 미안⋯."

당황했던 게 겸연쩍어서 목소리가 점점 작아졌다. 그래도 내가 요란스럽게 착각한 덕분에 예전 이야기를 하는 내내 굳어 있던 후지오의 표정이 조금 풀렸다. 체면이 말이 아니었지만 결과가 좋으니 신경 쓰지 않아도 될 것 같았다.

사서실에서 미도리카와 선배가 읽은 책에 대해 후지오와 이야기를 나눈 그날, 나는 방과 후에 미술실을 찾아갔다. 6교시에 미술 수업이 있었는지 여학생 몇 명이 나와 엇갈려 미술실에서 나왔다. 미술실 안에는 아무도 없었다. 미술 선생님도 준비실에 간 것 같았다.

미술실은 일반 교실 두 개를 합쳐놓은 듯 공간이 널찍하다. 교실 뒤편에는 정사각형 모양의 선반이 나란히 놓여 있다. 선반 안에는 수업 때 사용하는 스케치북과 지저분한 팔레트, 데생 모티브로 쓰이는 조화와 과일 모형, 선생님의 개인 물품인지 학교 비품인지 모를 화집 등이 들어 있었다.

창가에서 3분의 1까지의 선반은 미술부에게 할당된 공간이라 부원들의 스케치북 같은 것들이 놓여 있었다. 수업 때 쓰는 것과 달리 부원들이 저마다 좋아하는 종류를 가져다 놓았기 때문에 어느 스케치북이 누구 것인지 대강 짐작할 수 있었다.

창가에 서서 너비가 긴 검은 스케치북으로 손을 뻗었다. 미도리카와 선배의 것이다. A4 사이즈보다 조금 작은 스케치북을 펼치자 연필로 그린 꽃 그림이 나타났다. 해바라기는 아니지만 꽃

병 속에서 시든 꽃이 고흐의 그림을 생각나게 했다.

다음 페이지에는 심만 남은 말라비틀어진 사과가, 그 다음 페이지에는 길가에서 자동차 바퀴에 하복부를 치인 사마귀 그림이 모두 연필로 그려져 있었다.

선배는 예쁘다고는 말하기 힘든 풍경, 다른 사람이 눈을 돌려 버리고 말 것 같은 광경에 시선을 두고 붓을 든다. 전람회에 출품된 그림 역시 쌓여 있던 눈이 여기저기 짓밟힌 운동장이었다.

아름다운 광경이 아닌데 미도리카와 선배의 손길이 닿으면 신기하게도 시선을 빼앗긴다. 이유가 뭘까. 배색이 섬세하다. 현실보다 많은 색을 덧입히는 기분이 든다. 하지만 허구라 느껴지지 않는 아슬아슬한 밸런스가 좋았다.

흑백 그림 속에서, 오른쪽 아래에 그려진 선배의 이름만이 진한 녹색을 떠올리게 했다.* 가지런한 글씨는 본인의 성실하고 정직한 인품을 나타내는 것 같았다.

내 그림을 훔친 사람이 선배가 아닐까, 후지오에게 그 말을 들었을 때는 설마 그럴 리가 없다고 생각했다. 말이 안 된다. 다른 사람은 몰라도 미도리카와 선배라니. 지금도 믿지 않는다. 그런데 이렇게 미술실에 와서 선배의 스케치북을 보고 있는 건 어째서일까.

---

* '미도리카와(緑川)'는 '녹색 강'이라는 뜻이다.

독서 감상문은 누군가가 읽을 것을 전제로 쓰는 것이라는 후지오의 말이 머리에서 떠나지 않았다. 깊은 후회가 엿보이는 감상문을 내게 건넨 선배의 의도는 뭘까. 사과를 할 생각일까. 하지만 그렇다면 책의 제목을 숨기는 의미를 모르겠다.

답을 찾지 못한 채 스케치북의 페이지를 넘기다가 이번에는 게가 나타났다. 게 두 마리가 포개져 있는 그림이었다. 교미 중인 걸까. 그런 것치고는 위에 있는 게의 선이 연했다. 건너편이 비쳐 보이기까지 했다. 마치 유체이탈 같았다.

어디선가 본 것 같은 기분으로 그림을 바라보던 나는 급하게 숨을 들이마셨다. 그러고는 재빠르게 스케치북을 덮어 선반에 되돌려놓고 한걸음에 미술실에서 나가 계단을 뛰어 내려갔다.

도착한 곳은 생물실 앞이었다. 복도에 놓인 수조 속에는 오늘도 수생생물들이 하늘하늘 춤을 추고 있었다. 붕어, 미꾸라지, 우파루파 그리고 민물게.

수조와 나란히 놓인 장식장 앞에 서서, 유리문에 얼굴을 가까이 가져갔다. 장식장 안에는 포르말린에 담긴 표본이 잔뜩 놓여 있었고, 그중에는 게 표본도 있었다.

선반 구석, 표본병 바닥에 누워 있는 건 탈피에 실패한 게다. 도중에 힘이 딸려 수조 안에 죽어 있던 걸 표본으로 만들었다고, 예전에 히자키 선생님이 말했다. '이 사람 앞에선 마음 놓고 죽을 수도 없겠구나' 하고 속으로 한 생각까지 떠올랐다.

눈앞에 있는 게와, 선배가 스케치북에 그린 게는 같은 걸로 보였다. 한쪽 집게발밖에 껍질을 벗지 못한 것까지 똑같았다.

선배는 이 표본을 어디서 그렸을까. 장식장 문을 당겨 봤지만 잠겨 있었다. 그렇다면 여기까지 스케치북을 가지고 와서 그린 걸까. 시선을 약간 옆으로 옮겼다. 표본 장식장 오른쪽 옆에는 생물 준비실 문이 있다.

히자키 선생님은 장식장을 바라보던 나와 후지오에게 먼저 말을 걸었다. 열심히 표본을 스케치하는 학생을 발견했다면 역시 말을 걸지 않았을까.

나는 장식장 앞에 우두커니 서서 움직이지 않았다. 미도리카와 선배가 내 그림을 불태우는 건 말이 안 된다고 생각했다. 왜냐하면 그림을 소각한 건 히자키 선생님이고, 선배와 히자키 선생님 사이에는 아무런 접점이 없다. 그렇게 생각했는데 아니었던 걸까.

옆에 있는 수조에서 물을 튀기는 소리가 났다. 그쪽으로 무심코 눈을 돌렸지만, 수조 속 생물들은 짜기라도 한 듯이 하나같이 시치미를 떼고는 물속에서 몸을 이리저리 놀릴 뿐이었다.

✦

요즘은 방과 후에 도서실에 들르는 게 일과가 됐다. 입학하고 1년 동안은 와본 적도 없는데. 하루하루의 행동이란 건 무엇을 계기로 어떻게 달라질지 알 수 없다.

「공작나방」을 빌릴 생각으로 6교시 수업을 마치고 곧장 도서실로 왔더니 내가 1등이었다. 방과 후 카운터 당번을 맡은 도서위원의 모습조차 보이지 않았다.

곧바로 책을 찾으려 했지만 작가의 이름이 떠오르지 않았다. 카운터 앞에서 발을 동동 구르고 있는데 사서실에서 가와이 선생님이 얼굴을 내밀었다.

"어머, 아라사카. 요즘 자주 오네. 후지오는 같이 안 왔어?"

"후지오는 청소 당번이라 나중에 올 거예요. 그것보다 선생님, 「공작나방」의 작가가 누구였죠?"

"헤르만 헤세?"

역시, 척하면 척인 명쾌한 대답이다. 고맙다고 인사하고 서가로 가서 '하' 행 서가를 뒤졌지만 일본인 작가의 책밖에 없었다. 우왕좌왕하는 나를 보다 못했는지 선생님이 손짓했다.

"해외 작가는 이쪽 서가. 헤세는 이쯤이려나. 『수레바퀴 아래서』라면 있는데."

"「공작나방」을 찾고 있는데요."

"음, 그거 말이군. 그러면 혹시 다른 서가인가."

선생님은 나와 함께 서가 사이를 돌아다니다가 교과서에 나오는 단편을 모아 놓은 선집을 찾아 건네줬다.

"「공작나방」이라니 씁쓸한 선택인데?"

"하긴, 좋아서 읽을 내용은 아니죠."

"그런데 무리해서 읽으려고? 그러니까 책을 싫어하게 되는 거야. 일단 재밌어 보이는 책부터 읽으면 되는데."

"딱히 취미 삼아 읽는 것도 아니라서요."

모든 것은 도서신문을 위해, 평화로운 나의 방과 후를 위해서다.

선생님은 크게 낙담한 표정으로 한숨을 내쉬면서 카운터로 돌아가며 말했다.

"요즘 애들은 정말 책을 안 읽는단 말이지. 이 나라의 미래가 걱정돼. 범죄가 늘어나겠어."

"책을 안 읽으면 범죄자가 되나요?"

본인도 너무 극단적인 말이라고 생각했는지, 선생님은 나를 돌아보며 조용히 웃었다.

"될지도 모르지. 이런 일화가 있거든. 옛날에 출판 기술이 발달하고 시민들 사이에 소설이 유행하자 살인 사건이 줄어들었던 모양이야. 왜 그랬다고 생각해?"

"독서로 인해 윤리관에 대해 깨달았기 때문에?"

"아까워라. 소설을 읽고 시민들이 깨달은 건 그런 막연한 게 아니었어."

선생님 목소리에는 웃음기가 배어 있었다. 정답 근처에도 못 간 모양이다. 뭘까. 설마 소설에 너무 열중해서 범죄를 일으킬 시간이 없어졌기 때문은 아니겠지.

카운터 안에 있는 의자에 앉은 선생님이 테이블에 팔꿈치를 대고 "항복?" 하고 물었다. 나는 가슴 높이로 양손을 들어 올려 항복했음을 알렸다.

"서민들은 말이지, 소설을 읽고 처음으로 자기 이외의 다른 사람한테도 감정이 있다는 사실을 알았던 거야."

예상을 한참 빗나간 대답이었다. 뜻밖의 대답에 멍한 나를 보고 선생님은 스스럼없이 소리 내 웃었다.

"현대를 사는 우리는 상상도 못 할 일이지. 우린 소설뿐만 아니라 텔레비전이나 만화, 영화로 주인공의 고뇌를 얼마든지 경험할 수 있으니까. 다른 사람이 내가 그러는 것처럼 고민하는 모습에 위화감을 느끼지 않아."

그렇다. 요즘 사람들은 철이 들기 전부터 텔레비전이나 그림책 같은 온갖 매체로 이야기를 접한다. 어린이용 애니메이션에서도 주인공은 당연하다는 듯이 망설이고 고민한다. 친구와 싸우기도 하고, 물건을 잃어버리기도 하고, 대수롭지 않은 일이라 해도 '큰일 났다', '혼나기 싫은데', '비밀로 해버릴까' 등등 숨기는 것 없이 마음속 상태를 말하는 주인공들을 보고 별 자각 없이 다른 사람의 내면을 접해온 것이다.

"옛날 사람들도 소설 속에서 심정을 있는 그대로 토로하는 주인공을 만나면서 자기 말고 다른 사람의 생각을 알았을 거야. 자신과 똑같은 생각이나 다른 생각을 알고, 그 결론에 이르는 과정을 깨닫게 된 거지. 상당히 새로운 경험이 아니었을까."

독서란 다른 사람의 사고를 더듬어가는 행위이기도 한 모양이다. 단순히 책장을 넘기는 동작을 할 뿐인데, 머릿속에서는 매우 복잡한 일들이 일어나나 보다.

가와이 선생님이 웃으면서 슬쩍 덧붙였다.

"그러니까 아라사카도 책을 읽어두는 게 좋아. 만약 네가 누군가에게 나이프를 들이대는 상황에 처하더라도, 상대방의 배경을 상상할 수 있다면 나이프를 거둘 수 있을지도 몰라."

배경. 그 사람의 성장 과정이나 심정 말인가. 그런 걸 상상하면 확실히 살의는 꺾일 것 같다. 나는 거기까지 생각하다가 미간을 찌푸리며 말했다.

"애초에 범죄는 성미에 안 맞아서 안 저지를 건데요."

그렇겠지, 하고 가와이 선생님은 눈가에 웃음을 지으며 고개를 끄덕였다.

"그래도 항상 그렇게 냉정할 수 있다는 보장은 없잖아?"

글쎄다. 무엇보다 다른 사람에게 칼을 들이댈 정도로 냉정함을 잃을 만한 상황이란 어떤 상황일까. 생각이 나지 않아 선생님에게 물어보니, 쾌활한 웃음소리와 함께 이런 대답이 돌아왔다.

"그런 극한의 상태와 거기에 이르는 과정을 친절하고 자세하게 보여주는 게 소설이잖아. 살인범의 심정까지 완벽히 추적할 수 있으니까."

고개를 숙인 채 페이지만 넘긴다는 건 당치도 않은 소리였다. 내가 생각했던 것보다 독서는 스릴 넘치는 행위인 모양이다.

후지오가 청소를 마치고 도서실로 왔을 때, 나는 스마트폰 어플로 그림을 그리고 있었다. 곁에는 곤충 도감이 놓여 있다.

도서실에서 보자고 따로 약속한 건 아니었지만, 후지오가 거의 매일 도서실에 들렀다가 집에 간다는 건 알고 있었다. 도서실로 들어온 후지오와 눈이 마주쳐 나는 가볍게 손을 들었다.

"여기 비었는데 앉을래?"

오늘도 도서실 이용자가 적어서 내 앞자리 말고도 빈자리는 많았지만, 후지오는 순순히 고맙다고 말하면서 맞은편에 자리를 잡았다. 그러다 내 스마트폰을 보고는 "와아!" 하고 작게 탄성을 질렀다. 페인트 어플로 그린 나비 그림을 알아본 모양이다.

"그거 혹시…?"

"응, 독서에 집중이 잘 안 돼서 공작나방을 그리고 있었어."

후지오는 안경 브리지를 밀어 올리면서 얼굴을 스마트폰 화면 가까이 들이밀더니 눈을 치켜뜨고 신기하다는 듯이 나를 보며 말했다.

"정말 예쁘다. 그런데 진짜 공작나방이야? 그게, 공작나방은 이름대로 나방의 일종으로 알고 있는데….."

"그래? 소설에는 나비라 적혀 있던데."

"독일에서는 나비와 나방을 확실하게 구별하지 않는 것 같아. 교과서에 실려 있던 일러스트도 그렇게 화려한 색은 아니었던 것 같은데."

내가 그린 나비는 핑크색과 보라색을 써서 색이 화려하다. 도서실에 있던 곤충 도감에서 공작나방을 못 찾아서 머릿속에 떠오른 대로 핑크색 나비에다 보라색 선으로 공작의 날개 무늬를 그려 넣었다. 말하자면 상상한 것을 그린 일러스트다.

"상상이라고 해도 색 조합이 꽤 화려한데?"

소설의 울적한 분위기에는 어울리지 않는다는 말을 하고 싶은 것이리라. 나는 그러게, 하고 대답하고, 나비 날개에 밝은 보라색으로 무늬를 더 그려 넣었다.

"그렇지만 주인공이 공작나방을 훔치려고 했잖아? 이 정도로 안 예쁘면 집착하지 않을 것 같은데."

"그건 수집가만의 미적 감각이 있었던 게…."

그렇겠구나, 하고 대꾸했지만 잘 모르겠다.

이야기를 읽고 주인공이 얼마나 열렬히 공작나방을 원했는지는 이해했지만, 그 흥분과 열망을 피부로 느낄 만큼 온전히 알기는 어려웠다.

미도리카와 선배는 나비 채집에 열중하는 주인공의 심정을 이해한 걸까. 선배는 그림 그리는 일에 한번 집중하면 주변을 전혀 신경 쓰지 못했기 때문에, 나비 채집에 몰두하는 주인공의 심리를 쉽게 이해할 수 있었을지도 모른다. 그렇다면 주인공이 에밀에게 품었던 질투 역시 이해했을까. 그리고 그 감정은 정말 나를 향해 있었던 걸까.

어제부터 내내 생각했던 것이 다시금 머릿속을 침식하기 시작했다. 내 그림을 불태운 건 히자키 선생님이지만, 만약 선생님과 미도리카와 선배가 결탁했다면?

그 감상문은 자신의 죄를 고백하는 것일까. 그렇다면 어째서 책 제목을 비밀로 한 걸까.

"역시 잘 모르겠어."

중얼거리고는 방금 완성한 나비 그림을 미련 없이 삭제했다. 후지오는 언젠가 그랬던 것처럼 앗, 하고 아깝다는 듯한 소리를 냈다.

"정말, 다 그린 그림에는 아무런 흥미도 없구나…."

"응, 그림을 그리는 건 디톡스에 가까워. 종이 위에 뭔가 토해낼 수 있다면 그걸로 충분해."

아아, 하고 후지오가 애매한 반응을 보였다. 디톡스는 꽤 쉽게 이해할 수 있는 표현이라고 생각했는데 전달되지 않은 걸까. 이것과 관련해서는 어떻게 설명해도 누군가에게 제대로 전달된 적이 없었다.

"그것보다 오늘은 미도리카와 선배를 만나러 가보려고 해. 이제 연휴까지 얼마 안 남기도 했고, 선배가 읽은 이야기가 「공작나방」이든 아니든 이제 그만 답을 맞춰봐야할 것 같아."

"나, 나도 갈게. 만약 아니라면, 선배한테 뭔가 힌트를 얻고 싶거든…."

후지오가 부탁할게, 하고 말하려는 듯 입을 열었을 때 누군가가 도서실로 들어왔다. 있는 힘껏 문을 열고 두리번두리번 도서실 안을 둘러보는 건 야에가시였다.

야에가시는 나와 후지오를 발견하더니 함박웃음을 지으며 "여기 있었네!" 하고 큰 소리로 말했다. 곧바로 사서실에서 가와이 선생님이 얼굴을 내밀고 "도서실에서는 조용히 해" 하고 주의를 주었다. 야에가시는 어깨를 움츠리고 작은 목소리로 사과하고 나서 빠른 걸음으로 우리 곁으로 다가왔다.

"찾았잖아" 하길래 나를 만나러 온 줄 알았는데 찾는 사람이 후지오였던 모양이다. 야에가시는 재빠르게 후지오 옆자리에 엉덩이를 붙이더니 "잠깐 괜찮아?" 하고 후지오의 얼굴을 들여다봤다. 후지오는 갑자기 거리를 좁혀온 야에가시 때문에 놀랐는지 긴장한 얼굴이었다.

후지오는 낯가림이 심하다. 일단 친해진 것처럼 보여도 어느새 이전의 거리감 있는 상태로 돌아가버린다.

반면에 야에가시는 세 번 인사하면 친구라고 할 정도로 단순한 남자애다. 상대방이 긴장했다는 걸 전혀 알아차리지 못한 듯 손에 든 종이를 후지오 쪽으로 불쑥 내밀었다.

"이거 말인데, 알리시아를 위해 내가 영어로 쓴 편지야. 후지오는 영어 잘하는 것 같아서, 알리시아한테 주기 전에 어떤지 한번 읽어줬으면 해서."

빡빡머리를 긁적이면서 야에가시가 내민 종이에는 삐뚤빼뚤한 알파벳이 늘어서 있었다. 영문으로 적어도 야에가시의 글자는 이리 뛰고 저리 날아가고 아주 난리였다.

"알리시아가 다음 주부터 학교에 안 나오니까 마지막으로 편지를 줄 생각이야. 일단 쓰는 데까지 썼는데, 문법 같은 게 맞는지 자신이 없어서."

"영어 선생님한테 맡기는 게 낫지 않을까?"

옆에서 참견하자 야에가시가 나를 보고 얼굴을 찌푸렸다.

"싫어, 다른 사람이 내 편지를 읽는 건."

"후지오는 괜찮고?"

"후지오는 괜찮아. 나랑 알리시아 사이에 다리를 놔줬잖아."

야에가시는 다시 후지오를 바라보더니 "그땐 고마웠어" 하고 스스럼없이 웃었다. 후지오도 그 얼굴을 보고 긴장이 좀 풀렸는지 야에가시에게서 편지를 살며시 받아들었다.

"저기, 나도 문법 같은 건 정확하지 않지만, 그래도 괜찮다면…."

"봐줄 거야? 고마워!"

야에가시가 무심결에 큰 목소리를 내자 가와이 선생님이 사서실에서 또다시 얼굴을 내밀었다. 야에가시는 머리 위로 황급히 양손을 맞붙인 채로 꾸벅꾸벅 머리를 조아렸다. 다음에 또 떠들었다가는 십중팔구 나가라는 말을 들을 것 같다.

야에가시는 와이셔츠 주머니에서 빨간 펜을 꺼내 후지오에게 건네면서 "틀린 데 있으면 마구 고쳐줘" 하고 나직하게 속삭였다. 후지오는 고개를 끄덕이고 펜을 받은 후, 야에가시가 쓴 편지를 묵묵히 읽기 시작했다.

야에가시는 잠깐 동안은 후지오가 첨삭을 마치기를 얌전히 기다리는가 싶더니, 조용히 있는 건 역시 적성에 안 맞는지 이내 내게 말을 걸었다.

"야, 어제 5반 친구한테 들었는데…."

"또 선생님한테 혼난다."

슬쩍 나무랐지만 야에가시는 "작게 말하는데 뭐 어때!" 하고 소근거리듯 말을 이었다.

"수업 중에 교실에 박쥐가 날아 들어와서 교실이 완전 패닉이었대. 박쥐는 야행성인데 웬일이래."

"그러게. 전에 참새가 교실로 날아 들어온 적은 있었지만."

"그때 그 참새는 창문에 세게 부딪쳐서 결국 죽었잖아. 불쌍하게…."

"그걸 히자키 선생님이 가져가서 표본으로 만들었어."

"헐."

"아니다, 생물실 냉동고에 보관해뒀구나."

"뭐?"

자기도 모르게 큰 소리를 낸 야에가시가 한 손으로 황급히 입을 가리고 사서실을 돌아봤다. 다행히 가와이 선생님이 얼굴을 내밀지 않자 야에가시는 한시름 놨다는 듯이 손을 내리며 속삭이듯 말했다.

"어, 어쩌려고 그런 걸…."

"표본으로 만들려는 거겠지. 그거 말고도 온갖 것들이 생물실 냉동고에 보관되어 있어. 오리 다리를 포함해서."

우엑, 하는 소리를 내고 야에가시는 얼굴을 찌푸렸다.

"약간 이상한 사람이라고는 생각했지만, 그런 사차원이었을 줄은…."

"학생 상대로 괴담도 떠벌리고 다니잖아. 확실히 이상한 사람이야."

우리 대화에 귀를 기울이고 있던 후지오가 뭔가 할 말이 있다는 듯 나를 힐끔 봤다. 선생님을 너무 나쁘게 말하지 말아달라는 것이리라. 그래서 다른 화제로 옮겨가려는데 야에가시가 한숨을 내뱉으며 말했다.

"그러고 보니 그 선생님, 흑마술도 한단 말이지…."

"흑마술은 뭐야, 또."

흘려들을 수 없는 단어가 튀어나와서 다음 화제로 옮겨갈 수 없게 됐다. 내가 덥석 문 게 기분 좋았는지 야에가시는 짐짓 진지한 표정을 짓더니 "사실은" 하고 입을 열었다.

"작년에 있었던 이야기이긴 한데, 내가 두 눈으로 똑똑히 봤어. 히자키 선생님이 방과 후에 흑마술 같은 걸 하는 장면을."

"그러니까 뭐냐고, 그 흑마술 같은 게."

"체육 창고 뒤에 있는 소각로에서 뭔가 태우고 있었어. 게다가 불길을 뚫어져라 보면서 꿈쩍도 안 하는 거야. 지금 생각해보면 무슨 의식이었던 게 아닐까 싶어."

어때, 하고 야에가시가 콧방울을 벌름거렸다.

놀라서 말이 나오지 않았다. 후지오도 마찬가지인 듯 눈을 동그랗게 뜨고 야에가시를 보고 있다. 우리 반응이 생각과 달랐는지 야에가시는 당황스러운 듯 몸을 뒤로 뺐다.

"왜, 왜 그래, 농담이야. 그러지 말고 헛소리하지 말라고 한 방 치고 들어와야지. 그 선생님이 진짜로 흑마술을 한다고 생각한 게 아니라…"

"야에가시, 너 그걸 본 게 언제야? 정확한 날짜 기억나?"

"뭐? 언제라니… 언제쯤이었더라? 내 기억이 맞는다면, 구기 대회 직전? 집에 가려는데 체육 선생님한테 붙잡혀서 공 닦는 거도 왔거든. 하교 시간도 늦었는데 체육 창고에 휴대폰을 놔두고 왔지 뭐야. 집에 갔다가 힘들게 다시 학교까지 가지러 왔었어."

구기 대회는 12월 초. 내 그림이 사라진 것도 그때쯤이다.

"넌 선생님을 어디서 봤는데?"

"체육 창고에서 나와서 집에 갈 때 잠깐 본 게 단데?"

학교 건물 안에 있었던 나보다 훨씬 가까운 거리에서 본 셈이었다. 후지오도 흥분해서 몸을 앞으로 내밀며 물었다.

"저기, 그 사람 틀림없는, 히자키 선생님이었어?"

"응, 히자키 선생님 맞아. 그땐 이미 알리시아 일로 신세를 지고 있었기 때문에 잘못 볼 리 없지. 그건 그렇고, 왜 그러는 거야, 둘 다?"

"그것보다 야에가시, 선생님이 뭘 태우는지도 봤어?"

"으응? 뭐라니… 그냥 쓰레기였을걸, 각목 같은."

"캔버스는?"

"캔버스라면, 그림 그릴 때 쓰는 그거? 아니야, 그런 건 안 태웠던 것 같은데?"

야에가시의 대답에 안도하는 듯한 표정을 짓는 후지오가 힐끗 보였다. 그래도 난 물고 늘어졌다.

"방금 각목이라고 했지? 자세히 말해줘."

"그, 그게 어쩌면 각목이 아니라 액자였을까. 그 왜, 그림 같은 거 넣어서 장식하는 그거. 사각형이었거든. 그런데 액자치고는 별로 안 예뻤던 것 같아. 나무로 만든 사각 테두리 같았어."

나는 야에가시가 무슨 말을 하는지 알고 숨을 참았다.

"네가 본 건 아마 나무틀일 거야. 화포를 치지 않은 상태의 캔버스 말이야."

후지오도 한 박자 늦게 이해한 모양이었다. 나를 보며 "어떻게 된 걸까" 하고 낮게 중얼거렸다.

"불길 속에 던져진 캔버스에서 화포만 먼저 불타 없어진 걸까?"

"그렇다면 야에가시가 봤을 땐 이미 나무틀도 숯덩이가 된 상태였을 텐데."

"아, 미안, 아니야, 그게 아니야."

야에가시가 가슴 앞에서 다급히 손을 흔들었다.

"내가 봤을 때, 선생님은 불이 붙은 소각로 앞에 서 있었고, 한쪽 손에 그, 나무틀이라고 해? 그걸 들고 있었어. 그걸 소각로 안에 던져 넣는 걸 본 거야. 그다음엔 불 앞에서 안 움직이고 한참 서 있길래 계속 보고 있기도 그렇고 해서 먼저 집에 갔지."

"그럼 선생님은 나무틀만 태운 거야? 그림은?"

"내가 봤을 땐 그림 같은 건 안 태웠어."

나는 후지오와 눈을 마주쳤다. 야에가시가 한 말이 맞는다면, 선생님이 태운 건 나무틀뿐이다. 그렇다면 나무틀에 붙어 있던 내 그림은 어디로 사라진 걸까. 아니, 무엇보다 나무틀에서 굳이 내 그림을 왜 떼어낸 걸까.

"누군가가 돌돌 말아서 가지고 간 걸까? 캔버스째로 가지고 나가면 눈에 띄지만, 말아서 원통형으로 만들면 눈에도 안 띄고…."

"그런데 그러면 물감은 금이 가거나 떨어져 원래 상태를 유지할 수 없어."

"아, 그렇지만 선생님이 불태운 나무틀이 아라사카의 그림이 붙어 있던 나무틀이라고 단정할 순 없잖아."

"아니, 미술실에서 사라진 캔버스는 하나뿐이야. 내 그림이 없어졌으니 당연히 나무틀도…."

나는 말하다 말고 입을 다물었다. 곧이어 혼자서 이야기를 따라오지 못하고 어쩔 줄 몰라 하는 야에가시에게 물었다.

"네가 본 나무틀이 어떤 모양이었어?"

"어… 그러니까 액자 같은 사각형…."

"입 구(口) 자였어? 아니면 밭 전(田) 자?"

야에가시는 순간 꿀 먹은 벙어리처럼 입을 다물고는, 내 말을 머릿속에서 한자로 변환하는 듯 뜸을 들였다가 아아, 하고 손뼉을 쳤다.

"밭 전 자였어. 맞아, 그래서 내가 그때는 액자라고 생각 안 했어. 그런데 너희가 갑자기 그림 이야기를 시작하니까 혹시 그게 그거 아니었을까 하는 생각이…."

"알았어, 고마워."

말이 끝나기가 무섭게 나는 자리에서 일어섰다. 후지오에게 "잠깐 와봐" 하고 말하면서 도서실 출구로 향하는데, 뒤에서 야에가시의 애처로운 목소리가 들려왔다.

"내 첨삭은?"

내가 대꾸했다.

"미안, 금방 올게."

일단 그렇게 말해두고 얼굴에 당황스러운 빛이 서린 후지오와 함께 도서실을 나왔다.

내가 후지오를 데리고 간 곳은 교장실이었다. 교장실 앞 복도에는 운동부가 경기에서 우승했을 때 받은 트로피와 문화부가 받은 상장, 그리고 전람회에서 입선한 미술부의 그림도 진열되어 있었다.

내가 가르쳐주지도 않았는데 후지오는 머뭇거리지 않고 미도리카와 선배가 그린 그림 앞에 섰다. 어지간해선 학생들이 접근하지 않는 교장실 앞은 쥐 죽은 듯 조용해 후지오의 숨소리까지 또렷이 들려왔다. 후지오는 잠시 숨죽이며 그림을 바라보더니 가늘고 길게 숨을 토하면서 말했다.

"미술실이 4층에 있어서 틀림없이 건물 위에서 본 운동장을 그렸을 거라고 생각했어. 하지만 이건, 운동장에서 본 풍경이네."

"응, 미도리카와 선배는 운동장 구석에 서서 이 그림을 그렸어."

15호 캔버스에 그려진 운동장에는, 눈 위에 점점이 남은 발자국이 뚜렷했다. 셀 수 없이 많은 운동화에 밟힌 눈밭에서 흙색이

유독 눈에 띄었다. 운동장의 흙바닥이 노출됐다는 느낌이 아니라 집에서부터 다양한 경로를 걸어 학교까지 온 학생들의 신발 바닥에 묻었던 진흙이나 모래를 모두 뒤섞은 듯한 복잡한 색이었다.

눈이 녹은 후에 생긴 흙탕물에 하늘빛이 비쳤고, 나는 이 그림을 볼 때마다 그 푸른색에 시선을 빼앗긴다.

"우리 학교 운동장인데, 왠지 훨씬 멋진 장소 같아."

후지오가 혼잣말처럼 말했다. 나도 그렇게 생각한다. 그리는 이의 눈과 손을 통해 재창조된 풍경은, 때로는 현실의 그것보다 아름답다.

나는 그림 쪽으로 한 걸음 다가가 벽에 걸린 그림을 신중한 손놀림으로 떼어냈다.

"그, 그, 그래도 돼? 허락도 없이."

"안 되지. 들키면 혼나니까 너도 도와."

우린 복도에 그림을 내려놓고 재빨리 액자를 벗겼다. 뒤판을 떼고 제일 먼저 나무틀의 모양을 확인했다. 나무틀은 입 구 자 모양이었고, 테두리에는 화포를 나무틀에 고정하기 위한 못이 박혀 있었다. 그걸 손가락으로 어루만져 확인한 다음 다시 재빨리 그림을 액자에 넣었다.

"알아냈어."

벽에 그림을 걸면서 낮은 목소리로 말했다. 알아냈다, 드디어.

선배가 독서 감상문으로 선택한 책도, 어째서 그 책을 선택했는지도. 얼마전에 후지오가 말했던, 선배가 그 책을 선택한 것 자체가 자신이 저지른 죄를 고백하는 것처럼 보인다는 의미도.

"아, 저기, 알아냈다니?"

아직 상황을 이해하지 못한 후지오가 갈피를 못 잡겠다는 듯 설명을 구했다. 나는 잠시 선배의 그림을 응시한 후에 돌아서서 후지오에게 현시점에서 알아낸 것들을 모두 말해주었다.

도서실로 돌아와 후지오가 야에가시의 편지 첨삭을 마치자 도서실을 닫을 무렵이 되었다. 빨간 펜으로 수정된 편지는 새빨갛지만, 야에가시는 기분 좋은지 후지오에게 고맙다고 했다.

"깨끗하게 옮겨 적으면 또 봐줘" 하고 친근하게 웃는 야에가시에게 후지오도 조심스레 손을 흔들었다. 이 몇 시간 동안 거리가 약간 좁혀졌는지, 껑충껑충 뛰어서 현관 입구로 향하는 야에가시를 배웅하는 후지오의 입가에 미소가 어렴풋이 떠올라 있었다.

"그럼 난 미도리카와 선배한테 갔다 올게."

내가 말하자 후지오는 입가에 머금었던 미소를 지우고 "나도 갈래" 하고 평소답지 않게 힘이 깃든 목소리로 말했다. 밖은 이미 어두워졌지만 후지오의 뜻은 굳어 보였다. 고개를 끄덕이고 둘이서 4층 미술실로 향했다.

오늘은 미술부 활동이 있는 날이다. 미술실에서는 아직 불빛이 새어 나오고 있지만 사람 목소리는 들리지 않았다. 미술실 문을 조심스럽게 열자 창가 자리에 혼자 앉아 있는 미도리카와 선배가 보였다.

자기 스케치북을 펼쳐놓고 바라보고 있던 선배가 우리를 발견하고 눈을 휘둥그레 떴다.

"아라사카랑… 후지오?"

선배가 스케치북을 덮고 의자에서 일어섰다. 다른 사람의 모습은 보이지 않았다. 동아리가 끝난 후에는 부장이 문을 잠글 텐데. 이상하게 생각하고 물어보자 선배 얼굴에 자조 섞인 웃음이 떠올랐다.

"작년에 그런 일이 있었으니까. 그 후 얼마 안 돼서 문은 고문 선생님이 잠그게 됐어. 마지막으로 미술실에서 나가는 부원이 선생님한테 보고하러 가는 거지."

선배가 나무 테이블에 기대면서 말했다.

"그래, 후지오도 같이 온 걸 보면 내가 감상문으로 고른 책 제목이 뭔지 알아낸 거야?"

"알아낸 것 같아요. 그런데 그 전에 확인할 게 있어요."

선배가 눈을 천천히 깜박였다. 계속해도 좋다는 뜻으로 받아들이고 물었다.

"히자키 선생님이 태운 건 내 그림이 아니라 **선배의 나무틀이었던 거죠?**"

선배가 홍갈색 눈을 크게 떴다.

대답을 들을 것도 없었다. 이 표정은 예스다. 본인도 기색을 감추지 못했단 걸 깨달았으리라. 선배는 손으로 입을 약간 가리기만 할 뿐 내 말을 부정하지 않았다.

"놀라운데. 히자키 선생님이 한 일, 알고 있었어?"

"우연히 목격했어요. 지갑을 학교에 두고 가서 가지러 왔다가 소각로에서…."

지갑, 하고 중얼거린 선배는 맥이 풀린 듯한 얼굴로 웃었다.

"그런 우연이 있다니. 사람은 속여도 하늘은 못 속인다는데, 역시 나쁜 짓은 못 하겠네."

"역시 그건 선배의 나무틀이었군요?"

캔버스 나무틀은 여러 가지 모양이 있다. 나무 네 개로 가장자리를 두른 입 구 자 모양, 더 튼튼하게 만들기 위해 격자 모양으로 살을 덧댄 밭 전 자 모양이 일반적이고, 살을 두 개 넣은 눈 목 (目) 자 모양도 있다.

부원들은 저마다 선호하는 나무틀 모양이 있는데, 난 항상 입 구 자 모양의 나무틀을 사용했다. 미도리카와 선배는 밭 전 자 모양의 나무틀을 쓴다. 그리고 히자키 선생님이 태웠던 것도 밭 전 자 모양의 나무틀. 내가 발견했을 땐 안쪽의 나무살이 다 타버렸는지 입 구 자 모양이 되어 있었기 때문에 야에가시한테 이야기를 듣기 전까지는 몰랐던 것이다.

"교장실 앞에 걸린 선배 그림을 확인했어요. 나무틀이 입 구자였죠. 그리고 화포를 고정한 테두리 부분, 원래 못이 박힌 자리에서 비켜나지 않게 위치를 잘 잡고 못을 다시 쳤지만 만져보면 알수 있어요. 화포 밑에 감춰진 못 머리를요."

"그 뜻은?"

선배는 당황하지도 않고 다음 말을 재촉했다. 내 입으로 진상을 말하게 하고 싶은 모양이다. "그 뜻은" 하고 나도 선배가 한 말을 이어받았다.

"선배가 자기 그림을 나무틀에서 떼어낸 후 내 그림 위에 다시 덧씌웠다는 얘기죠. 그러고 나서 남은 자기 나무틀을 태웠고요."

사라진 내 그림은 15호. 입선한 선배의 그림도 15호.

얼마 전, 파일에 끼워두었던 미도리카와 선배의 원고를 잠깐 못 찾았던 적이 있다. 그때 선배의 원고는 사라진 게 아니라 똑같은 사이즈의 다른 원고에 찰싹 달라붙어 있어서 보이지 않았었다. 마찬가지로 내 그림도 학교 안에서 사라진 게 아니라 다른 그림 아래에 감춰져 있었던 것이다.

선배는 차분한 표정으로 내 말을 다 듣고는 입가에 엷은 웃음을 머금었다.

"정답. 좀 더 일찍 밝혀질 줄 알았는데 의외로 안 들키더라고."

선배가 변명도 하지 않고 자신이 한 일을 인정해버리는 바람에 나는 온몸에 힘이 풀려 그 자리에 무릎을 찧을 뻔했다. 안 들키는 게 당연하다. 누가 그런 터무니없는 짓을 생각해낼까.

"어째서 그런 짓을 한 거죠? 캔버스에서 그림을 떼어낼 때 칠 해놓은 물감이 금이 가거나 떨어졌을 텐데요? 선배 그림을 망치면 어쩔 생각이었던 거예요."

어째서라는 질문에 뭔가 대답을 하려던 선배의 입술이 굳었다. 그러더니 갑자기 소리 내 웃기 시작한다.

"내 그림 따위야 어떻게 되든 상관없잖아. 보통은 어째서 그림을 감췄냐고 제일 먼저 물어야 하는 거 아냐? 넌 정말 자기 그림에 아무런 애착이 없구나?"

한바탕 웃고 난 선배가 싸늘한 눈초리로 나를 보며 말했다.

"네 그런 면이, 정말 싫어."

가시 돋친 말에 놀란 건 내가 아닌 후지오였다. 다른 사람의 악의에 민감한지 무서운 듯 내 뒤로 숨어버렸다. 그걸 보고 선배는 난처한 표정을 지었다.

"네 그림을 감추고 미술부 탈퇴로 몰아넣은 건 난데, 이런 말을 해서 미안하다."

"아뇨, 진심을 말해줘서 고마워요. 미워서 그런 거라면 그림을 감춘 것도 납득이 되고."

후지오와 달리 나는 다른 사람이 나를 향해 드러내는 악의에 무척 둔감하다. 내가 상대방에게 품고 있는 감정과 상대방이 내게 품고 있는 감정이 항상 같을 수 없고, 그럴 필요도 없다고 생각하기 때문에 선배가 나를 싫어한다 해도 낙담하지 않았고 선배를 좋게 생각하는 것에도 변함이 없다.

선배의 얼굴에서 웃음이 사라졌다. 재차 나를 보고 그렇구나, 하고 한숨을 뱉는 듯한 목소리로 말했다.

"넌 네 그림뿐만 아니라 자기 자신에 대해서도 그런 식인 거야?"

"그런 식이라뇨?"

"흥미가 별로 없는 것 같아. 자기한테 애착이 있다면 나한테 화를 낼 텐데."

"그러게요. 내 그림을 감춘 것보다 선배가 자기 그림을 험하게 다뤘다는 게 더 신경 쓰였어요. 물감, 다 벗겨지지 않았어요?"

선배는 아직도 그 소리냐고 묻듯 눈썹을 추켜올리더니 어처구니없다는 어조로 "조금은" 하고 대답했다.

"그래서 그림을 다시 고정하고 위에다 물감을 두껍게 덧칠했어. 금이 가거나 벗겨진 걸 감추기 위해서 말이지. 네 그림이 없어져서 소동이 난 바람에 아무도 눈치 못 챘지만."

"저는 알고 있었어요. 하룻밤 새 화풍을 바꿔 와서 굉장하다 생각했죠. 그런데 그게, 벗겨진 걸 감추기 위해서였군요."

그건 몰랐네, 하고 태평스러운 생각을 하고 있는데, 내 뒤에 숨어 있던 후지오가 기어 들어가는 목소리로 "저기…" 하고 대화에 끼어들었다.

"미도리카와 선배님은… 어째서 아, 아라사카의 그림을 감춘 거예요?"

반쯤은 내 뒤에 여전히 숨은 채 조심스레 질문한 후지오를 향해 선배는 평소의 부드러운 웃음을 지어 보였다.

"후지오, 아라사카가 그린 그림을 본 적 있어?"

"네, 스마트폰에 그린 그림이었지만요."

"눈이 번쩍 뜨이는 것 같은 멋진 배색이었지?"

후지오는 뭔가를 생각해내려는 듯 눈을 깜박이고는 고개를 크게 끄덕였다. 그걸 본 미도리카와 선배는 자기 일인 듯 자랑스러운 얼굴로 "그렇지?" 하고 웃었다.

"아라사카의 그림은 좌우지간 배색이 복잡해. 난 매번 쟤 그림을 흉내 내보려 했지만 한 번도 제대로 한 적이 없어. 미술전에서 입선한 그림도 아라사카를 모방한 거야. 발끝에도 못 미쳤지만. 미술전을 앞두고 거의 매일 아라사카의 그림을 쳐다봤어."

미술전이 다가오면 미술실 한구석에는 미술부원이 그린 유화가 줄지어 늘어선다. 유화 물감은 바로 마르지 않는다. 부주의하게 만지면 물감이 벗겨져버리기 때문에 완전히 마를 때까지 어딘가에 넣어놓을 수도 없다.

"그날도 동아리가 끝난 후에 혼자 아라사카의 그림을 보고 있었어. 아라사카가 모티브로 고른 건 미술실 구석에서 먼지를 뒤집어쓰고 있던 조화였지만 꽃잎에 쌓인 먼지 색깔까지 정확하게 캔버스에 재현해놓은 것 같아서, 어떻게 이런 색을 만들어내는 걸까 하고 그림에 다가갔는데…. 그림을 보는 데 정신이 팔려 발밑을 신경 쓸 겨를이 없었어. 이젤에 발이 걸리고 말았지."

그림이 이젤과 함께 바닥으로 쓰러졌고, 그러면서 테이블 모서리에 부딪혀 내 그림의 물감 일부가 벗겨졌다고 했다.

당시의 감정이 떠올랐는지, 선배는 놀란 듯 한쪽 손으로 입을 막으며 계속 말했다.

"그땐 시간을 되돌렸으면 좋겠다는 생각밖에 들지 않았어. 내가 부주의하게 그림 가까이 간 탓에 그런 일이 벌어졌으니까. 하지만 되돌릴 수가 없었지. 네 그림이 원래대로 돌아온다면 내가 가진 모든 걸 포기해도 좋다고 생각했어. 마치 그 소설의 주인공처럼. 제목은 이미 알고 있겠지?"

"「공작나방」인가요?"

선배는 한쪽 손으로 입을 가린 채 고개를 떨구듯이 한 번 끄덕였다. 「공작나방」의 주인공은 친구 에밀에게서 훔친 공작나방을 자기도 모르게 바지 주머니에 넣었다가 으스러뜨리고 만다. 날개가 부서지고 더듬이가 떨어져나간 공작나방을 보고 돌이킬 수 없는 짓을 저질러 창백해진 소년의 모습이 눈앞에 있는 선배와 겹쳐졌다.

"그땐 너무 당황해서 미술실에서 뛰쳐나갔어. 어떻게든 하지 않으면 안 된다고 생각했지만 어떻게 해야 할지 몰라 교내를 서

성거렸어. 아마 무의식중에 네 그림을 감출 장소를 찾고 있었던 것 같아. 계속 걷다가 생물실 앞에서 히자키 선생님을 만났어."

어두워진 학교 안을 창백한 얼굴로 배회하고 있는 선배에게 선생님은 "어디 안 좋은 거니?" 하고 말을 걸었다. 선배는 "아무것도 아니에요" 하고 대답한 후에 미술실로 돌아왔지만 미술실에서 여전히 물감이 벗겨진 내 그림을 마주하고 또 다시 절망감이 들었다고 했다.

"물감이 조금 벗겨진 정도면 얼마든지 복구할 수 있으니까 그렇게 심각할 것까진…."

무심코 끼어들자 선배가 얼굴에서 손을 내리고 나를 날카로운 눈빛으로 쳐다봤다.

"미술전 신청까지 시간이 별로 안 남은 때였잖아. 복구를 제때 못 마쳤을지도 몰라."

듣고 보니 그런 시기였던 것 같기도 했다. 미술전에 관심이 없었기 때문에 기억이 흐릿하다. 어정쩡한 내 반응에 부아가 났는지, 선배는 눈매를 가리는 앞머리를 거추장스럽다는 듯 신경질적인 손짓으로 쓸어 올렸다.

"히자키 선생님은 마음이 쓰였는지 몰래 내 뒤를 따라오셨어. 곧바로 미술실로 들어와 물감이 벗겨진 그림과 나를 보고는 사정을 대강 짐작하셨지."

히자키 선생님은 그림 앞에 서더니 먼저 선배에게 '네 그림이 아니구나?' 하고 확인했다고 한다. 파랗게 질린 얼굴로 고개를 끄덕이는 선배에게 선생님이 말했다. '처분해줄까?'라고.

"이 그림을 어떻게든 처리하고 싶어서 교내를 서성인 거지? 도와줄까?' 하고 깜짝 놀랄 정도로 부드러운 목소리로 말해서, 이 사람에게 맡기면 어떻게든 되지 않을까 싶어 무심결에 고개를 끄덕이고 말았어."

선배는 '왜 선생님이 그렇게까지…' 하고 의문을 가질 여유도 없었다고 한다. 눈앞에 펼쳐진 현실로부터 달아날 수 있다면 상대방의 의도 따위는 아무래도 좋다고 생각했다. '어떻게든 하고 싶다.' 오로지 그 생각뿐이었다고 선배는 말을 이었다.

"히자키 선생님에게 어떻게 할 생각이냐고 물으니 그림을 태울 거라고 해서 그것만큼은 말렸어."

"말려준 거예요?"

박제를 만드는 것에도 거부감이 없는 히자키 선생님이니 주저 않고 내 그림을 불태웠을 것이다. 역시 선배는 상식이 있는 사람이었다고 가슴을 쓸어내렸는데 곧바로 날 선 목소리가 날아왔다.

"딱히 네 그림이 아까웠던 건 아니야. 불태워버리면 정말 돌이킬 수 없는 일이 되니까 말린 것뿐이야."

만에 하나 진실이 드러났을 때 성심성의껏 사과하면 어떻게든 용서받을 수 있는 여지를 남겨두고 싶었다고, 선배는 자포자기한 듯한 말투로 말했다.

"내가 저지른 짓을 감추고 싶었어. 네 그림이 없어지면 내 그림이 미술전에 출품될지도 모른다는 흑심도 있었어. 네 그림에서 질투를 느낀 것도 사실이야."

선배는 내게서 얼굴을 돌려 창문을 바라봤다. 밖에는 어둠이 내려앉아 까만 유리창에 선배 얼굴이 뚜렷하게 비쳤다.

"넌 항상 그림을 뚝딱 완성하고 아무런 집착도 없이 붓을 놓는데, 그 생생한 색은 대체 어떻게 만드는 거야? 나는 필사적으로 온갖 색을 써도 그런 색은 만들어내지 못해. 분하고 질투 났어. 네 그림만 없다면, 그런 생각을 전부터 계속 해왔어."

유리창에 비친 선배의 얼굴이 고통스럽게 일그러졌다. 진심으로 하는 말이란 걸 알고 정신이 멍해졌다. 내 그림 같은 건 애들 장난이나 다름없는 것이라서 진지하게 캔버스와 씨름하는 선배의 그림과는 비교조차 안 된다고 생각했는데. 선배는 선배대로 다른 사람과 자기 그림을 비교하는 듯한 기색을 전혀 내비치지 않고, 오로지 자기 그림만 바라보는 것처럼 보였는데 아니었던 걸까.

우두커니 선 내 앞에서 선배가 담담하게 말을 이었다.

"나무틀에서 네 그림을 떼어내 학교 밖으로 가지고 나가는 것도 생각했지만 그러면 정말 두 번 다시 그림을 복구할 수 없게 돼. 들켰을 때 변명 정도는 할 수 있는 상태로 어딘가에 감춰두고 싶었어."

말을 하는 동안 선배의 목소리에 웃음이 배어 나왔다. 마지막에는 더는 참을 수 없었는지 어깨를 떨면서 나를 돌아보며 말했다.

"난 비겁하고 속 좁은 놈이야. 다른 사람의 그림을 불태워버릴 만한 배짱도 없어. 그저 감추고 싶었어. 들켜서 추궁당하는 게 무서웠어. 정말 한심하지?"

선배는 동의를 요구했지만 고개를 끄덕일 수 없었다. 돌이킬 수 없는 짓을 해버렸을 때 시간을 되돌리고 싶어 하는 마음은 이해가 간다. 그럴 수 없다면, 자신이 한 짓을 감춰버리고 싶어 하는 마음 역시 충분히 이해된다.

'잘못을 하면 사실대로 말하고 사과합시다'라고 어릴 때부터 철저히 교육받지만 실제로 그렇게 한다는 것이 얼마나 용기가 필요한 일인지 누구든 잘 알 것이다. 「공작나방」의 주인공 역시 에밀에게 사과하러 갈 때까지 상당한 시간이 필요했다. 그것도 엄마가 등을 떠밀어 겨우 무거운 엉덩이를 뗀 것이다.

그러니 그 자리에 함께 있었던 히자키 선생님이 선배에게 솔직히 사과하는 게 나을 거라고 말했다면 선배도 다음 날 내게 사과를 하러 오지 않았을까. 나는 은폐를 부추긴 히자키 선생님에게 잘못이 있다는 생각을 떨칠 수 없었다.

"히자키 선생님은 어째서 그림을 감추는 걸 도와줬을까요?"

생각한 그대로를 말하자 선배가 놀란 듯한 얼굴로 나를 봤다. 뭔가를 찾는 듯한 눈으로 보기에 왜 그러나 했더니, 내 얼굴에서 분노나 경멸의 표정을 찾았던 모양이다.

나는 선배에게 화가 나지 않았기 때문에 태연스레 선배를 마주 보았다. 선배는 내 표정을 정확하게 읽었는지 오히려 한 방 얻어 맞은 것 같은 표정으로 부자연스럽게 고개를 갸웃거리며 말했다.

"그건 모르겠어. 나도 도중에 정신이 들어서 선생님한테 여쭤봤지만 '넌 내 비밀을 낱낱이 봤으니까'라는 말밖에 해주지 않았어."

"비밀이라뇨? 선배는 히자키 선생님이랑 전부터 가까웠어요?"

선배는 고개를 가로젓더니 "나도 무슨 영문인지 전혀 모르겠어" 하고 미간을 찌푸렸다.

선배는 1학년 때는 선택 수업으로 생물 과목을 들었지만, 2학년부터는 쭉 화학을 선택했다. 그래서 히자키 선생님과 수업에서 얼굴을 마주할 일도 없었다고 했다.

"나도 그 말이 무슨 뜻인지 몰라 자세히 묻지 못했지만, 생물실 앞에 있는 표본을 가리키는 말이었는지도 몰라. 생물실 앞에 놓여 있는 장식장에 포르말린에 담근 표본이 있어. 그걸 스케치하고 있을 때 선생님이 말을 건 적이 있거든. 실력 좋은데, 하고. 그정도 대화밖에 한 적 없어."

"표본이 선생님의 비밀이란 거예요?"

"글쎄. 어쩌면 건드리면 안 되는 식물이나 동물을 표본으로 만들어버렸는지도 모르지, 천연기념물 같은."

선배는 누구도 유심히 보지 않는 장식장의 표본을 자신이 지그시 보고 있었기 때문에 히자키 선생님이 도와줄 마음을 먹은 것이라 이해한 모양이다.

이야기를 마친 선배가 천장을 향해 숨을 크게 토했다.

"네가 미술부를 그만뒀을 때 솔직히 말해 한시름 놓았어. 이걸로 이제 범인이라는 눈총을 안 받아도 되겠구나 싶었지. 하지만 비밀을 계속 품고 있는 건 괴롭더라. 네가 후지오랑 같이 여기 왔을 때 전부 털어놓고 싶어졌어. 그럴 생각으로 그 책을 골랐는데, 그래 놓고도 구질구질하게 제목을 밝히지 않았으니 난 마지막까지 비겁했어."

선배는 자조 섞인 말투로 나직하게 말하고 나서 나를 정면으로 바라봤다.

"네 그림을 망친 것도 모자라 그런 식으로 감춰버려서 정말 미안해. 이제 그만 내가 한 짓을 만천하에 공개할 거야."

말을 끝내기가 무섭게 선배는 몸을 돌려 교실 뒤 선반에서 공구함을 꺼냈다. 안에서 못뽑이를 꺼내려는 게 분명해 보여 황급히 선배 곁으로 달려갔다.

"설마 선배, 그 그림을 떼어낼 생각이에요?"

"그래, 내 그림 밑에는 네 그림이 있어."

"그러지 마세요, 무리해서 떼어내면 물감이 벗겨지잖아요. 그냥 그대로 놔두세요. 내 그림 같은 건 아무래도 상관없어요. 난 선배가 그린 그 그림이 좋다고요."

필사적으로 설득하는 나를 보고 선배는 입술을 일그러뜨리며 웃었다.

"너도 에밀처럼 날 비난해도 돼. 그러면 나도 마음을 정리할 수 있어. 그 이야기의 주인공이 그동안 모은 나비 표본을 스스로 으스러뜨린 것처럼 나도 이제 내 꿈을 접어야 해."

"무슨 말이에요?"

선배는 공구함에서 낡은 못뽑이를 꺼내들더니 두 갈래로 갈라진 못뽑이의 끄트머리를 손가락으로 어루만지며 말했다.

"작년에 미대에 진학하고 싶다고 부모님께 말씀드렸는데 반대하셨어. 그림 같은 걸론 못 벌어먹는다면서 그 분야에서 성공하는 건 손에 꼽는 인간들뿐이라고. 그래서 부모님한테 인정받기 위해서라도 어떻게든 미술전에 출품하고 싶었어."

"그럼 좋은 결과가 나왔으니 잘됐잖아요. 입선도 했고."

"맞아, 나는 개인상으로 가작을 받았어."

못뽑이로 시선을 떨어뜨린 채 선배가 침울한 목소리로 계속 말했다.

"하지만 그뿐이야. 미술전에는 해마다 몇천 점이나 되는 작품이 모여들어. 그 중에서 개인의 가작은 몇 작품이나 나올 것 같아? 천이백이야. 가작 위의 특선은 이백, 그 위인 장려는 백."

선배는 못뽑이의 손잡이를 움켜쥐더니 "그 정도일 뿐이야"라고 말했다.

"겨우 가작이야. 입선해도 뭐가 달라지는 것도 아니었어. 부모님은 여전히 미대 진학을 허락해주지 않고, 주변 평가가 달라진 것도 아니야. 그렇게 필사적으로 네 그림까지 감췄는데…. 바보 같아."

나는 말이 끝나기가 무섭게 발을 돌려 교실에서 나가려는 선배의 어깨를 붙잡아 멈춰 세웠다.

"그렇다고 그 그림을 떼어내는 건 아까워요!"

"이게 내가 할 수 있는 최대한의 속죄야. 하게 해줘."

"아뇨, 선배한텐 사과도 받았고, 그림을 왜 감췄는지도 알았고 그 이유를 납득했기 때문에 이 이상은 뭐…."

"아무래도 상관없다는 거야?"

내 손을 뿌리치고 선배가 나를 노려봤다. 하지만 시선은 금세 바닥으로 떨어졌고, 악문 어금니 사이로 짜내는 듯한 목소리가 이어졌다.

"에밀이 화를 낸 방식이 역시 효과적인 거였어. 직접 대놓고 화를 내는 것보다 너 같은 애한테는 흥미 없다는 태도로 대하는 게 훨씬 괴로워."

"잠깐만요, 전 절대 에밀처럼 선배를 무시하고 싶은 게…."

"알아. 사과한다고 용서받을 수 있는 일이 아니란 걸. 난 네 그림을 망친 것도 모자라 미술전에 출품할 기회마저 빼앗았어. 미술부를 탈퇴하려는 너를 말리는 시늉만 했을 뿐 내가 대신해서 탈퇴하려고는 안 했어."

빠르게 말을 쏟아내는 선배는 못뽑이를 더 세게 움켜쥐었다.

"성심성의껏 사과하면 무슨 일이든 용서받을 수 있다는 건 애들을 속이려는 새빨간 거짓말이야. 진심으로 상대를 화나게 만들면 아무리 사과해도 용서받을 수 없다는 것 정도는 알아. 현실에서는 에밀 같은 반응이 보통이야."

고집스러운 선배의 태도를 보고 내 머리를 쥐어뜯고 싶었다. 독서는 언젠가 찾아올지 모를 미래를 시뮬레이션할 수 있는 것이라고 들었지만, 아무래도 선배는 「공작나방」을 읽고 나서 사과해도 결코 용서받지 못할 때도 있다는 선입관에 사로잡혀버린 듯했다.

난 새삼스레 왜 그런 작품이 중학교 교과서에 실려 있는지 의아했다. 하다못해 소설 속에서라도 용기를 내 사과한 주인공이 마음의 짐을 덜었다면 좋지 않았을까. 하지만 소설은 희망도 없는 결말인 탓에 선배는 자기 꿈을 접지 않는 이상 속죄를 하지 못한다는 생각에 사로잡혀 있었다.

선배는 내 말은 귓등으로도 듣지 않고 나를 밀치고 교실에서 나가려 했다. 이 기세라면 정말 자기 그림을 나무틀에서 떼어내버릴 것 같았다. 나는 선배를 막기 위해 문을 열려는 선배의 뒤에서 소리쳤다.

"에밀도 진심으로 화를 낸 게 아니었을지도 모르잖아요!"

선배가 돌아본다. '왜 그렇게 생각하는데'라고 묻듯이 응시하는 눈빛에 말문이 막혔다. 멋대로 입에서 튀어나온 말이다. 하지만 잘만 하면 선배를 막을 수 있을지도 모른다.

이야기에서 뭘 읽어내느냐는 독자의 자유다. 야에가시는 「무희」의 엘리제가 미친 척 연기한 건지도 모른다는 추측을 감상문에 썼다. 나는 엘리제가 정말 정신이 나간 것으로 읽었지만 그렇다고 야에가시의 생각이 틀렸다고 보진 않는다.

그러니 억지든 뭐든 좋다. 에밀이 주인공에게 그런 냉담한 태도를 취한 게 화가 나서가 아니라는 걸, 그런 태도를 취한 다른 이유를 쥐어짜내는 수밖에 없다. 가능하다면 선배를 막을 수 있는 이유를.

전에 없이 빠른 속도로 머리를 굴려 생각이 채 정리되기도 전에 입을 열었다.

"에밀은 분명 주인공을 **격려한 거라고** 생각해요."

선배가 무표정하게 나를 봤다. 하지만 발은 멈춘 그대로였다. 입에서 튀어나온 말을 보충하기 위해 억지로 이야기를 지어냈다.

"힘들게 사과하러 온 사람에게 에밀이 보인 반응이 너무하잖아요. 애들은 그런 식으로 화 안 내요. 표현을 봐도 그렇고, 왠지 연기하는 듯한 냄새가 안 나던가요?"

'해외 드라마 속 배우 같은'이라는 말을 덧붙이려다 그만뒀다. 해외 작품이니 그렇게 되는 건 당연하다. 하지만 우리 눈으로 보면, 열 살 남짓한 애가 "그래, 그렇군. 요컨대 넌 그린 녀석이구나"라고 말하는 건 지나치게 과장된 것처럼 느껴진다. 그런 위화감을 선배도 느낀 모양인지 문고리에서 손을 떼고 나를 향해 몸을 돌렸다. 일단 관심을 끈 것 같았다.

"에밀은 주인공을 일부러 화나게 하려고 했던 게 아닐까요?"

"왜?"

선배에게서 곧바로 질문이 날아왔다. 모른다. 그저 멋대로 말하는 것일 뿐.

그래서 나에게 유리한 결론을 말했다.

"에밀은 주인공이 반성하고 있다는 걸 분명히 알고 있었어요. 그래서 이런 일로 양심의 가책을 느끼면서 괴로워하지 말고 앞으로도 계속 표본을 만들어주길 바랐던 거 아닐까요. 그래서 일부러 화를 내고, 독설을 내뱉고, 자기는 신경 쓰지 말고 예전처럼 즐겁게 표본을 만들도록 꾸몄을 수도 있어요."

선배가 가볍게 눈썹을 치켜올렸다. 하지만 감명을 받은 기색은 없었다. 오히려 진심으로 그런 생각을 하는 거냐는 듯 눈살을 찌푸렸다.

"난 에밀이 주인공이 사과하러 오기를 작심하고 기다렸다가 상대방이 가장 크게 상처받을 만한 말을 골라서 한 것처럼 보이는데. 주인공은 공작나방을 훔친 직후에 에밀의 집에서 일하는 가정부를 만났어. 에밀은 가정부한테서 그 이야기를 듣고 공작나방을 훔친 게 주인공이었다고 짐작하고 있었는지도 몰라. 그래서 주인공이 오기를 기다리면서 칼을 갈듯이 할 말을 고르고 있었던 게 아닐까?"

하지만, 하고 반론하는 목소리에 힘이 빠져버려서 억지로 기운차게 말했다.

"그 나이 애들은 진짜 화를 내면 그렇게 냉정하게 말을 못하지 않을까요?"

"원래 사디즘 기질이 있는 애였을지도 모르지. 사과하는 주인공을 보고 휘파람까지 불었으니까. 주인공을 몰아세우면서 분을 삭였던 거야."

군더더기 없는 반박에 그럴지도 모르겠다는 생각이 들어 더 이상 목소리도 나오지 않았다. 선배가 내놓은 해석을 무너뜨릴 새로운 주장이 생각나지 않으니 초조해서 눈동자가 흔들렸다.

그런 나를 보고 선배가 부드러운 표정으로 말했다.

"소설은 읽는 이에 따라 해석이 달라져. 등장인물에 자신을 대입해서 읽기 때문에 하나의 행동에 다양한 의미를 부여할 수 있지. 아라사카 넌 착한 사람이야. 에밀이 주인공을 위해 화난 척한 거라 생각하다니."

선배는 반쯤 돌아서서 이번엔 정말 복도로 나가려고 문고리에 손을 얹으며 말했다.

"하지만 에밀은 아니야. 착한 아이는 그렇게 사람을 깔아뭉개지 않아."

등을 돌린 선배를 보고 막지 못했다는 자괴감에 어깨를 떨군 순간, 그때까지 내내 입을 다물고 있던 후지오가 "저기" 하고 힘없는 목소리로 선배를 불러 세웠다.

"저도 에밀이 화내던 모습은, 확실히 착한 아이답지 않다고 생각해요…."

내 편을 들어주려는 건가 생각했는데 후지오는 선배 생각에 동의했다. 선배도 예상 밖이라는 듯한 얼굴로 돌아봤다. 후지오는 아직 선배가 무서운지 내 뒤에 숨다시피 한 채 계속했다.

"착하지 않다기보다 순수함이 없다고 말하는 게 정확할지도 몰라요. 하지만 그건, 에밀이 부모님 밑에서 그런 식으로 자랐기 때문이 아닐까요. 화난 마음을 무턱대고 드러내지 말고 평정을 유지하도록 평소에 요구받았기 때문에…."

실내에 침묵이 깔린다. 선배는 아무 말도 없지만, 머리에 떠오른 물음표가 보이는 것 같았다. 나도 후지오가 무슨 말을 하는지 모르겠다. 본문에 그런 묘사는 분명 없었다. 하지만 가슴이 기대로 부풀어 오르는 걸 모른 척할 수 없었다.

후지오는 대부분 무심코 놓쳐버리는 이야기의 조각들을 건져 올려 그 속에 담긴 것을 보여준다. 「무희」 때도 그랬다. 수업 중에 읽었을 땐 재미있다는 생각을 하지 않던 그 이야기를, 후지오는 멋지게 풀이해 아에가시의 등을 밀어줬다.

「공작나방」에도 선배의 마음을 돌리게 할 만한 뭔가가 있을지 모른다. 이야기의 힘을 믿는 후지오라면 우리가 그걸 깨닫게 해주지 않을까. 그런 기대에 휩싸여 후지오에게 물었다.

"에밀이 그런 식으로 자랐다는 내용이 있었어?"

선배가 품고 있을 의문을 대신 물어본 것이었는데 후지오는 내 뒤에 숨은 채 고개를 가로저으며 말했다.

"직접적으로 적혀 있지는 않지만, 에밀의 부모는 선생님이야. 교사가 자기 자식에게 교육자처럼 행동하는 건 직업병 같은 게 아닐까? 집에서는 안 그래도 학교에서는 허용되지 않는 행동이 많잖아. 에밀의 경우에는 집 안에서도 선생님이랑 같이 생활하는 것과 다름없으니 금지된 게 많았을지도 몰라. 약간의 투정이나 아이다운 행동 같은 것도."

응, 하고 대답하긴 했지만 말꼬리가 조금 올라가고 말았다. 이야기를 해석하는 후지오의 능력을 믿지만, 너무 억지 해석이 아닐까. 하지만 나를 올려다보는 후지오의 눈에 흔들림은 없었다.

"작가인 헤세도 아버지가 선교사고, 계율이 엄격한 신학교에 진학했어. 그도 어릴 때부터 '선교사의 자식'으로 부끄럽지 않게 행동하도록 강요받아왔을지도 몰라. 에밀 역시 '교사의 자식'으로 세상의 규범에 갇혀 자라왔던 게 아닐까."

부모의 직업이 아이들에게 꼬리표처럼 따라다니는 건 사실이다. 같은 범죄자라도 부모가 의사나 교육자 등 소위 지식층일수록 매스컴을 타는 비율이 높아진다. '부모는 그런 사람인데?' 하는 의외성을 연출하는 데 한몫하는 것이다.

"게다가 에밀은 주인공뿐만 아니라 주변 아이들도 꺼림칙하게 느낄 정도로 완벽한 아이였어요. 아이들의 눈에도 이질적으로 비칠 정도로 품행이 바른 아이. 얌전하고 조용한 아이. 그건 그러니까 에밀이 평소에 감정을 그다지 드러내지 않았다는 사실을 말하는 게 아닐까요?"

후지오는 어조뿐만 아니라 표정까지 달라진 채, 출입문 앞에 선 선배를 똑바로 바라보며 말했다.

"에밀은 그저 감정 표현이 서툴렀던 것뿐일지도 몰라요. 고치 안의 번데기처럼."

후지오의 이야기가 흥미로웠는지 선배가 우리 쪽을 보고 출입문에 기댔다. 이야기를 듣겠다는 자세였다. 후지오도 그걸 느꼈는지, 자신도 의식하지 못한 듯 내 뒤에서 한 걸음 앞으로 나왔다.

"그렇게 생각하는 이유가 하나 더 있어요. 주인공은 나비 채집에 열중했지만 유충을 키우는 것에는 별다른 흥미가 없었던 것 같아요. 반면에 에밀은 공작나방을 번데기에서 우화시켰어요. 에밀은 나비 채집 그 자체가 아니라 성충으로 성장시키는 일에 열중하고 있었던 게 아닐까요?"

"그 근거는?"

선배가 날카롭게 파고들어도 후지오의 기세는 꺾이지 않았다.

"모두 제 상상이지만⋯" 하고 말하면서도, 목소리에는 확신이 담겨 있었다.

"에밀의 표본에는 희귀한 나비가 적었다고 쓰여 있어요. 하지만 나비를 잡는 게 서툴렀다는 묘사는 없어요. 애초에 에밀이 나비를 쫓아다니는 장면이 없어요. 어쩌면 에밀은 자신이 번데기에서 키운 나비를 표본으로 만들고 있었던 게 아닐까요? 에밀은 나비 자체가 가진 희귀함보다 자신이 우화시킨 나비라는 점에 무게를 두었던 게 아닐까요?"

후지오는 나처럼 말문이 막히지도 않고, 거침없이 자기 생각을 전했다. 선배가 끼어들 틈을 주지 않았다. 곡해일지도 모르고 억지 해석일지도 모르지만, 이야기의 이면에 숨어 있던 진실을 폭로해나가는 것 같은 후지오의 말솜씨에 나도 모르게 흥분했다.

"주인공은 아름다운 나비를 잡는 순간, 도취된 것 같은 기분을 맛봐요. 똑같이 에밀도, 번데기에서 나비로 격변하는 과정을 지켜보는 것에 흥분을 느끼고 있었던 건 아닐까요. 그리고 그 근저에 있던 건, 달라지고 싶다는 강한 열망이 아니었을까 생각해요."

에밀은 달라지고 싶었던 게 아닐까.

엄격한 부모 밑에서 자라 친구도 변변히 사귀지 못하는 자신을 바꾸고 싶어서, 애벌레에서 번데기, 나아가 아름다운 나비로 변화하는 그 과정에 부러움을 쏟아내고 있었던 것인지도 모른다.

"품행이 단정한 에밀이 이 사이로 휘파람을 불고, 독설을 내뱉고, 들키면 부모한테 혼날지도 모르는데 그렇게까지 하면서 주인공을 냉담하게 대한 건, 일부러 그랬다는 생각이 들어요. 상대를 위로할 말이 생각이 안 나서, 분노가 원동력이 된다는 걸 알고 있었기 때문에. 그래서 착한 아이 흉내를 그만두고 상대방을 격려해주려 했다고 생각해요. 전 아라사카의 견해에 찬성해요."

조금 전까지 얌전히 내 뒤에 숨어 있던 후지오의 백팔십도 달라진 모습에 놀랐는지, 아니면 새로운 각도에서 에밀의 말과 행동을 다시 생각해보느라 바빴는지 선배는 눈을 동그랗게 뜬 채 아무 말이 없었다.

든든한 지원사격을 받은 나는 쐐기를 박으려면 지금이라는 생각에 목소리에 힘을 실어 말했다.

"그런 거라면 저도 휘파람이든 뭐든 불게요. 설사 미대에 가지 않더라도 선배가 계속 그림을 그려주길 바라니까요."

선배가 움찔하고 어깨를 떨었다. 방금 전까지 자신이 용서받는 일은 있을 수 없다는 생각에 사로잡혀 있던 눈이 지금은 갈피를 못 잡겠다는 듯 흔들리고 있었다.

나도 후지오도 말없이 선배가 대답하기만을 기다렸다. 선배는 선입견이 강한 데다 완고하기 때문에 본인이 납득하지 않으면 이야기가 앞으로 나아가지 않을 것이다.

꽤 긴 침묵이 흐른 뒤 선배가 입을 열었다.

"아라사카, 그런 식으로 휘파람 불 줄 알아?"

"해본 적이 없어서 모르겠네요. 하지만 실제로 당하면 무지 화가 날 것 같아요."

선배는 입을 다물고 미간을 찌푸렸다. 내가 앞에서 휘파람을 부는 모습을 상상했는지도 모른다. 생각 이상으로 마음에 들지 않는 광경이었는지 선배는 목 깊은 곳에서부터 낮게 신음했다.

"그렇게까지 할 정도라면 그냥 용서한다고 말해주지 않을래?"

"아까부터 그렇게 말했는데 선배가 귓등으로도 안 들으니까 이야기가 이렇게 복잡해진 거잖아요."

나는 너무 어이가 없어서 선배에게 성큼성큼 다가가 손에서 못뽑이를 빼앗았다.

"그 그림, 잘 보관하세요. 힘들게 입상했으니까. 또 나무틀에서 떼어내려고 하면 그땐 정말 휘파람 불 거예요. '그래, 그렇군. 요컨대 넌 그런 녀석이구나'라고 말하면서."

선배는 나를 보다가 텅 빈 자기 손을 내려다보더니, "그건 싫은데" 하고 힘없이 웃었다. 자포자기한 표정이 아니다. 조금 초췌해지긴 했지만 평소의 선배 얼굴이라 마음이 놓였다. 창가에 놓인 공구함에 못뽑이를 다시 갖다 놓는데 뒤에서 선배 목소리가 들렸다.

"아라사카는 지금이라도 미술부로 돌아올 마음 없어?"

돌아보자 선배가 내 뒤에 서 있었다. 후지오는 뭐하고 있는지 살피니 미술실 입구 근처 책장에 나란히 놓여 있는 미술 자료의 책등에 눈이 고정되어 있었다. 의식은 이쪽을 향해 있는 것 같지만 활자에서 시선을 떼지 못하는 모양이다. 못 말려, 하고 살짝 미소 지으며 웅크리고 있던 허리를 폈다.

"이미 도서위원회에 들어갔기 때문에 안 돌아갈 거예요. 동아리랑 위원회 둘 다 할 마음도 없고."

"그럼 그림을 진로로 삼을 생각은?"

선배 목소리가 진지함을 띤다. 하지만 난 고개를 가로저었다. 그림을 그리는 건 좋아하지만 진지하게 그림 공부를 한다거나 평생 직업으로 삼을 마음은 없다.

"그림을 그리는 건 단순한 기분 전환이라서요."

선배는 내 본심을 꿰뚫어 보려는 듯 내게서 눈을 떼지 않았다. 한참을 날 뚫어져라 보다가 이윽고 납득했는지 그래, 하고 중얼거리며 시선을 떨어뜨렸다.

"재능이 있는 사람일수록 자기 재능에 집착하지 않는구나."

"아뇨, 재능 같은 게 아니에요. 선배는 자주 내 배색을 칭찬해 주지만요, 전 그냥 다른 사람보다 눈이 조금 좋은 것뿐이에요. 선배, 시력이 얼마예요?"

"양쪽 다 0.7인가?"

이제 안경을 써야 하나 고민 중이라는 선배를 향해 난 히죽 웃었다.

"전 양쪽 다 2.5예요. 무지개도 여덟 색으로 보이죠. 저랑 선배에게 다른 게 있다면, 재능이 아니라 시력이에요."

2.5라는 수치에 놀랐는지 선배가 내 눈을 들여다봤다. 그 홍갈색 눈동자를 마주보고 말했다.

"하지만 선배, 그림이란 건 눈에 보이는 것만을 그리는 게 아니잖아요?"

같은 경치라도 그리는 사람에 따라 전혀 다른 그림이 된다. 눈앞에 있는 광경을 모두가 똑같이 보고 있는 것 같지만 사실 전혀 그렇지 않다. 때로 누군가는 보이지 않는 것을 종이 위에 재현해낸다. 진흙투성이가 된 눈의 냄새라든가 한겨울 운동장에 섰을 때 운동화를 통해 발바닥에 전해지는 냉기 같은 것들.

나는 화려한 배색으로 보는 사람을 깜짝 놀라게 할 수는 있어도, 그림 앞에 오랫동안 멈춰 서서 거기에 그려진 풍경의 냄새까지 떠올리게 하는 그림을 그리지는 못한다.

선배는 내 말을 곱씹듯이 입을 꼭 다물고, 눈꼬리에 가볍게 손가락을 올렸다.

"그렇지. 그러고 싶어."

나직하게 말을 내뱉은 선배는 얇은 눈꺼풀을 천천히 닫았다.

미술실에서 선배와 헤어지고 교문 밖으로 나올 무렵에는 하늘에 별이 반짝이고 있었다. 후지오와 함께 역으로 향하면서 밤하늘을 향해 숨을 토했다. 방금 전에 미술실에서 일어났던 일을 생각하니 자연스레 발걸음이 빨라졌다. 흥분이 쉽게 가라앉지 않았다.

"오늘 정말 후지오가 있어서 살았어. 설마 그런 식으로 선배를 막을 수 있을 거라고는 생각 못 했어. 나 혼자였다면 분명 무리였을 거야."

고개를 약간 숙이고 내 옆에서 걷던 후지오는 아니야, 하고 작은 목소리로 겸손해했다.

"에밀의 부모가 교사였다는 건 이야기의 줄거리와 관계가 없어서 잊고 있었어. 그렇게 작은 단서만 가지고 에밀에게 달라지고 싶어 하는 열망이 있었다는 걸 간파하다니 대단해."

"아니야, 간파한 게 아니라 내가 멋대로 해석한 거지. 정답은 아니야. 선배를 납득시키려고 갖다 붙인 부분도 있어."

"나였으면 갖다 붙이지도 못했어. 교사를 부모로 둔 자식의 처지 같은 건 생각해본 적도 없거든."

노골적인 칭찬이 익숙하지 않은지 후지오는 연신 안경테를 밀어 올리고 나를 보려 하지 않았다.

"그거라면, 우리 부모님도 교육자였던 것 같아서 혹시나 하고 생각한 것뿐이야."

후지오의 표현이 조금 마음에 걸렸다. 교육자였던 것 같아서라니. 자기 부모를 설명하는 말인데 불분명한 표현이다.

"그리고 이런 거, 평소에 자주 하거든."

의식이 딴 데 가 있었던 탓에 대답이 늦었다. 눈을 깜박이며 "이런 거라니?" 하고 물었다.

"문장 이면이나 그 심층에 있는 의미를 읽어내는 것. 이 캐릭터는 비아냥대는 말만 하는데 혹시 무슨 이유가 있는 걸까, 이 캐릭터는 웃고는 있지만 진심으로 기쁘다고 생각하는 걸까."

"매번 그렇게 읽으면 안 피곤해?"

"아니, 나한텐 필요한 일이라."

길 맞은편에서 차가 온다. 차가 비추는 헤드라이트가 눈부신 듯 후지오는 눈을 가늘게 떴다.

"현실에 싫은 사람이 나타나더라도 그 이면을 읽어내는 시도를 많이 해보면 '뭔가 이유가 있는 게 아닐까', '긍정적으로 받아들이자'라고 생각할 수 있어. 그래서 될 수 있으면 책을 읽으려고 해. 여러 방법으로 생각할 수 있게. 다른 사람이 한 말을 하나의 의미로밖에 해석하지 못하면 내가 괴로우니까 도망갈 길을 많이 만들 수 있게."

"그것도 히자키 선생님 말이야?"

후지오는 나를 힐끔 보고 스치듯 짧게 미소를 머금었다.

히자키 선생님 이야기를 꺼내면 후지오의 표정은 부드러워진다. 진심으로 선생님을 따르는 것이리라. 내 눈에는 선생님이 수상한 냄새가 풀풀 나는 영감으로밖에 안 보이지만 후지오 앞에서 그런 말을 하면 화낼 것 같다.

하지만 실제로 히자키 선생님이 하는 일은 이해가 되지 않는다. 아에가시와 알리시아를 위해 방과 후에 생물실을 빌려줘놓고 한편으로는 괴담을 늘어놓고 쫓아내려 하기도 했다. 후지오에게 상담을 해준 건 그렇다 치고, 미도리카와 선배 일은 교사로서 괜찮은 일일까. 그림을 남몰래 감춘 것보다 해선 안 될 짓을 앞장서서 거들려고 했단 점이 의문스럽다.

"그러고 보니 도서신문에 실을 감상문, 남은 사람은 히자키 선생님뿐이네.「붉은 누에고치」감상문, 쓸 수 있겠어?"

후지오의 물음에 나는 인상을 찌푸리고 고개를 가로저었다. 생각해보니 나도 선생님의 수상한 언동에 휘둘리고 있는 사람 중 하나다.

"독서 감상문뿐만 아니라 다른 코너도 이제 슬슬 기사를 만들지 않으면 안 될 텐데."

"그렇구나. 신착도서 코너도 만든다고 했지?"

"편집후기도 필요하지 않을까? 레이아웃도 생각해야 하고."

감상문을 모으는 것 말고도 해야 할 일이 산더미처럼 쌓여 있었다. 이게 다, 내가 그때 좋아하는 책은 없다고 말한 탓이다.

괜한 불똥이 튀는 바람에 후지오까지 귀가가 늦어져 미안하다고 사과하자 후지오는 고개를 가로저었다.

"괜찮아. 저기, 아라사카는 성가신 일을 억지로 떠맡아서 싫겠지만 난… 즐거워. 지금까지 이런 일, 누군가랑 같이 해본 적이 없거든."

"그래? 학교 과제 같은 거 자주 그룹 짜서 하지 않았어?"

"그룹 과제도 어느샌가 나 혼자 하고 있는 경우가 많아서."

후지오의 책상에 쌓여 있던 고전문학 공책이 머리를 스쳤다. 하지만 후지오에게 숙제를 떠넘긴 녀석들을 뭐라고 할 수 없었다. 처음엔 나도 후지오한테 신문 제작을 전부 맡기려 했으니까.

입을 다문 나를 보고 후지오는 당황한 듯 말했다.

"미, 미안해. 아라사카는 즐겁지 않을 텐데. 책도 싫어하고…."

"그렇지 않아."

내가 말을 끊자 후지오가 튕기듯 얼굴을 들어 나를 봤다.

"책을 읽는 건 힘들지만 감상문을 읽는 건 재미있는 것 같아. 이야기의 내용은 몰라도, 읽는 사람에 따라 착안하는 점이나 해석이 다르니까."

특히 후지오의 이야기를 듣는 건 재미있다. 독서를 싫어하는 나조차도 후지오의 독자적인 해설을 들은 후에는 새삼 「무희」와 「공작나방」을 다시 읽고 싶어진다. 이야기의 다른 측면을 발견할 것 같은 기분이 든다.

"즐거워."

진심에서 우러나온 나의 말에 후지오가 안경 너머에서 눈을 깜박이고, 입가를 실룩거리며 얼굴을 깊숙이 숙였다. 웃었는지도 모른다.

신문 제작 같은 따분한 작업도 혼자 하면 귀찮기 짝이 없지만 방과 후에 간식거리를 가지고 모여 다 같이 왁자지껄 이야기하면서 작업한다면 즐거운 법이다. 후지오는 어떨까. 그런 걸 한 적이 있을까. 해보고 싶어 할까.

신문 레이아웃을 의논할 땐 과자 같은 걸 준비해도 좋을 것 같다. 그때 후지오가 어떤 얼굴을 할까 생각하니, 나까지 입가가 실룩거리는 바람에 우린 말없이 역까지 이어진 길을 나란히 걸어 갔다.

Chapter 3

생 물 실 의
붉 은 누 에 고 치

금요일, 신문 레이아웃을 구상하기 위해 후지오와 방과 후에 도서실로 와 테이블에 과자를 펼쳤다가 "도서실은 음식 절대 금지!" 하고 가와이 선생님에게 꾸중을 들었다. 몰랐다.

　얼굴을 찌푸린 선생님에게 사서실로 끌려 들어가 "여기라면 괜찮지만, 사람들 모르게 먹어"라는 엄명에 몰래 과자를 먹으면서 신문 레이아웃을 짰다. 생각했던 것과는 다른 분위기가 됐지만, 작업 짬짬이 초콜릿을 입으로 가져가는 후지오가 즐거워 보였기 때문에 잘됐다고 생각하기로 했다.

　신문 1면에는 가로로 '도서신문'이라고 제호를 넣고, 신착도서를 소개하는 기사를 싣기로 했다. 빈 공간에는 작년 도서실 이용자 수를 적었다. 숫자가 들어가면 그럭저럭 신문 같아 보이겠지. 도서실을 이용하는 목적에 관해 설문 조사 같은 것도 할 수 있다면 더 모양새가 나겠지만 시간이 남을 경우 가능한 일이었다.

2면과 3면은 펼쳐진 두 페이지를 이용해 추천도서를 소개하는 코너로 만들었다. 아에가시, 알리시아, 미도리카와 선배, 그리고 이제 곧 받을 히자키 선생님의 원고를 대지에 붙이고, 그 여백에 우리의 감상을 덧붙일 것이다.

마지막 페이지에는 편집후기. 하지만 그것만으로 한 면을 다 채우기는 어려우니 아무래도 코너가 하나 더 필요할 것 같다.

도서실에 과자를 반입한 만행에 나를 못마땅하게 대하던 가와이 선생님도, 작업이 착착 진행되는 모습을 보고 기분이 풀렸는지 마지막에는 우리한테 홍차까지 끓여줬다.

그렇게 레이아웃을 결정했다. 이제 토요일과 일요일이 지나면 드디어 4월 마지막 주다. 그 주 주말부터는 5월 연휴에 돌입한다.

신착도서 코너와 편집후기는 후지오가 담당해주기로 했기 때문에 괜찮지만, 문제는 「붉은 누에고치」 감상문이었다. 이번 주 월요일부터 수업이 끝나면 곧바로 도서실로 가서 「붉은 누에고치」를 다시 읽었지만, 여전히 그럴듯한 감상이 떠오르지 않았다. 왜 마지막에 주인공은 붉은 누에고치가 되는 걸까, 그저 신기하다든가 하는 단순하고 유치한 말만 떠오를 뿐이었다.

후지오는 도서신문과는 상관없이 방과 후에는 매일 도서실에 있기 때문에 그날도 여느 때처럼 내 옆에 있었다. 내가 「붉은 누에고치」를 읽기 시작하자 자기도 서가에서 책을 뽑아 오더니 눈

깜빡할 사이에 독서에 몰두했다. 뭘 읽나 했더니 똑같은 아베 고보의 책이었다. 제목은 『상자인간』. 제목부터 범상치가 않은데 재미있을까.

내가 보고 있다는 것도 알아차리지 못하고 책에 푹 빠진 후지오에게 무슨 내용인지 물어볼까 생각했다. 책이라면 후지오는 언제든 의기양양하게 말한다. 하지만 책을 내가 먼저 읽고 나서, 생각지도 못했던 후지오의 해설을 나중에 듣는 것도 재미있을 것 같았다.

—다음에 한번 읽어볼까.

물 표면에서 거품이 보글보글 떠오르는 것처럼 그런 말이 가슴속에 떠올랐다. 너무나 자연스럽게 가슴 깊은 곳에서 솟아오른 말에, 한 박자 늦게 눈을 휘둥그레 떴다. 스스로 책을 읽어보자는 생각을 하다니, 불과 얼마 전만 해도 상상도 하지 않았을 일이다. '어차피 활자를 눈으로 좇아봤자 머리에 들어오지도 않고, 지어낸 이야기에 흥미도 없다.' 그렇게 생각했는데. 그렇지만 정신없이 책을 읽는 후지오를 보고 있자니, 왠지 매우 즐거운 일을 하고 있는 것 같아 보였다.

한참을 멍한 상태로 있다가 책을 황급히 끌어당겼다. 이때 「붉은 누에고치」를 읽으면 뭔가 감상이 떠오를지도 모른다. 그런 기대를 하고 책을 펼쳤건만, 집을 찾다 누에고치가 되는 남자의 이야기는 역시 의미를 알 수 없다.

나는 독서에 몰두해 있는 후지오에게 귀띔한 뒤 기분 전환 삼아 도서실 밖으로 나왔다. 눈을 감고 기지개를 크게 켜자 눈꺼풀 뒤에서 조금 전 읽었던 글자의 단편이 지나갔다. 잘게 자른 색색의 색종이가 흩날리는 것 같았다. 눈을 떠도 잔상이 남아 있는 것 같아서 눈을 문질렀다.

짧은 복도 건너편으로 시선을 옮기니 생물실 앞에 줄지어 있는 수조에서 은은한 불빛이 새어 나오고 있었다. 핑크색 우파루파와 민물게를 쓱 훑어보다가 생물실 입구를 사이에 두고 놓여 있는 철제 장식장으로 눈을 돌렸다.

이 시간 복도에는 인적이 없는 탓에 발을 내딛으면 실내화가 바닥을 미는 소리가 유난히 크게 울린다. 장식장 앞에 서서 안을 들여다봤다. 미도리카와 선배는 여기에 놓인 표본을 스케치하다가 히자키 선생님이 말을 걸었다고 했는데 여기에 대체 뭐가 있는 걸까.

장식장 문을 열어보려 했지만 잠겨 있다. 안 열릴 것을 짐작하면서도 덜컹덜컹 문을 흔들고 있는데 생물실에서 누군가가 얼굴을 내밀었다. 히자키 선생님인가 하고 흠칫했지만 안경을 낀 남학생이었다.

"입부 희망자세요?"

큰 코맹맹이 목소리로 상대가 물었다. 아니라고 대답하고 상대방의 실내화로 슬쩍 눈을 돌렸다. 앞코 색은 빨강. 1학년이다. 이름도 적혀 있었다. 야나이라고 하는 모양이다.

"혹시 지금 생물부 동아리 활동 중이야?"

"네, 그래봤자 부원은 저밖에 없지만요."

"고문은 히자키 선생님이지? 안 계셔?"

"오늘은 출장이라 안 계신데요."

"그렇군. 저기, 여기 장식장 안에 있는 표본을 좀 보고 싶은데 장식장 열쇠 없어?"

"있죠. 생물 준비실에 보관되어 있어요."

야나이는 "보고 싶으세요?" 하고 재차 묻더니 고개를 갸웃거린다. 동그란 얼굴에 눈이 크다. 왠지 모르게 다람쥐가 떠오르는 얼굴이다. "보고 싶어" 하고 대답하자 야나이는 고개를 한 번 끄덕이고는 생물실로 들어갔다. 잠시 후 팻말이 달린 열쇠와 무슨 영문에선지 걸레를 들고 돌아왔다.

"보는 김에 안에 청소도 부탁할 수 있을까요. 선생님이 부탁을 하고 가서."

덜컥 일을 떠맡아버렸지만 표본을 코앞에서 볼 수 있다면 싼 값이다. 두 말 않고 승낙하고 바로 장식장 문을 열었다.

야나이는 다시 생물실로 들어가더니 이번에는 집게처럼 긴 핀셋과 밀폐 용기를 가지고 왔다. 그리고는 밀폐 용기 안에 든 것을 핀셋으로 집어서 수조에 넣었다. 묘한 검붉은색인 그것은 간인 것 같았다. 내가 가까이 갔을 땐 미동조차 없던 우파루파가 입 근처에 다가온 간을 뜻밖의 민첩한 모습으로 재빨리 물었다.

먹이를 주는 야나이를 곁눈질하면서 선반에서 표본을 조심조심 꺼내 발밑에 나란히 놓았다. 그리고 걸레로 선반을 닦으려는데, 생각해보니 장식장은 대부분 잠겨 있고 어지간한 일이 아니고서는 여닫지 않는다. 안에는 거의 먼지가 쌓여 있지 않았다.

이런 곳을 청소시키다니… 히자키 선생님은 성격이 매우 예민한 걸까 아니면 며느리 시집살이 시키는 시어머니처럼 신입부원을 못살게 구는 걸까. 선생님이 야에가시와 알리시아에게 괴담을 들려주고 벌벌 떨게 만들었던 걸 생각하면 후자일지도 모른다.

어쨌든 선반을 대충 닦고 바닥에 두었던 표본을 제자리에 돌려놓았다. 물고기와 개구리, 탈피에 실패한 게 등이 비좁은 듯 들어가 있는 유리병은 포르말린이 가득 차 있었고, 표본을 만든 날짜와 생물의 학명, 일본식 이름, 채집 장소 등이 적힌 라벨이 붙어 있었다. 노랗게 변색된 라벨은 언뜻 봐도 오래되었다는 걸 알 수 있었다. 드물게 새 라벨도 있지만 대부분이 20년 가까이 된 것이었다.

라벨에 적힌 글자에 눈길이 멈췄다. 파란색 만년필로 쓴 것 같은 글씨가 눈에 익었다.

한쪽 손에는 내장을 드러내놓고 있는 개구리 표본, 또 한쪽 손으로는 '쏠종개'라고 적힌 물고기 표본을 들고 야나이를 불렀다.

야나이는 개구리의 내장을 보고 눈살을 찌푸리지도 않고 태연스러운 얼굴로 "왜요?" 하고 대답했다.

"이 표본은 전부 히자키 선생님이 만들어? 이거… 쏠종개? 이건 최근에 만든 것 같은데 선생님이 만들었을까? 라벨도 선생님이 붙였어?"

"그럴 거예요. 따로 표본 만드는 사람이 없으니."

"그럼 20년쯤 전의 이 표본도? 라벨에 적힌 글자, 히자키 선생님 글씨지?"

야나이는 개구리 표본을 가까이 들여다보고 쏠종개의 라벨과 견주어 보다가 고개를 갸웃거렸다.

"듣고 보니 비슷한 것 같은데요. 그런데 용케도 알아봤네요?"

"필적감정사가 꿈이라서."

농담으로 한 말에 야나이는 "그렇구나" 하고 납득해버린다.

"그 오래된 표본도 히자키 선생님 만든 거예요. 동아리 첫날, 장식장에 들어가 있는 표본은 전부 자기가 만든 거라고 자랑했거든요. 그 선생님, 이 학교에 부임한 게 두 번째인 모양이에요. 20년 만에 돌아왔는데 표본이 하나도 안 늘었다고 실망스러워했어요."

대부분의 표본은 히자키 선생님이 만들었을 거라고 예상하긴 했지만, 하나도 빠짐없이 선생님 손에 의해 만들어졌을 거라고는 생각하지 못했다. 야나이에게 고맙다고 인사하고, 장식장에 표본을 되돌려놓는 작업으로 돌아갔다.

쏠종개, 배가 갈라진 개구리, 탈피에 실패한 게, 뼈만 남은 작은 새가 담긴 병을 하나하나 장식장으로 되돌려놓다가 문득 손을 멈췄다. 움켜쥐면 손안에 감쪽같이 감춰질 정도로 작은 유리병 안에, 하얀 타원형의 물체가 가라앉아 있었다. 거북이 알 같은 형체였지만, 그런 것치고는 표면이 오돌토돌했다.

한참을 바라보다 누에고치라는 걸 알았다. 누에고치에는 구멍이 나 있었다. 여기로 우화한 나방이 나온 걸까. 아니면 탈피에 실패한 게처럼 이 누에고치 안에도 누에나방이 남아 있는 걸까.

병을 살짝 흔들자 누에고치가 포르말린 안을 헤엄치고, 성냥개비 끄트머리 정도 크기의 작은 구멍 사이로 뭔가가 보였다. 그 뭔가가 복도에 켜진 전등 불빛을 받아 반짝하고 빛났다. 벌레는 아니다. 훨씬 단단한 재질 같았고 빛을 반사한다. 저건, 금속이다.

누에고치 안에 작은 금속이 들어가 있었다. 이상하다는 생각이 들어 야나이를 부르려고 수조 쪽으로 눈을 돌렸지만, 어느새 먹이를 다 주고 가버렸는지 생물실 앞 복도에는 나 말고는 아무도 없었다.

나는 손안의 유리병을 내려다봤다. 고무 패킹 처리된 병뚜껑은 가볍게 비틀면 쉽게 열릴 것 같았다.

복도를 한 번 더 둘러본 다음, 병뚜껑을 살며시 열어봤다. 곧바로 자극적인 냄새가 코를 찔러 황급히 뚜껑을 닫았다. 안에 든 액체는 맨손으로 만지면 안 될 것 같았다. 나는 일단 병을 장식장 안에 다시 넣어놓고, 걸레를 들고 생물실로 들어갔다. 생물실에서는 야나이가 창가 테이블에 앉아 책을 읽고 있었다.

"끝났어요?"

"아니, 조금 더 걸릴 것 같아. 걸레 빨러 왔어."

"그렇게 꼼꼼히 안 해도 돼요. 이제 슬슬 어두워질 텐데."

야나이는 책 커버를 씌운 책 사이에 손가락을 끼운 채 대꾸하고 나서 창밖으로 눈을 돌렸다. 그 틈을 타 싱크대에 방치되어 있던 핀셋을 움켜쥐었다. 야나이가 수조에 먹이를 넣을 때 사용했던 것이다. "금방 끝나"라고 말하고 허둥지둥 복도로 나왔다.

바닥에 놓여 있던 표본을 재빨리 장식장에 다시 넣은 뒤 한 번 더 복도를 둘러보고 아무도 없는 걸 확인한 다음 그 병을 바지 주머니에 넣었다. 사정없이 쿵쾅대는 심장 때문에 갈비뼈를 울리는 진동이 손가락 끝까지 전해지는 것 같았다.

「공작나방」에서 주인공이 에밀의 공작나방을 몰래 주머니에 넣었을 때도 이런 기분이었을까. 숨쉬기 힘들 정도로 심장이 세차게 뛰었다.

한쪽 손에 핀셋을 쥔 채로, 생물실과 도서실 사이에 있는 남자 화장실로 뛰어 들어갔다. 화장실 칸에 아무도 없는 걸 확인한 다음 세면대 앞에서 병을 열었다.

핀셋 끝으로 누에고치를 찌르자 구멍 아래에 칼집이 나 있는 걸 알 수 있었다. 칼집에 핀셋 끝을 비집어 넣고 그 틈을 살며시 벌렸더니 안에서 뭔가가 굴러 나왔다.

은색으로 빛나는 그것은 반지였다. 핀셋 끝으로 조심스럽게 반지를 집어 병에서 꺼냈다. 작은 사이즈다. 아마 내 손이면 새끼손가락밖에 안 들어갈 것 같다. 여자 것일까.

무늬도 장식도 없는 심플한 은반지는, 엄마가 끼고 있는 결혼반지와 비슷했다. 안쪽에 뭔가가 새겨져 있다. 'M to T'. M이 T에게. 역시 결혼반지일까.

그나저나 왜 이런 게 표본 안에. 이상하다고 생각했지만 느긋하게 보고 있을 여유가 없었다. 누에고치 안에 반지를 다시 밀어 넣고 뚜껑을 꽉 닫았다. 핀셋을 깨끗이 헹구고 나서 아무 일도 없다는 듯 화장실에서 나왔다.

표본 장식장 앞으로 돌아와 다시 한번 누에고치가 들어 있는 병을 살펴봤다. 라벨에 적힌 글씨는 히자키 선생님의 것이었다. 날짜는 지금으로부터 18년 전. 채집 장소 같은 건 기재되어 있지 않았고, 그저 '누에나방'이라고만 써 있었다.

포르말린 용액으로 가득 찬 병을 흔들어봤지만 누에고치가 약간 움직이기만 할 뿐 칼집 사이로 반지가 나오는 일은 없을 것 같았다. 그렇지 않더라도 장식장은 열쇠로 잠그기 때문에 애초에 누가 손을 대지도 못한다.

누에고치가 든 병을 장식장 구석에 되돌려놓은 다음, 유리문을 닫고 열쇠로 잠갔다. 장식장에서 한 걸음 물러서니, 앞에 있는 표본에 가려 누에고치는 보이지 않았다.

이 누에고치 표본이 선생님이 미도리카와 선배에게 말했던 '비밀'인 걸까. 선생님은 누군가가 누에고치 속에 감춰져 있는 반지를 찾아내주길 바랐던 걸까. 하지만 선배는 반지는커녕 누에고치 표본이 있다는 사실조차 몰랐던 것 같다.

생각에 잠겨 있는데 생물실 문이 열리고 야나이가 복도로 나왔다.

"이제 다 끝났죠? 저도 집에 가고 싶은데요."

나는 "끝났어"라고 황급히 대답하고 야나이에게 장식장 열쇠를 건넸다. 야나이가 열쇠를 생물 준비실에 돌려놓으러 간 틈에 나는 핀셋과 걸레를 싱크대에 갖다놓고 숨을 토했다.

돌아온 야나이가 집에 갈 준비를 했다. 오늘 활동은 끝난 듯하다.

"생물부는 보통 뭘 해?"

야나이는 다시 "입부하려고요?" 하고 물었다.

"그런 건 아닌데, 어떤 활동을 하는가 싶어서."

"수조에 있는 생물한테 먹이 주는 일이랑 수조를 씻는 일이 주된 활동이에요. 그것 말고 선생님이 표본을 만드는 걸 돕는 경우도 있는 모양이더라고요. 전 아직 해본 적 없지만요. 그냥 실체가 없는 동아리에 가까워요. 수조는 몇 달에 한 번 씻는데, 그때만 일손이 필요해요. 동아리 활동이 없는 날에는 히자키 선생님이 수조에 먹이를 넣어주고요. 일단 일주일에 한 번은 이렇게 생물실에 와 있긴 하는데, 먹이만 주고 가기 때문에 30분도 안 있어요."

"진짜야? 생물부에 들어왔어야 했나."

"지금이라도 안 늦었어요."

야나이는 그렇게 말했지만 고문이 히자키 선생님이라고 생각하니 망설여졌다. 누에고치 속에 숨겨진 반지를 보고 난 후라서 더더욱 그랬다.

돌아갈 채비를 하던 야나이가 테이블에 놓여 있던 책을 집어 들었다. 역 앞에 있는 서점 이름이 인쇄된 커버가 씌어져 있어서 "만화?" 하고 물어보니 "소설요" 하는 대답이 돌아왔다.

최근, 정확히는 도서위원이 된 다음부터 책을 읽는 사람이 눈에 들어온다. 예를 들면 전철 안에서, 공원 벤치에서, 카페 구석에서. 스마트폰을 만지작대는 사람이 압도적으로 많지만, 찾아보면 의외로 책을 읽고 있는 사람도 꽤 있다.

커버를 씌우지 않고 책을 읽는 사람이 있으면 무심결에 제목을 보고 만다. 고상한 분위기의 나이 든 여자가 '남의 불행은 꿀맛' 어쩌고 하는 제목의 책을 읽고 있는 것을 보고 무슨 생각으로 저 책을 골랐을까 하고 생각한 적도 있다.

사람들은 대체 어떤 기대를 품고 책을 고르고, 무슨 생각을 하면서 눈으로 문장을 좇는 걸까.

어떤 책을 읽고 있냐고 묻자 야나이는 "이세계 전생물이요" 하고 대답했다.

"대체로 무슨 중세 유럽 같은 곳이 무대지만요."

"재밌어?"

야나이는 당연하다는 듯이 고개를 끄덕였다.

"역 앞에 있는 서점은 상품 구색이 제법 괜찮아요. 웹 소설 쪽
책도 많고."

"웹 소설이 뭔데?"

"인터넷에서 연재한 소설 중 재미있는 걸 책으로 만든 거예요.
혹시 선배, 인터넷으로 소설 같은 거 별로 안 읽어요?"

"애초에 책을 안 읽어. 이렇게 페이지를 펼치면 글자가 덮치는
것 같은 기분이 들어서…."

"아, 알 것 같아요. 옛날 소설 같은 건 펼치는 순간 '헉' 하잖아
요. 페이지 가득 작은 글자가 꽉꽉 들어차 있고. 이세계 전생물은
그렇지는 않아요."

야나이가 손에 든 책을 펼쳤다. 놀랍게도 가로쓰기였다. 게다
가 행간도 넓다. 이거라면 의외로 읽어볼 만하지 않을까 생각하
다가 스스로에게 또다시 놀랐다. 그렇게 활자라면 치를 떨었는데
어떤 책이든 읽어보려고 하고 있다. 이것도 후지오의 영향일까.

"그래도 무슨 중세 유럽이 무대라면서. 풍경이나 등장인물의
모습 같은 게 상상이 돼? 배경지식이 없으면 읽기 힘들지 않을
까…."

장황한 설명이 들어가서 읽을 마음을 사라지게 만들지는 않을

지, 내용을 이해하기 힘들어서 책 읽기를 포기하게 될지도 모른 다는 걱정에 물어보자 "괜찮아요" 하고 야나이는 대수롭지 않다는 듯 말했다.

"대충 상상할 수 있으면 충분해요. 애니메이션 같은 데서 대충 흉내 낸 유럽 풍경 많이 보잖아요. 그런 느낌을 머릿속에 그려놓고 있으면 충분해요."

그렇게 대충 읽어도 되는 걸까. 국어 수업에서는 이야기의 시대적 배경이나 등장인물의 성격 등을 상세하게 이해할 것을 요구하기 때문에, 소설을 읽는다는 건 이야기의 구석구석까지 정확하게 파악하는 것이라 생각했는데.

야나이가 해준 설명이 신선해서 내친 김에 더 물어봤다.

"아까 애니메이션 그림이라고 했는데, 책 내용을 상상할 땐 실사가 아니라 일러스트가 떠오르고 그래?"

"그렇죠. 특히 캐릭터는 표지 일러스트로 실린 그림을 상상하면서 읽어요."

"그럼 표지에 일러스트가 없는 소설은? 실사?"

야나이는 눈을 동그랗게 뜨고 뭔가 생각하는 듯이 시선을 비스듬히 위로 향하며 말했다.

"그런 건 생각해본 적도 없지만… 그러고 보니 실사가 아니었던 것 같아요. 일반 소설의 캐릭터도 애니메이션 얼굴을 상상한 것 같아요."

"난 문장을 눈으로 좇는 것만으로도 벅차서 머릿속에 영상에 떠오른 적이 없었어."

"그것도 희한하네요."

희한한 걸까. 활자를 읽고 애니메이션화된 영상이 머리에 떠오르는 야나이가 더 희한한 것 같은데.

이야기를 더 들어본 후에 야나이는 책을 읽을 때 머릿속에서 음독하지 않는 타입이라는 것도 알았다. 참고로 나는 음독한다. 등장인물의 대사도 전부 내 목소리로 재생된다. 야나이가 희한하다고 했지만 이것도 나와 야나이 중 어느 쪽이 희한한 건지 모르겠다.

테니스나 야구 같은 스포츠라면 폼을 다른 사람과 비교하기 쉽지만, 독서는 혼자 하는 것이기 때문에 이렇게 이야기를 나눠보기 전까지는 사람마다 책을 읽는 방식이 다르다는 것조차 모르고 있었다.

후지오는 어떨까 생각하다가 후지오를 도서실에 혼자 두고 왔다는 게 떠올랐다. 그렇지만 나의 존재 같은 건 잊고 독서에 몰두해 있을 거라 생각하며 쓴웃음을 지었을 때, 야나이가 불안한 듯 실내를 둘러보며 말했다.

"저기, 이제 그만 가지 않을래요?"

야나이의 얼굴이 조금 굳어 있었다. 내 대답을 기다리는 동안에도 슬금슬금 출입문 쪽으로 다가가는 모습이, 빨리 여기서 나가고 싶어 하는 것 같았다.

"미안, 마치고 무슨 약속이라도 있어?"

"그런 건 아닌데…."

야나이의 얼굴에 두려움의 표정이 스쳐 지나가는 걸 보고 느낌이 왔다.

"혹시, 너한테도 히자키 선생님이 괴담 들려줬어?"

안절부절못하며 실내를 둘러보던 야나이가 고개를 획 돌려 나를 쳐다봤다.

"설마 선배도 들었어요? 방과 후에 혼자 생물실에 있으면…."

"피투성이 여학생이 벽을 타고 올라온다는 이야기?"

긴장이 풀려가던 야나이의 얼굴이 다시 굳었다.

"뭐예요, 그건."

"그 이야기 아니야?"

"저는 피투성이 아기를 안은 여학생이 교내를 어슬렁거린다고 들었는데요. 그렇게 돌아다니다가 마지막엔 생물실로 온다고…."

"투신한 이야기는?"

"으악, 그 여자가 투신했어요?"

아무래도 이야기가 맞아떨어지지 않았다. 야에가시가 들은 괴담과 야나이가 들은 괴담은 다른 이야기인 것 같았다. 궁금해서 자세히 내용을 물어봤다.

"옛날에 우리 학교에 재학 중에 임신한 학생이 있었대요. 그 여학생이 피투성이 아기를 안고 저녁 무렵에 학교 안을 돌아다닌다는 이야기였어요."

"피투성이 아기라는 건 자기 애라는 건가? 왜 피투성이지?"

"그건 모르겠지만, 18년 전에 실제로 일어났던 일이라던데요."

"실제로 일어났다니, 뭐가? 학생이 재학 중에 임신한 게? 아니면 뭔가 다른 유혈 사태가? 잠깐, 방금 18년 전이라고 했어?"

나도 모르게 목소리가 커져서 야나이가 흠칫하며 어깨를 움츠렸다.

"아, 네, 그렇게 말했어요."

단순한 괴담치고는 구체적인 숫자다. 괜히 마음에 걸린 이유는 조금 전에 본 누에고치 표본이 만들어진 것도 18년 전이었기 때문이다. 아에가시가 선생님한테 들었다는 이야기는 어떨까. 그것도 18년 전의 일을 기반으로 만들어진 이야기가 아닐까.

나는 야나이와 헤어지고 빠른 걸음으로 도서실로 돌아왔다. 나갈 때 본 모습과 완벽하게 똑같은 자세로 후지오가 책을 읽고 있었다. 테이블 위에 펼쳐놓은 책으로 얼굴이 빨려 들어갈 것 같은 모습은, 그야말로 '몰두'라는 단어 그 자체였다. 나는 그 옆에 앉아 후지오의 어깨를 가볍게 두드렸다. 후지오가 물에서 얼굴을 들 때처럼 턱을 힘차게 추켜올리고 나를 봤다.

"후지오, 전에 야에가시가 히자키 선생님한테 들었다는 괴담 기억해? 방과 후에 혼자 생물실에 있으면 피투성이 여학생이 벽을 타고 올라온다는 이야기."

느닷없는 질문에 후지오는 눈을 깜박이면서 고개를 끄덕였다.

"여학생이 생물실 창문에서 뛰어내린 게 몇 년 전이라고 그랬지?"

"어?"

역시 거기까지는 생각이 안 나는 걸까. 하지만 분명 20년쯤 전이었다. 흔한 괴담이지만, 야에가시에게 말한 내용과 야나이에게 말한 내용이 다른 건 어째서일까. 단순한 변덕일까. 아니면 무슨 의미가 있는 걸까.

입을 다물고 생각에 잠겼다가 문득 얼굴을 들자 후지오는 이미 책 속 세상으로 되돌아가 있었다. 가슴에 똬리를 튼 의문에 대해 후지오에게 말해보고 싶었지만 두서없는 말로 몇 번이고 독서를 중단시킬 수는 없었다. 어쩔 수 없이 테이블 위에 내팽개쳐두었던 「붉은 누에고치」로 손을 뻗었다.

하지만 시선은 글자 위를 맴돌았고, 오늘도 내용은 머리에 전혀 들어오지 않았다.

✦

수요일 5교시, 영어 수업은 자습이었다. 나눠준 프린트를 다

풀고 수업 후에 제출해야 했지만 30분이면 끝날 내용이었다. 남은 시간은 자연스레 학생들끼리 잡담하는 시간이 된다.

프린트의 빈칸을 모두 채우고 뒤집어보는데, 기다리고 있었다는 듯이 야에가시가 내 책상으로 다가왔다. 나랑 자리가 가까워서 소라게처럼 자기 의자를 끌고 온다.

"아라사카, 프린트 다 했어? 마지막 장문 알겠어?"

"몰라서 대충 채워놨어."

"난 대충 넣을 말도 생각이 안 나. 좀 보여주라."

"너 그래서 알리시아랑 펜팔 할 수 있겠어?"

야에가시는 아픈 곳을 찔렸다는 듯한 얼굴로 "쪼잔한 놈"이라고 말하면서 내 책상에 프린트를 펼쳤다. 이러쿵저러쿵 나한테 물어가며 빈칸을 채우지만, 나도 영어를 잘하는 편은 아니다. 이왕이면 후지오한테 물으면 좋을 텐데 생각하며 후지오를 보니 후지오는 벌써 프린트를 끝내고 독서 중이었다. 책 사이에 얼굴을 파묻다시피 하고 있어서 말을 걸기가 어렵다.

빡빡머리를 이리저리 만져대면서 문제와 격투를 벌이는 야에가시에게 시선을 되돌리고 물었다.

"알리시아가 이번 달까지 학교에 나오지? 전에 후지오가 첨삭해준 편지는 줬어?"

"음, 아직. 등교 마지막 날 줄 생각이거든."

그래, 하고 중얼거리면서 야에가시의 머리를 바라본다. 숙이

고 있어서 표정은 모르겠다. 지루한 마음에 가마를 누르자 야에
가시가 "하지 마" 하고 손을 뿌리쳤다.

"알리시아랑 스터디 할 때 히자키 선생님이 괴담을 들려줬다
고 했잖아? 그거 18년 전 이야기였어?"

갑작스러운 화제 전환을 따라오지 못했는지 야에가시가 어리
둥절한 얼굴로 나를 봤다.

"어? 응, 맞아. 지금 3학년이 태어난 해라고 말했어."

역시 그렇군. 18년 전. 우리가 태어나기 전의 이야기다.

문이 잠긴 장식장에 조용히 보관되어 있던 표본의 라벨에도
18년 전 날짜가 쓰여 있었다. 누에고치 속에 감춰져 있던 아무 장
식이 없는 반지는 누구 것일까. 결혼반지처럼 보였는데.

"히자키 선생님, 결혼은 했나?"

글쎄, 하고 야에가시가 고개를 갸웃거렸을 때 "하셨어" 하는
목소리가 옆에서 들렸다. 목소리의 주인은 옆자리에 있는 마미
야 아카리다. 아까까지 앞자리 여자애와 쉴 새 없이 수다를 떨다
가 갑자기 우리 화제에 끼어들었다.

야에가시처럼 마미야도 1학년 때 같은 반이었기 때문에 꽤 친
하다. "잘 아네" 하고 가벼운 마음으로 대답하자 마미야는 "뭐 그
렇지" 하고 어째선지 자랑스러운 듯이 가슴을 폈다.

마미야는 수업 후에 종종 히자키 선생님을 찾아간다. 수업과
관련된 질문을 한다기보다 그저 수다를 늘어놓는 모습이었다.

"혹시 마미야, 히자키 선생님 팬이야?"

"으응? 팬이라 할 정도는 아닌데."

그렇게 말하면서도 입가는 웃고 있었다. 완전히 부정하지 않는 얼굴이다. 마미야의 앞자리 여자애, 아마 사사키라는 이름의 친구와 마주보고 "선생님들 중에선 멋진 편이잖아" 하고 서로 고개를 끄덕였다.

"하지만 히자키 선생님은 정년이 내일 모레야."

"그렇긴 한데, 외모만 보면 기지마 수학 선생님보다 훨씬 젊어 보이잖아. 기지마 선생님은 아직 40대인데."

그러네, 하고 나도 수긍했다. 기지마 선생님이 1년 내내 새우등을 하고 있는 데다 빼빼 말라서 실제 나이보다 훨씬 늙어 보이는 탓도 있을 것이다.

어릴 땐 예순 살이라는 말을 들으면 허리가 굽은 할아버지나 할머니를 상상했지만, 실제 예순 살은 상상했던 것보다 훨씬 젊다. 히자키 선생님을 할아버지라 하면 실례인 것 같은 기분마저 든다.

"꽃중년이잖아. 젊었을 땐 인기 좀 있었을걸."

"나이를 먹어도 잘생긴 사람은 계속 잘생겼잖아. 키도 크고. 그리고 어릴 때 바이올린을 배웠다고 하니 왠지 고상해 보여."

"히자키 선생님 부모님도 학교 선생님이셨잖아? 선생님도 명문대 출신이고."

"부인도 유명한 사립 여자학교를 졸업한 모양이야."

마미야와 사사키 입에서 차례차례 튀어나오는 새로운 정보에 눈을 깜박였다. 어떻게 그렇게 자세히 알고 있냐고 묻자 두 사람은 별거 아니라는 듯이 "선생님한테 여쭤봤지" 하고 대답했다.

"'대학 진학에 참고하고 싶어서 그러는데 선생님이 나오신 대학 좀 가르쳐주세요' 하고 부탁했더니 바로 가르쳐주던데. 선생님도 학원 같은 데 다녔냐고 물으니까 따로 배운 건 바이올린밖에 없다고 하길래 '부자셨어요' 하니까 아니래. 그래서 부모님 직업을 여쭤보니까 교사였다고 했어."

"너희… 화술이 참 대단하다."

"다른 선생님들도 그렇게 빠삭하게 알고 있냐?"

겨우 프린트를 끝낸 야에가시도 대화에 끼어들었다. 마미야와 사사키는 마주보더니 "설마" 하고 웃었다.

"관심 없는 선생님들에 대해 알아봤자 무슨 쓸모가 있다고."

"히자키 선생님한텐 관심이 있다는 거야?"

"그렇지 뭐, 멋있잖아."

이번엔 나와 야에가시가 마주볼 차례였다. 내가 '그래?' 하고 눈짓으로 물어봤지만 야에가시가 모르겠다는 듯이 고개를 가로저었다. 마미야와 사사키는 우리 반응은 신경도 쓰지 않고 즐거운 듯이 이야기를 계속했다.

"얼굴은 그렇게 다정하면서 의외로 철벽이잖아."

"맞아, 수업 끝나고 항상 말을 거는데도 도무지 이름을 기억해 주지 않는단 말이지."

"옆 반 애는 열 받아서 만날 때마다 자기소개를 하는데도 아직 도 출석번호로 부른대."

"그건 좀 너무하지 않냐?"

야에가시가 끼어들자 두 여자아이는 "그게 멋이라는 거거든" 하고 주장했다. 웬만해선 돌아봐주지 않는 게 멋지다고 한다.

"그렇게 선생님한테 여러 가지 이야기를 들었으면, 혹시 학교 괴담 같은 것도 들은 적 있어?"

히자키 선생님 이야기가 하염없이 이어질 것 같아 말을 자르 고 물어본 거였는데 마미야가 곧바로 반응했다.

"들은 적 있어. 학생과 교사의 이루어질 수 없는 사랑 이야기 말이지?"

"아니, 괴담. 무서운 이야기 말이야."

"그거야. 교사와 헤어진 여학생이 흐느껴 우는 소리가 들린다 는 거."

또 처음 듣는 이야기가 튀어나왔다. 마미야가 히자키 선생님 한테서 들은 이야기에 따르면, 옛날에 이 학교에는 교사와 깊은 관계에 빠진 여학생이 있었다고 했다. 하지만 교사는 이미 결혼 한 몸이었기 때문에 흔히 말하는 불륜 관계였다. 어쩔 수 없었던 여학생은 교사와 교환했던 반지를 남기고 실종. 이후, 해가 지면 생물실에서 여학생이 흐느껴 우는 소리가 들려온다고 한다.

"왜 생물실에서 흐느껴 우는 소리가 들리는데?"

"그 두 사람은 항상 생물실에서 밀회를 나눴대."

"그렇다는 건, 상대가 생물 선생님?"

마미야가 "듣고 보니 그렇네" 하고 끄덕였다.

"그런데 그거, 몇 년 전엔가 이 학교에서 있었던 이야기라는 말은 없었어?"

"그랬어. 몇 년 전이었더라, 20년 전쯤?"

"18년 전 아니었어?"

"맞다, 18년 전. 쓸데없이 구체적이어서 '설마 진짜로 있었던 이야기예요?' 하고 물어봤다니까."

참고로 히자키 선생님은 "글쎄다?" 하고 웃음으로 얼버무렸던 모양이다. 마미야의 이야기를 들은 야에가시가 "내가 들은 이야기랑 다른데" 하고 몸을 내밀더니 피투성이 여학생이 벽을 타고 올라오는 이야기를 했다. 나는 흘려들으면서 의아하다고 생각했다. 히자키 선생님은 여러 학생에게 괴담을 들려주고 있지만, 어째선지 내용이 조금씩 다르다. 그 자리에서 생각난 걸 대충 말하는 게 아닌가 싶었지만 공통점도 있었다.

날이 저물고 나서 학교에 나타나는 귀신은 반드시 여학생이라는 것. 출현 장소는 생물실이라는 것. 그리고 어떤 사건이 일어난 게 18년 전이라는 것.

게다가 마미야가 한 이야기에서 마음에 걸리는 건, 여학생이 반지를 남기고 사라졌다는 것이다. 아무래도 누에고치 표본 속에 있던 반지가 자꾸 떠오른다.

그 표본은 히자키 선생님이 만들었다. 선생님 자신도 괴담과 무슨 관련이 있는 걸까.

생각에 잠겨 있는 사이 야에가시가 알리시아 이야기를 시작했다. 이야기는 어느새 「무희」로까지 뻗어, 야에가시는 감격을 주체하지 못하는 모습으로 마미야와 사사키에게 힘주어 말했다.

"「무희」는 진짜 제대로지. 멋진 연애소설이야. 그렇지 않니?"

이 말에 마미야가 머쓱한 표정을 지었다.

"그런가. 옛날 문호가 자기한테 취해서 쓴 사소설 같은 느낌이던데. 도요타로의 모델은 작가 자신이잖아? 유학 간 곳에서 여자 버리고 온 게 무슨 무용담이라고."

"응? 그렇게까지 말할 건 없잖아!"

새된 목소리로 반론하는 야에가시를 보고 큭큭 웃으면서 사사키도 마미야에게 동조했다.

"나도 도요타로는 좋아하지 않지만, 역사소설적인 측면도 있다고 봐. 당시 사람들의 생활상 같은 걸 알 수 있다는 면에서는 재미있어."

세 사람 모두 감상이 제각각이었다. 연애소설에 사소설에 역사소설. 똑같은 이야기라도 어떻게 받아들이냐에 따라 느낀 점이 크게 달라진다.

그렇다면 혹시 히자키 선생님이 말한 괴담도 뿌리를 찾아보면 같은 이야기이지 않을까. 모든 괴담에 공통적으로 등장하는 여학생은 동일 인물일 가능성이 있다. 생물실에서 투신하고, 피투성이 아기를 안고, 교사와 깊은 관계였던 학생. 시간의 흐름 순서로 정리하면, 위화감 없이 하나의 이야기가 되는 게 아닐까?

"잠깐, 저기 봐. 구로사키랑 쟤들, 또 저러고 있어."

마미야의 비난하는 듯한 목소리에 정신이 퍼뜩 돌아왔다. 어느 틈엔가 「무희」 이야기는 끝나고, 마미야가 쏘아보는 듯한 눈초리로 칠판 쪽을 보고 있었다. 시선이 향한 곳을 따라가니, 후지오 자리 주변을 여학생 셋이 에워싸고 있었다. 아무래도 기시감이 든다 싶었는데, 고전문학 수업이 끝나고 후지오 자리를 에워싸고 있던 애들이다.

"쟤네들 맨날 저렇게 후지오의 공책이나 프린트를 베껴. 후지오가 고분고분하게 가만 있으니까 저래. 안 되겠다, 한마디 하고 와야겠어."

마미야는 의외로 정의감이 강한 성격인지 정말로 화가 난 것 같은 얼굴이었다. 하지만 마미야가 자리에서 일어서는 것보다 내가 후지오를 부르는 게 빨랐다.

"후지오! 프린트 다 했어?"

책상 안에서 프린트를 꺼내려던 후지오가 깜짝 놀란 듯한 얼굴로 나를 돌아봤다. 후지오를 에워싼 구로사키 일당도 이쪽을 봤지만 나는 개의치 않고 말했다.

"다 했으면 우리랑 답 맞춰보자."

손짓하자 후지오가 당황한 듯한 얼굴로 자리에서 일어났다. 구로사키 일당이 후지오에게 뭐라고 하려는 낌새라 재빨리 말을 잘랐다.

"구로사키, 너희도 프린트 다 했으면 답 안 맞춰볼래?"

구로사키가 나를 돌아봤다. 아마 구로사키가 저 무리의 리더일 것이다. 구로사키는 다른 두 친구를 보지도 않고 "아니" 하고 내뱉더니 후지오 자리를 떠났다.

"구로사키 쟤는 예쁘긴 한데 눈매가 사나워."

야에가시가 소곤소곤 귓속말을 했다. 확실히 예쁘긴 하지만 어울리기가 쉽지 않다. 자기주장을 할 줄 모르는 후지오라면 구로사키가 어떤 부당한 요구를 해도 표독한 눈길 한 방에 꼼짝없이 받아들일 것 같다.

후지오는 우리 자리까지 오더니 내 책상에 머뭇거리며 프린트를 내려놓았다.

"저, 저기, 보여줄까⋯?"

구로사키 일당과 똑같은 용건으로 우리가 불렀다고 생각한 모양이다. 마미야의 "누가 보여 달랬니?" 하는 목소리와 야에가시의 "그 말을 좀 더 일찍 했어야지!" 하는 목소리가 겹쳐졌다.

"야에가시, 넌 참⋯."

"왜, 후지오는 영어 잘한단 말이야! 모범 답안이라고, 이거!"

"그래? 와, 그럼 진짜 답 맞춰보자."

마미야는 후지오에게 손짓해 무리 안으로 들어오도록 하더니, 곧바로 모두의 프린트를 대조하기 시작했다.

"이건 야에가시 말고 다 답이 똑같으니까 괜찮겠네. 이것도 야에가시 말고는 다 똑같아."

"나만 정답일지도 모르잖아!"

"후지오의 프린트가 모범 답안이라고 말한 게 누구더라. 아, 그런데 장문 문제는 잘 모르겠다. 어떻게 해석해야 할지 모르겠더라고. 후지오는 알겠어?"

자기 이름이 불리자 후지오는 당황한 표정을 지으면서 갈라진 목소리로 해석한 문장을 말했다.

"여기서, 일단, 문장을 끊고 생각하면, 이해가, 쉬울지, 몰라⋯."

평소에 나랑 이야기할 때보다 목소리는 더 작고 뚝뚝 끊겼지만, 마미야와 사사키는 후지오의 설명에 진지한 얼굴로 귀를 기울이다가 입을 모아 "굉장한데!", "이렇게 쉬웠다니!" 하고 말했다.

칭찬을 받아도 후지오는 내내 등을 움츠리고 있다. 몸을 어디 둬야 할지 모르겠다는 얼굴은, 교실에 있을 때 후지오가 주로 짓고 있는 표정이다.

다른 표정도 지을 수 있으면서. 그런 생각에 나는 「무희」 이야기를 꺼냈다.

"모리 오가이의 「무희」 말인데, 연애소설이나 사소설, 역사소설 중 어느 쪽이라고 생각해?"

갑자기 화제를 바꾼 나를 야에가시와 아이들이 이상하다는 듯이 바라본다. 후지오만이 눈빛을 바꿨다. 후지오는 웅크리고 있던 등을 펴고, 몸을 앞으로 내밀며 말했다.

"「무희」는 연애에 꼭 들어맞는 이야기는 아니지만 연애소설이야."

목소리는 명료했다. 그 목소리에 놀란 야에가시와 아이들이 후지오를 쳐다봤지만 후지오는 평소와 달리 고개를 숙이지 않는다.

"물론 사소설 같은 측면도 있어. 이 소설은 모리 오가이가 의학을 배우려고 독일로 유학 갔을 때 쓴 이야기야. 당시 도요타로가 처한 상황과 겹치는 부분은 있어. 하지만 도요타로의 모델은 오가이 자신이 아니라 다케시마 쓰토무라는 군의관이었다는 설도 있기 때문에 무조건 사소설이라 잘라 말하는 건 생각해봐야 할 일이야. 역사소설로 부르기에는 시대가 지금과 너무 가깝다는 생각도 들지만, 당시 사람들의 생각이나 풍속을 알 수 있다는 점에서는 틀렸다고도 할 수 없어. 애초에 시대소설이라는 건…."

갑자기 시작된 성난 파도 같은 해설에 마미야와 사사키가 눈을 휘둥그레 떴다.

"뭐, 뭔데, 잠깐, 잠깐만."

"뭐야, 후지오, 갑자기 왜 그래⋯."

후지오의 백팔십도 달라진 모습을 처음 봤을 때 내가 그랬던 것처럼 마미야와 사사키도 너무 놀라 말이 제대로 나오지 않는 모양이다. 그 모습을 보고 소리 내 웃었다. 역시 후지오는 책에 대해 이야기할 때가 제일 재미있다. 보고 있으면 즐겁다. 본인도 즐거운 것 같다. 후지오는 내 웃음소리조차 귀에 들어오지 않는다는 듯 계속해서 「무희」에 대해 열심히 이야기했다.

다음 시간은 체육이었다. 이걸로 오늘 수업이 끝난다. 후지오의 달라진 모습을 목격한 마미야는 처음에는 놀란 표정을 짓긴했지만, 나중에는 후지오의 따발총 토크가 재미있어졌는지 먼저책 이야기를 꺼냈다.

체육복으로 갈아입으려고 탈의실로 향할 때도 후지오는 마미야, 사사키와 함께였다. 생각해보니 후지오가 여자애들과 함께다니는 모습을 본 건 처음일지도 모르겠다.

수업을 마치고 교실로 돌아와, 하교할 채비를 하면서 후지오를 기다렸다. 다음 날은 공휴일이라 학교는 쉰다. 나머지 이틀은학교는 나오지만 곧 골든 위크에 돌입한다. 히자키 선생님과 약속한 이상, 후지오한테 감상문을 써달라고 할 수는 없지만 그 이야기를 어떻게 해석해야 할지 힌트 정도는 얻고 싶었다. 그래서방과 후에 후지오와 「붉은 누에고치」에 대해 이야기를 나누고 싶었다.

하교 준비를 마치고 기다리고 있으니 여학생들이 교실로 돌아왔다. 그런데 후지오가 안 보인다. "후지오는?" 하고 마미야에게 묻자, "찾을 게 있다면서 먼저 갔는데?"라고 했다. 하지만 후지오는 교실에 돌아오지 않았다.

더 기다려도 딱히 할 수 있는 게 없어서 가방을 들고 교실을 나섰다. 다른 사람도 아닌 후지오니까 방과 후에는 도서실에 얼굴을 내밀겠지. 그렇게 생각하며 2층으로 내려왔더니 도서실 앞에 있는 후지오가 보였다.

부르려다가 후지오의 발밑에서 시선이 멎었다. 후지오가 신고 있는 건 실내화가 아니라 방문객용 녹색 슬리퍼였다. 전에도 이런 적이 있었다. 2교시 생물 시간에 후지오는 방문객용 슬리퍼를 신고 왔다. 그날도 앞 수업은 체육이었다. 후지오가 '찾을 게 있다'고 했다던 마미야의 말이 떠오르면서 나는 그제야 후지오가 슬리퍼를 신고 있었던 이유를 눈치챘다.

복도를 두리번두리번 살피면서 걷던 후지오는 나를 알아보더니 놀란 듯이 한 걸음 펄쩍 뒤로 뛰었다. 발이 엉켜 제 발로 슬리퍼 뒤축을 밟고 휘청거리는 후지오의 팔을 재빨리 붙잡았다.

"고, 고, 고마워…."

내게 팔을 붙잡힌 채로 후지오는 뒤로 더 물러서려 했다. 발이 뒤로 가버리는 건 슬리퍼를 감추려 한 탓일지도 모른다. 나는 후지오의 팔을 놓고 크게 한 걸음 앞으로 다가가 거리를 좁혔다.

"실내화, 같이 찾을까?"

슬금슬금 뒷걸음치던 후지오의 발이 멈췄다. 순간 후지오의 얼굴에 복잡한 표정이 스쳤다. 수치심도, 당혹감도, 후회도 아닌 얼굴. 어쩌면 실내화를 찾는 모습을 같은 반 친구에게 보이고 싶지 않았을지도 모른다. 하지만 말하지 않을 수 없었다.

후지오는 눈을 내리깔고 좀처럼 대답하지 않는다. 괜찮다고 하더라도 내버려둘 수 없어서 먼저 입을 열었다.

"실내화 찾거든 같이 도서실 좀 가자."

책 말고 후지오의 마음을 끌 수 있는 게 생각나지 않았다. 그제야 머뭇거리며 눈을 들어 나를 보는 후지오에게 나는 애원하는 듯한 투로 말했다.

"오늘은 진짜 「붉은 누에고치」의 감상문이랑 결판을 내고 싶어. 네 해설이 필요해."

그러니까 얼른 찾으러 가자, 하고 재촉하자 거의 무심결에 후지오도 고개를 끄덕였다. 그렇지만 학교는 넓다. 어디부터 찾아야 할까 생각하는데, 후지오가 찰싹찰싹 슬리퍼 소리를 내면서 내 옆에 나란히 섰다.

"저기… 고마워."

"됐어. 그것보다 어디부터 찾을까."

"대략 짐작 가는 곳이 있으니까…."

후지오가 아무렇지 않게 대답하는 바람에 눈을 동그랗게 떴다.

"설마, 맨날 실내화가 사라지는 거야?"

"맨날은 아니지만, 체육 수업 후에 가끔…."

"그러면 꽤 빈도가 높은 거잖아?"

후지오는 고개를 숙이고 "그럴지도 몰라" 하고 작은 목소리로 말했다.

"하지만 항상 찾기 쉬운 곳에 놓여 있으니까."

그런 문제가 아니라고 생각했지만, 후지오에게 이러쿵저러쿵 말하는 것도 내 몫이 아니라는 생각에 말을 삼켰다.

후지오 말로는 실내화는 복도 구석이나 특별실에 자주 방치돼 있다고 했다. 그래서 제일 먼저 도서실과 생물실 앞을 살펴봤지만 오늘은 거기에 없었다. 그다음으로는 4층의 미술실이나 음악실, 서예실에 감춰놓는 경우도 많다고 한다.

"지금까지 건물 밖에 감춘 적은 없으니까 안에 있을 것 같은데."

후지오는 그렇게 말했지만 미술실에도, 음악실에도 실내화는 없었다. 서예실은 문이 잠겨 있어서 들어가지 못했다. 혹시 모르니 바깥도 찾아보자고 얘기하면서 계단 쪽으로 향하다가 문득 위를 봤다. 학교 건물은 4층까지 쓰고 있지만, 계단은 더 위까지 이어져 있다. 그 위는 옥상이었다. 옥상은 펜스가 사방을 감싸고 있고, 학생들 출입이 자유로웠다.

"지금까지 옥상에 감춰났던 적은?"

"없었어…."

"그럼 한번 가보기만 할까."

후지오와 나는 옥상으로 향하는 먼지투성이 계단을 올랐다. 계단 끝에서 묵직한 철문을 열자 우리를 건물 안으로 다시 밀어 넣으려는 듯 세찬 바람이 닥쳤다. 바람을 뚫고 밖으로 나와 올려다본 하늘은 투명한 자줏빛이었다.

콘크리트 옥상 바닥은 비바람에 시달려 곳곳에 금이 가 있었고 그 틈에서 잡초가 싹을 틔우고 있었다. 대충 둘러보니 우리 말고 다른 학생은 없다. 좀 더 시간이 지나면 관악부가 여기서 연습을 시작할 때도 있지만.

앗, 하고 후지오가 소리를 내더니 옥상 가장자리를 둘러싼 펜스를 향해 뛰기 시작했다. 뒤를 따라 가보니, 펜스 앞에 후지오의 실내화가 놓여 있었다. 뒤축을 가지런히 모은 채로.

자살 현장 같다는 생각이 언뜻 들어 기분이 몹시 좋지 않았다. 여기에 실내화를 남겨두고 간 인물도, 후지오가 똑같은 걸 연상하기를 기대했던 게 아닐까. 그렇게 생각하니 더 불쾌해졌다.

"요즘 세상에 이런 유치한 짓을 하는 녀석이 다 있네."

예기치 않게 목소리가 낮아졌다. 또 후지오가 겁먹지 않을까 싶어 얼른 입을 다물었지만, 후지오는 무서워하는 기색 없이 슬리퍼를 벗은 후 실내화로 갈아 신었다.

"이거, 보물찾기 게임이래."

"작명 센스도 최악이네. 실내화 숨기는 거 구로사키 걔네들이야? 고전문학 공책도 억지로 떠맡겼지?"

후지오는 녹색 슬리퍼를 주워 들고는 난감한 얼굴로 돌아봤다. 그리 심각해 보이지는 않았고, 입가에 쓴웃음을 살짝 머금고 있는 것 같았다.

"그냥 그렇게 놔둬도 괜찮아?"

바람이 불어 후지오의 머리카락을 헝클어뜨렸다. 후지오는 성가셔 하지 않고, 헝클어진 머리카락도 그대로 둔 채 눈을 내리깔았다.

"딱히, 몹시 곤란한 건 아니니까, 괜찮아. 숨기는 건 실내화뿐이고. 공책도, 원문을 여러 번 쓰면, 시험 칠 때 도움이 되기도 해. 빈 칸 채우기 문제라든가."

처마에서 떨어지는 빗물처럼 후지오가 띄엄띄엄 말했다. 하늘은 꿀을 드리운 것처럼 금색으로 빛나고 있는데, 고개 숙인 후지오의 얼굴은 비가 그치기를 기다리는 아이 같았다. 뾰족한 수가 없으니까 가만히 있는 거라고 말하고 싶은 듯한.

나도 모르게 쓸쓸한 표정을 짓고 있는 나를 보고 후지오는 당황한 듯이 허리를 곧게 펴더니 말했다.

"괜찮아, 진짜 신경 안 써. 이런 건 초등학생 때 왕따에 비하면, 인사 같은 거야."

실내화를 숨기거나 숙제를 떠넘기는 게 인사가 돼버리는 학교

생활은 질색이다. 지금까지 후지오가 대체 어떤 짓을 당해왔을지 상상하니 점점 더 얼굴이 찌푸려졌다. 무엇보다도 그걸 당연한 일로 받아들이고 있는 후지오가 답답했다. 싫다는 생각은 안 하는 걸까. 그런 감각마저 마비된 걸까.

내가 아무 말도 없어서인지, 웬일로 후지오의 말수가 늘었다.

"난 어째선지 쉽게 놀림감이 되는 것 같아. 그래서 되도록 안 튀어 보이려고 하는데… 아무랑도 말을 안 하면, 그건 그것대로 튀는 것 같아서, 그게 참, 어렵네."

교실 안에서 튀지 않는다는 건 평균적이라는 것과 같은 의미다. 적당히 활발하고 적당히 떠들어야 한다. 너무 조용하면 오히려 좋지 않다. 후지오는 겁이 많은 데다 불평도 하지 않기 때문에 한번 찍히면 끝까지 당하기만 할 것이다.

"그래도, 나쁘기만 한 건 아니야. 생물실에 실내화를 숨겼을 때도 있었는데 그때 히자키 선생님이 말을 걸어주셔서, 책 이야기를 할 수 있었거든."

이런 이야기를 하다가도 히자키 선생님 얘기가 나오자 후지오는 옅은 미소를 짓는다.

어쩌면 히자키 선생님도 후지오가 처한 상황을 한눈에 알아차렸을지도 모른다. 생물실에 덩그러니 남겨진 실내화를 방문객용 슬리퍼를 신은 학생이 찾으러 오면, 누군가가 그 학생을 괴롭힐 요량으로 숨겨놓은 것이라 어렵지 않게 짐작할 것이다.

후지오가 슬리퍼를 신고 생물 수업을 들었던 날에도, 선생님은 걱정스레 후지오를 보고 있었다. 학생의 유화를 주저 없이 나무틀에서 떼어내고, 나무틀은 소각로에 던져 넣어 불태워버리는 터무니없는 행동을 했으면서 히자키 선생님은 후지오한테만큼은 친절하고 다정하다. 이해하기 힘든 사람이긴 하지만, 그런 선생님 덕에 후지오는 책을 예언서로 읽게 됐고, 언젠가 올지 모를 미래를 대비해 지식을 착착 쌓고 있다.

그런데 미래란 게 그렇게 멀리 있는 걸까. 미래라는 말을 들으면 막연히 10년, 20년 후의, 지금보다 뭔가가 크게 달라진 상황을 생각하기 십상이지만, 내일도 미래라 할 수 있지 않을까.

고요히 색을 바꾸는 하늘 아래에서, 나는 후지오에게 물었다.

"뭔가 곤란한 일을 겪고 있는 주인공이 나오는 책 읽어본 적 있어?"

후지오가 얼굴을 들었다. 커다란 안경이 주륵 하고 콧등에서 미끄러져 내려와, 손가락으로 안경을 다시 밀어 올리면서 후지오는 어리둥절한 얼굴로 끄덕였다.

"있어. 대부분의 소설은 주인공이 어떤 곤란에 직면해 있으니까."

"인간관계 때문에 힘들어 하는 주인공도 있어?"

"있어. 아주 많아."

"친구를 잘 못 사귀는 주인공도?"

너처럼, 이라는 말은 덧붙이지 않았는데도 후지오는 알아차린 듯하다. 말없이 턱을 당겼다.

"그런 주인공들은 마지막에 어떻게 돼? 어떻게 해서 고민을 해결하는데?"

"그건, 다양해. 주인공을 이해해주는 사람이 나타나 이끌어주기도 하고, 고민과는 상관없는 사건에 휩쓸려서 그걸 해결하는 동안 모두 제자리를 찾아가기도 해."

"어느 쪽이든 주인공은 스스로 행동하는 거지?"

슬리퍼를 쥔 후지오의 손가락에 힘이 실렸다. 후지오는 끄덕이지 않았지만 내게서 눈을 돌리지도 않았다. 부정도, 긍정도 하지 않고 말없이 내 말에 귀를 기울이고 있었다.

"이해해주는 사람이 나타나도, 주인공이 그 사람을 따르겠다고 결심하고 움직이지 않으면 아무것도 안 달라져. 다른 사건이 일어난다 해도 주인공이 보고도 못 본 척하면 그걸로 끝이지."

후지오는 입을 다물고 아무 말도 하지 않았지만, 마음속으로 분명 여러 생각을 하고 있을 것이다. 무슨 생각을 하는지는 모른다. 다른 사람의 마음의 소리는 들리지 않는다. 하지만 예외적으로 다른 사람의 생각을 더듬을 수 있는 방법도 있다.

"행동에 나서기까지는 고민스럽고 불안하기도 할 테지만, 많은 책을 읽은 후지오라면 그런 주인공들이 어떻게 해서 자기 마음을 정리했는지도 잘 알지 않을까?"

나는 독서를 거의 안 하지만, 세상에는 많은 책과 이야기가 있다는 사실 정도는 알고 있다. 거기에 등장하는 주인공이 모두 무슨 일이든 잘해내는 초인은 아닐 것이고, 그중에는 마음먹고 앞을 향해 발을 내딛은 순간 고꾸라지고 마는 인물도 있을지 모른다.

실패한 후에도 이야기는 계속되고, 꼴사나운 모습이든 뭐든 간에 결말에 착지한다. 그걸 반면교사로 삼아도 좋고, 정말 자기가 실패했을 때 '다들 이런 거지 뭐' 하고 생각하는 부적으로 삼아도 좋다. 수많은 이야기를 언젠가 올지 모를 미래의 카탈로그로만 여길 게 아니라 당장 내일 행동을 시작하기 위한 참고서로 삼아도 좋지 않을까.

전해질까. 전해지길 바란다. 긴장해서 손이 땀범벅이다.

후지오가 야에가시와 미도리카와 선배의 등을 밀어준 것처럼 나도 후지오의 등을 밀어주고 싶었다. 후지오처럼 많은 책을 읽은 게 아니기 때문에 특정한 이야기를 끄집어내지는 못하지만, 이야기에 힘이 있다는 건 이제 나도 알고 있었다.

그걸 가르쳐준 사람은 다른 누구도 아닌 후지오다.

"책 속 주인공들처럼 후지오도 움직여봤으면 해."

실내화가 사라져도 별일 아니라고 말하지 말고, 비가 그치기를 기다리듯이 타인의 악의가 사라지기를 기다리지 말고, 조금이라도 좋으니 후지오가 움직이길 바란다. 적어도 지금 상황을 바꾸고 싶다는 생각만이라도 해주길 바랐다.

후지오는 뒷걸음치듯이 끄덕이다가 도중에 깜짝 하고 뭔가를 깨달은 듯한 얼굴로 나를 다시 바라봤다. 어째선지 놀란 얼굴로 눈부신 듯 눈을 깜박이며 후지오는 말했다.

"저기, 나 지금까지, 좀처럼 행동하지 않으려는 주인공을 보면 '빨리 움직이면 좋을 텐데' 하고 애탄 적 많았거든. 혹시 아라사카도 지금, 그런 눈으로 날 보는 거야?"

그런 걸까. 굳이 말하자면 나는 책에 나오는 등장인물한테 애가 탄 기억은 없지만, 분명 그런 것일 거라는 생각에 고개를 끄덕였다.

후지오는 믿기지 않는 것을 본 듯한 눈으로 나를 보다가 갑자기 갈피를 못 잡고 시선을 사방으로 흩뜨렸다. 왜 그래, 하고 물으니 그제야 시선이 다시 내게로 돌아왔다.

"내가 주인공을 보고 빨리 행동하면 좋겠다고 생각한 건, 이 주인공이라면 모든 일을 어떻게든 해낼 것이라 기대하기 때문이야. 이러쿵저러쿵해도, 잘 해낼 거라고."

"그렇지. 이야기를 즐기는 사람은 대체로 그걸 기대하지 않겠어?"

후지오는 살짝 끄덕이고는 눈을 내리깐 채로 들릴락 말락하게 뭐라고 말했다. 옥상에 부는 세찬 바람에 날아가버릴 것 같은 가냘픈 목소리를 아슬아슬하게 내 귀가 포착했다.

"아라사카도, 기대해줄 거야?"

저녁노을이 후지오의 옆얼굴을 붉게 비췄다. 기대해주면 좋겠어, 라고 말한 것 같아서 나는 고개를 힘차게 끄덕였다.

"기대하고 있어. 그러니까 후지오를 보고 있을게."

재촉하거나 무리하게 등을 떠밀면 넘어질 것 같은 후지오여서 "해봐"라고 하지 않고 "할 수 있어"라고도 하지 않고 "보고 있을게"라고 말했다. 기대한다는 것치고는 표현이 소극적이었나 싶었지만, 고개를 살짝 움츠리고 어렴풋이 웃는 후지오를 보니 내 마음이 잘 전달된 것 같았다.

"그럼 힘, 내볼게."

쑥스러운 듯한 얼굴로 후지오가 웃었다. 그 모습을 본 순간, 난 내 생각을 금세 바꿨다. 내가 말하지 않아도, 후지오는 이미 움직이기 시작한 것일지도 모른다는 생각이 들었기 때문이다.

처음 말을 나눴을 때, 후지오는 내 얼굴을 제대로 보려 하지 않았다. 대화도 뚝뚝 끊겼다. 그때까지만 해도 나는 후지오가 다른 사람 앞에서 이렇게 웃을 거라고 생각도 하지 못했다.

"주제도 모르고 참견한 건가."

겸연쩍은 마음에 머리를 긁는데, 후지오가 고개를 힘껏 저었다. 붉게 물든 하늘을 배경으로 후지오가 똑바로 나를 바라보았다. 세찬 바람에 묻혀 후지오의 목소리는 들리지 않았지만 후지오의 입술은 분명히 "힘내볼게"라는 모양으로 움직이고 있었다.

옥상에서 내려온 우리는 방문객용 슬리퍼를 현관 입구에 되돌려놓고 도서실로 향했다. 오늘도 도서실에는 학생들이 거의 없었다. 이용자는 우리를 포함해 겨우 다섯 명이었다. 이용자가 적다고 가와이 선생님이 한탄할 만하다.

사서실에서 가장 멀리 떨어진 테이블에 자리를 잡고 서가에서 「붉은 누에고치」가 수록된 단편집을 가지고 왔다.

"감상 이전에 무엇보다 스토리가 이해가 안 되는데, 너라면 어떻게 읽을 거야?"

내용은 알기 때문에 책을 펼치지는 않고 힌트를 얻을 심산으로 목소리를 낮춰 후지오에게 물었다. 후지오도 도서실이라는 장소를 고려해 작은 목소리를 더 작게 낮췄다.

"주인공 남자는 집을 찾아 방황해. 그리고 마지막에는 붉은 누에고치가 되어서 누군가의 집에 있는 장난감 상자에 들어가. 일반적인 해석이라면 머물 곳의 상실, 내면이 텅 빈 자아, 인생의 무상함 등을 읽어내겠지."

인생의 무상함. 자주 듣는 말이지만 구체적으로 어떤 걸까.

"그건 어떤 때를 말하는 걸까. 이 이야기의 주인공은 돌아갈 집이 없다고 했는데, 고독하다는 걸까? 결혼을 안 했거나 자식이 없는 상황?"

"고독과는 다른 것 같아. 게다가 결혼 여부나 자식 유무가 고독과 직접적으로 관련 있다고도 할 수 없어. 독신이라도 인생을 즐기는 사람이 있을 테고, 파트너가 있어도 고독을 느끼는 사람 역시 있을 것 같아."

그렇다면 무상함이란 뭘까.

"어쩌면 인생에서 의미를 발견할 수 없다는 뜻 아닐까."

내가 떠올린 의문에 후지오가 소곤소곤 속삭이며 답했다.

"예를 들어 보자면, 누구든 나중에 대학이나 직장을 고를 때 앞으로 어떤 삶을 살고 싶은지 어느 정도 비전을 가진 후에 고를 거라 생각해. 하지만 그런 걸 알 수 없게 되면 무상함을 느끼게 되지 않을까. 왜 그렇게 열심히 공부해서 그 대학에 들어갔는지, 왜 그렇게 죽을 둥 살 둥 하며 이 회사에 취직했는지 모르겠는데 지금도 죽을 둥 살 둥 하고 있는 거지."

"그런 걸 알 수 없게 되는 일이 있을까. 저 대학에 가고 싶다거나 저 회사에 가고 싶다는 건 자기가 결정했으니까 후회하는 일은 있어도 무상함을 느끼는 일은 없지 않을까…."

말을 하면서도 내가 하는 말이 마음에 걸렸다. 자기가 결정했다는 말. 하지만 그러지 않았다면 어떨까. 후회도 못 한다. 바로 얼마 전에 그런 이야기를 보고 들은 것 같다.

"도요타로다."

후지오는 어리둥절해하다가, 금세 「무희」 말이야?" 하고 되물었다.

"그래, 귀국할지 엘리제 곁에 남을지 고민에 고민을 거듭하지만 결국에는 친구가 먼저 손을 써버리는 바람에 자기는 아무것도 결정하지 못하고 훌쩍대며 일본으로 돌아간 도요타로 말이야. 인생에서 의미를 찾아내지 못하는 사람은, 자신의 의지로 인생을 선택하지 못한 사람을 말하는 게 아닐까?"

도요타로가 살던 시대는 지금만큼 개인주의가 발달하지 않았다. 집안을 위해 훌륭한 직업을 얻고, 나라를 위해 해외에서 최신 학문을 배우는 일에 도요타로는 의문을 품지 않았을 것이다. 하지만 유학간 곳에서 개인주의를 처음 접한 도요타로는 그 순간 알 수 없게 되었다. 나는 뭘 위해 여기에 있는 걸까. 누구의 의지로 여기까지 왔을까.

자기 자신이라고 단언할 수 없었던 도요타로는 어찌할 바를 몰랐다.

"히자키 선생님도 그랬던 걸까."

후지오가 놀란 듯한 얼굴로 날 바라봤다.

"그렇게는 안 보이시는데…."

"그럴까. 계속 이상했어. 히자키 선생님이 어째서 이 책을 골랐을까 하고. 나처럼 아무것도 생각나는 게 없었다면 분명 고르지 않았을 거야. 미도리카와 선배가 「공작나방」이랑 자기 마음을 동일시했던 것처럼 히자키 선생님도 이 이야기의 주인공에게서 자신의 모습을 보고 있는 게 아닐까."

"히자키 선생님이, 집을 잃고 누에고치가 돼버리는 주인공과 자신을?"

"의외로 도요타로처럼 무상함을 느끼는 인생을 걸어왔을지도 모르지. 히자키 선생님, 부모님이 교사였다고 했잖아. 에밀처럼 부모한테 억압당하고, 부모와 똑같은 직업을 선택하기를 강요받았을지도 몰라. 그러고 보니 「공작나방」의 작가도 아버지가 선교사고, 자기도 신학교에 다녔다고 하지 않았어?"

"맞아, 계율이 엄격한 신학교에 다녔지만 도중에 그만뒀어."

"그럼 그 작가는 인생의 무상함을 안 느꼈을지도 모르겠네. 스스로 방향키를 돌렸으니까."

즉흥적으로 떠오른 생각을 말한 것치고는 제법 정곡을 찌르고 있는 것 같은 느낌이 들었다. 후지오도 강력하게 부정하지 못하겠는지 살피는 듯한 눈으로 나를 보며 재차 물었다.

"히자키 선생님이 「붉은 누에고치」의 주인공과 자신을 겹쳐놓고 있다고?"

"그런 시각도 가능하지 않을까 하고 생각해본 것뿐이야. 아니면 이야기 내용과는 상관없이 누군가가 누에고치 표본을 알아차리길 바라는 마음에서 「붉은 누에고치」를 골랐을지도 몰라."

"누에고치 표본?" 하고 후지오가 따라 말했다. 그러고 보니 후지오한테는 아직 말해주지 않았다. 포르말린에 담긴 누에고치 속에 반지가 감춰져 있었다고 말해주자 "어째서 그런 게…" 하고 후지오가 고개를 갸웃거렸다.

나도 모른다. 아는 거라고는 그 표본을 만든 게 히자키 선생님이라는 것뿐이다. 라벨에 적힌 글씨는 선생님 것이고, 날짜는 지금으로부터 18년 전. 18년 전이라면, 선생님이 야에가시와 야나이, 마미야에게 들려준 괴담의 무대도 18년 전이다.

혹시 그건 선생님이 지어낸 이야기일까. 세 개의 괴담은 원래 하나의 이야기였던 게 아닐까 하고 자습 중에 했던 생각이 떠올랐다. 각각의 이야기에는 여학생이 똑같이 나오는데, 그게 동일 인물이라면 어떨까. 교사와 깊은 관계를 맺은 학생이 재학 중에 임신을 하고, 주위에서 둘 사이를 떼어놓으려 하자 창문에서 투신했다는 이야기인 걸까. 반지를 남기고 실종됐다는 이야기도 있었다. 누에고치 속에 감춰져 있던 게 그 반지일 가능성도 있다. 반쯤 멋대로 여기까지 생각하다가 잠깐만, 하고 생각을 멈췄다.

괴담 첫머리에 자주 등장하는 "이건 진짜 있었던 이야긴데"라고 하는 도입부를 진짜로 믿은 적은 없는데, 전에 후지오는 이렇게 말했다. 원초의 이야기는 그저 사실을 말하는 것이었지만, 입을 타고 전해져 내려오면서 더 많은 사람들의 흥미를 끌 수 있는 요소가 더해진 것이라고. 그러한 예로 괴담이 가장 적절한데, 괴담은 단순한 옛날이야기보다 귀를 기울이게 만드는 힘이 훨씬 강력하다.

그렇다면 이건 정말 그저 흔한 학교 괴담인 걸까.

괴담 속에서 여학생 귀신은 반드시 생물실을 찾아온다. 교사와 불륜 관계였던 여고생이 생물실에서 밀회를 나누었다고 말한 건 누구일까. 그렇다면 상대는 생물 선생님이라고 말한 건 마미야였을까, 나였을까. 그리고 히자키 선생님이 이 학교에 부임해 온 건 두 번째. 선생님은 20년쯤 전에도 이 학교에 있었다.

심상치 않은 결론에 이를 것 같아 나는 황급히 고개를 저었다.

"「붉은 누에고치」 감상문이나 생각하자."

괜한 생각을 떨쳐버리기 위해 선언했다. 다음 날은 공휴일이라 쉰다. 남은 이틀을 등교하면 연휴가 시작된다. 20년도 더 전에 있었던 일에 머리를 싸매고 있을 때가 아니었다.

감상문을 쥐어짜내려 고심하고 있는 내 옆에서, 후지오는 묵묵히 신착도서 원고를 메워나가고 있었다. 도서실에 새로 들어온 책 제목과 줄거리에 후지오만의 견해가 들어가자 원고가 순식간에 완성됐다.

그 사이에 가와이 선생님이 사서실에서 얼굴을 내밀더니 실내에 있는 학생들에게 "문 닫을 시간이야" 하고 말했다.

필사적으로 머리를 굴렸는데도 「붉은 누에고치」의 감상문을 완성하지 못한 나는 어깨를 떨군 채 후지오와 도서실을 나왔다.

"저기, 괜찮으면 조금만 더 같이 있어줄까? 교실도 있고."

"아니, 이 이상 늦어지면 너희 집에서도 걱정할 테니."

"괜찮아. 엄마는 직장 때문에 나보다 한참 늦게 집에 오거든."

"그래? 대신 아빠가 일찍 오시거나 하지 않아?"

딸의 입장에서 엄마보다 아빠 눈에 찍히는 게 더 무서울 것 같아 물어본 건데, 후지오는 이 말에도 "괜찮아" 하고 대답했다.

"아빠는 안 계시거든."

뜻밖의 대꾸에 말을 잃었다.

이혼일까, 사별일까. 모르니 말을 함부로 못 하겠다. 설마 최근에 돌아가시기라도 했다면 무서울 정도로 조심성 없게 입을 놀리고 만 셈이었다. 말을 잇지 못하는 나를 보고 후지오는 당황하며 덧붙였다.

"그게 엄마는 싱글맘이고, 내가 코흘리개 시절 때부터 둘이 살아서, 그런가 보다 하고 있으니까, 그러니까 신경 안 써도⋯."

"그, 그래, 알겠어. 그랬구나."

도서실 앞에서 둘이서 어색하게 고개를 끄덕이고 있는데, 복도 맞은편에서 문이 열리는 소리가 났다. 겨드랑이에 교과서를 끼운 히자키 선생님이 생물실에서 모습을 드러냈다. 선생님은 우리를 발견하고는 흰 가운을 펄럭이며 다가왔다. 밝게 웃으며 안녕, 하고 가볍게 손을 들었다.

"후지오와 친구로구나, 이제 가니?"

"아, 아뇨. 아직 조금, 교실에서 도서신문을."

"맞아, 너희는 도서위원이었지."

선생님은 나를 보고 무슨 말을 하려다 일단 입을 닫더니, 눈썹 끝을 내리고 웃었다.

"넌 도서위원인 2학년 6반의 출석번호 2번…."

"아라사카예요."

선생님은 "미안하구나" 하고 머쓱한 듯 웃더니 곧장 진지한 표정을 지으며 말했다.

"집에 갈 땐 꼭 후지오를 역까지 데려다주렴. 어두워지면 위험하니까."

"물론이죠."

선생님은 눈웃음을 지으며 "잘 부탁한다" 하고 거듭 확인했다.

"후지오도 너무 늦지 않도록 해."

후지오는 약간 미소를 띠고 네, 하고 끄덕였다. 선생님이 말을 걸어 기분이 좋은 모양이다. 왜 이런 영감을 좋아하나 싶었지만, 히자키 선생님은 후지오가 독서에 대해 품고 있던 죄책감을 없애주었으니 감사하는 마음이 남다를 것이다.

선생님도 후지오한테만큼은 유난히 친절했다. 지금도 도서실 앞에 나 혼자 서 있었다면 힐끗 보기만 하고 말은 걸지 않았을 것이다.

후지오가 실내화를 찾고 있는 현장을 두 눈으로 봤기 때문에 일부러 말을 자주 걸려고 하는 걸까. 담임도 아닌데 학생 생각을 끔찍이도 한다. 학생 이름도 제대로 기억하지 못하면서.

아니다, 후지오 이름만큼은 기억하고 있구나.

난 여전히 출석번호로 불렸고, 생물실에서 스터디를 했던 야에가시도 이름을 몰랐으면서. 옆 반 여학생은 아예 얼굴을 볼 때마다 자기소개를 한다고 했다. 그렇게 열심히 자기 자신을 알리는 학생의 이름은 기억 못 하면서 후지오만큼은 예외인 걸까.

설마 후지오한테 흑심이 있는 건 아니겠지? 이런 생각이 떠오른 건, 아까 도서실에서 문득 머리를 스친 의혹 탓이다.

18년 전, 이 학교 학생과 불륜에 빠진 건 히자키 선생님이 아니었을까. 당시 선생님은 마흔을 조금 넘은 나이였을 테니 충분히 있을 수 있는 이야기다. 그렇다 해도 관심 없긴 하지만.

벽에 기대 후지오와 선생님이 대화를 주고받는 모습을 멍하니 바라봤다. 후지오와 선생님 뒤에는 은은한 빛을 뿜는 수조가 있었다. 그 옆에 자리한 표본이 늘어서 있는 철제 장식장. 안에는 18년 전에 만들어진 누에고치 표본이 보관되어 있다.

누에고치 안에는 은반지가 있다. 반지를 감춘 건 선생님이다. 선생님이 불륜을 저지르고 있었다 치자. 관심도 없는 일인데 생각이 그쪽으로 가버린다. 선생님이 들려준 괴담이 실화라면, 학생은 임신을 했다는 것이 된다. 여학생은 그 후 어떻게 됐을까. 자퇴했을까, 아이는 낳았을까. 무사히 태어났다면 그 아이는 정확히 우리와 같은 나이다.

여기까지 생각하다가 나는 눈을 가볍게 깜박였다.

우리와 같은 나이의 사생아.

뭔지 몰라도 즐거운 듯 이야기에 빠져 있는 선생님과 후지오의 모습이 갑자기 눈앞으로 불쑥 다가오는 것 같아 눈을 휘둥그레 떴다. 무슨 생각을 하는 거냐며 고개를 젓고는 두 사람에게서 시선을 돌리려 했지만, 선생님이 겨드랑이에 끼고 있는 것에 눈이 멈췄다. 교과서, 프린트와 함께 가죽 수첩이 거기에 있었다.

전에 생물 준비실에서 본 그것이다. 그 사이에 꽂혀 있던 낡은 메모. 여태까지 까맣게 잊고 있었는데 어째서 이럴 때 생각이 난 걸까. 녹슨 듯한 붉은 글씨로 '아이를 잘 부탁합니다'라고 써 있었는데, 그건 대체 뭘까. 양손으로 머리를 쥐어뜯을 뻔하다 간신히 참았다.

눈앞에 나타난 일이 모두 이어진다고 단정할 순 없다. 선생님이 이상한 메모를 가지고 있든, 누에고치 표본에 반지를 감춰놓았든, 18년 전의 일을 짐작케 하는 괴담을 떠벌리고 다니든, 유일하게 후지오의 이름만 기억하고 있든, 이 모든 게 전부 단순한 우연일지도 모르는 일이었다. 이 모든 일들이 어딘가로 귀결된다고 단정할 순 없다.

말도 안 돼, 말도 안 돼, 하고 염불처럼 되뇌고 있는데 선생님이 손을 가볍게 들며 말했다.

"그럼 위원회 활동도 쉬엄쉬엄 하렴."

멀어져가는 선생님의 뒷모습을 뚫어져라 바라보는 후지오의 옆얼굴에는 사모하는 감정이 보이는 것 같기도 했다. 후지오는 아빠가 안 계신다. 그래서 아빠를 동경하는 마음을 가까이 있는 히자키 선생님에게 투영하고 있는 것일지도 모른다.

"후지오의 아빠는 어떤 분이셨어?"

선생님의 뒷모습이 복도 저편으로 멀어져가는 걸 바라보면서 묻자 후지오가 나를 올려다보고 눈을 가늘게 뜨며 말했다.

"아빠에 대해선 잘 몰라. 엄마는 미혼모로 날 낳았거든. 아빠 얼굴도 몰라."

어쩐지 목 깊은 곳에서 목소리가 엉켜 "그렇구나" 하는 대답이 갈라지듯 거칠게 나왔다.

헛기침을 하면서 또 생각했다. 미도리카와 선배와 「공작나방」 이야기를 할 때 후지오가 "우리 부모님도 교육자였던 것 같아"라고 말하지 않았던가. 자기 부모 일인데도 참 애매하게 말한다고 생각했는데, 어쩌면 그건 얼굴도 모르는 아빠를 가리킨 얘기였을지 모른다.

"그러고 보니 후지오의 엄마도 이 학교 졸업생이라 했지?"

목소리가 부자연스럽게 떨리지 않았을까. 내가 숨죽이고 대답을 기다리고 있다는 것도 모르고 후지오는 망설임 없이 "응, 맞아" 하고 대답했다.

예전의 재학생, 재학 중의 임신, 사생아. 단순한 우연이다. 그렇게 생각하는 게 타당하다. 아니면 내가 그렇게 생각하고 싶은 것뿐일까.

복도 저편으로 눈을 돌렸을 때 히자키 선생님의 모습은 더 이상 보이지 않았다.

✦

4월 29일은 쇼와의 날*.

매년 골든 위크의 전초전 같은 기분으로 지내는 이날을 올해는 독서 감상문을 쓰는 데 소비했다. 휴일을 이렇게 유감스럽게 보낸 적이 없지만 어쩔 수 없다. 이걸 극복하지 못하면, 이번 연도 방과 후엔 내내 도서실 카운터 당번으로 지내야 한다.

새벽 2시까지 그럭저럭 글을 완성하고, 수면 부족으로 눈을 연신 껌뻑대며 학교로 향했다. 오전 수업은 자면서 보내고, 점심시간이 되자마자 매점에도 들르지 않고 도서실로 직행했다.

사서실에 있던 가와이 선생님에게 승낙을 얻어 보존서고로 들어갔다. 실내에 빼곡하게 늘어서 있는 철제 서가를 곁눈질하며 안으로 들어가, 재빨리 점찍어둔 자료를 찾기 시작했다.

점심 식사는 생략할 생각으로 시계도 보지 않고 서가에서 자료를 보고 있는데, 뒤에서 서고 문이 열리는 소리가 났다. 가와이 선생님이 내가 어쩌고 있나 보려고 온 건가 싶어 돌아봤는데, 후

---

* 2007년부터 시작된 일본의 공휴일로, 4월 말에서 5월 초에 걸친 골든 위크를 구성하는 날 중 하나다.

지오가 거기에 서 있었다. 내가 가볍게 손을 들자 후지오가 머뭇거리며 안으로 들어왔다.

"저기, 사서실에서 도시락 먹고 있는데, 가와이 선생님이, 아라사카가 보존서고에서 뭔가 하고 있다고 얘기해주셔서, 뭘 하고 있나 하고…."

그렇게 말하면서 가까이 오는 동안에도 후지오의 시선은 주위에 있는 서가를 둘러보느라 바쁘게 움직였다. 나 같은 건 반쯤 핑계고 그저 보존서고에 들어오고 싶었던 게 아닐까 하는 생각에 쓴웃음이 나왔지만, 후지오는 어느새 내 곁에까지 오더니 똑바로 나를 보고 섰다.

"도서신문에 관한 걸로 뭔가 찾고 있다면 나도 도울게."

진지한 얼굴로 그렇게 말했다.

"고마워. 그런데 괜찮아. 곧 찾을 것 같거든."

후지오는 내 손을 보고 의외라는 듯한 표정을 지으며 물었다.

"졸업문집 보고 있었어?"

나는 손을 시커멓게 만들어가며 10년도 더 된 졸업문집을 한 장 한 장 유심히 살피며 페이지를 넘기고 있었다. 왜 그런 걸 보고 있냐는 시선을 보내길래 "그냥 좀" 하고 어깨를 으쓱한 다음 덧붙였다.

"그것보다 「붉은 누에고치」 감상문 써 왔어. 오늘 방과 후에 히자키 선생님한테 가지고 갈 거야. 선생님한테도 그렇게 말씀드

려놨어."

"감상문, 다 썼어? 어떤 내용으로?"

후지오가 드물게 상기된 목소리로 다급히 물었다. 독서를 피해 다니던 사람이 어떤 감상문을 썼을지 궁금한 것이리라. 하지만 유감스럽게도 후지오가 기대하는 감상문은 쓰지 못했다.

"인터넷에서 「붉은 누에고치」 감상문을 검색해봤어. 다들 어떤 감상문을 썼는지 보고 싶어서. 그랬더니 하나같이 '붉은 누에고치는 무슨 내용인지 모르겠어요', '대체 뭐라고 쓰면 될까요'라는 질문을 하고 있더라."

"그, 그랬어?"

"「붉은 누에고치」가 실려 있는 교과서도 있나 봐. 고등학생이 올린 질문이 많았어. 수업 과제로 감상문을 제출해야 되는데 뭘 써야 좋을지 모르겠다, 대체 그 책이 무슨 이야기를 하려는 건지 모르겠다고. 나와 비슷하게 느낀 사람이 많아서 마음이 놓이더라."

"그래서, 아라사카는 뭐라고 썼어?"

"방금 말한 사실을 전제로 두고, '고등학생에겐 너무 난해한 물건. 여러 번 읽으면 꼭 악몽을 꾸는 기분을 맛볼 수 있다. 무시무시한 환각을 체험해보고 싶은 사람에게 추천'이라고 썼어."

내 말을 듣고 후지오가 눈을 연신 깜박였다. 보존서고 안은 너무나 조용해서 긴 속눈썹이 위아래로 움직이는 소리마저 들릴 것 같았다.

"그, 그런 걸 쓴 거야? 진짜?"

"그렇다니까. 감상문에 정답 같은 건 없으니까 내가 생각한 그대로를 솔직하게 썼어."

그래도 장난칠 생각으로 쓴 건 아니다. 「붉은 누에고치」의 첫머리는 마치 열에 시달리는 밤에 꾸는 꿈 같다. 비슷비슷한 집 대문을 몇 번씩 두드려 그 집에서 나오는 사람한테 똑같은 질문을 반복한다. "여긴 제 집이 아닌가요?", "여긴 제 집이 아닌가요?", "여긴 제 집이 아닌가요?" 악몽이다.

후지오가 뭔가 할 말이 있다는 듯 입을 열려는 순간, 도서실 쪽에서 종소리가 울렸다. 나는 졸업문집을 다시 펼치고 후지오를 향해 가볍게 손을 흔들었다.

"그럼 오후 수업도 파이팅."

"아라사카는, 안 갈 거야?"

"응, 땡땡이칠 거야."

히자키 선생님에게 감상문을 건네기 전에 조사해두고 싶은 게 있었다. 그걸 위해서라면 오후 수업 한두 개쯤 땡땡이치는 데 망설임은 없었다. 다행히 가와이 선생님은 가끔 치는 땡땡이라면 못 본 척해준다. 이 시간 후로 교실로 돌아갈 생각도 없기 때문에 아예 집에 갈 채비를 마치고 가방도 가지고 온 참이었다.

땡땡이 같은 건 내겐 드문 일이 아니었지만, 후지오는 그렇지 않은 것 같았다. 불안하게 나를 올려다보며 꼼짝도 안 하기에 나는 괜찮대도, 하고 웃음을 지었다.

"과목당 몇 시간까지 빠져도 문제없는지 계산해놨으니까 걱정하지 마."

"그, 그런 기준이 있어?"

"있지. 그걸 초과하면 불려가. 1학년 때 다 파악했어."

내가 불려갈 정도로 수업을 빼먹었다는 사실을 이해했는지, 후지오의 얼굴에 어이없다는 듯한 표정이 떠올랐다. 처음 만났던 때와 비교하면 후지오는 꽤 다양한 표정을 지어 보였다.

"그럼 방과 후에 봐."

다시 한번 손을 흔들자 후지오도 순순히 그 자리를 떠났다.

나는 손에 들고 있던 졸업문집을 서가에 다시 꽂아두고, 그 옆에 꽂힌 졸업앨범으로 손을 뻗었다. 휙휙 넘기다가 교사 소개 페이지에서 손을 멈췄다. 줄지어 있는 색 바랜 사진 가운데에는 지금보다 매우 젊은 히자키 선생님의 얼굴도 있었다.

지금도 여전히 여학생들에게 인기가 많은 선생님이지만, 20년 전의 사진은 훨씬 늠름해 보였다. 당시는 지금보다 더 많은 여학생들이 쫓아다니지 않았을까. 입가에 미소를 띤 선생님은 이때 마흔 살. 우리 아빠보다 조금 젊은 정도다.

사진 아래에는 '히자키 마사토'라는 이름이 써 있다. 누에고치 표본 속에 감춰져 있던 반지에는 'M to T'라고 새겨져 있었다. M

이 T에게. 마사토가 T에게.

앨범을 뚫어져라 보는 동안 어느새 수업 시작을 알리는 종소리가 울렸다.

서가에 두 줄로 무질서하게 꽂혀 있던 졸업앨범과 졸업문집을 닥치는 대로 뽑아 보다가 드디어 원하던 것을 찾아낸 건 6교시가 끝나기 직전이었다.

찾아내긴 했는데, 내 상상과 조금 다른 것이 나와서 당황스러웠다. 이건 대체 어떻게 된 걸까.

고개를 갸웃거리고 있는 동안 6교시가 끝났다는 종소리가 울리고, 얼마 지나지 않아 후지오가 보존서고로 왔다. 나는 발견한 걸 어떻게 해석해야 좋을지 아직 갈피를 잡지 못하고 있었던 탓에 일단 내 가방에 자료 두 권을 재빨리 넣고 보존서고를 나왔다. 보존서고 안에 있는 책은 대출 금지지만, 도서실 맞은편에 있는 생물실에 가져가는 것 정도는 허용될 것이다.

"찾던 건, 찾았어?"

후지오는 내가 가방에 자료를 넣은 걸 알아차리지 못한 모양이었다. 대충, 하고 끄덕이고 생물실로 향했다. 예상하지 못한 것까지 발견하고 말았지만, 그것에 대해서는 아직 말할 수 없다. 나자신도 어떻게 된 영문인지 알 수 없기 때문에.

6교시에는 생물실을 사용하는 수업이 없었는지 생물실 앞 복도는 쥐 죽은 듯 조용했다. 생물실 안을 들여다보니 히자키 선생님이 등을 보이고 창가에 서 있었다. 오늘도 풀을 먹인 흰 가운을 입고 뒷짐을 진 채 창밖을 보고 있었다.

하루의 수업이 막 끝난 하늘은 아직 파르스름했다. 생물실 불이 켜져 있지 않은 탓에, 선생님 뒷모습은 역광을 받아 흰색 가운이 회색으로 보였다.

발소리를 들었는지 선생님이 돌아서더니 나와 후지오를 보고 "기다렸단다" 하고 웃었다.

"「붉은 누에고치」 독서 감상문을 가지고 왔어요."

선생님은 창가에서 떨어져 교탁 뒤에 놓인 파이프 의자에 앉았다. 차분히 앉아서 감상문을 읽어주겠다는 의사를 표시하는 걸까. 바라던 바다, 하고 생각하며 원고를 꺼내 선생님에게 건넸다.

도서신문에는 히자키 선생님, 야에가시와 알리시아, 미도리카와 선배까지 네 사람의 독서 감상문을 게재할 공간으로 각각 A4 사이즈 절반 크기를 확보해놨지만, 도서위원이 그 원고들의 여백에 세 권의 감상을 써넣어야만 한다. 그렇다면 한 권당 원고 사이즈는 몇 행 정도일 뿐이라 당연히 글자 크기도 작아진다. 선생님은 손에 든 원고에서 얼굴을 뗐다. 노안인 모양이다.

옆에 선 후지오는 조마조마한 얼굴로 선생님의 안색을 살피고 있었다. 내 감상문은 국어 수업 때 제출했다면 다시 제출하라는 말을 들을 만한 내용이니 반응이 신경 쓰일 것이다.

선생님이 원고를 읽는 동안, 나는 가방에서 종이를 몇 장 꺼냈다.

"이것도 읽어봐 주세요."

내가 내민 종이를 보고 히자키 선생님이 한쪽 눈썹을 추켜올렸다. 몇 행으로 끝나는 감상문과는 비교가 안 될 정도로 많은 문장이 적힌 종이였다. 선생님이 흰 가운 안주머니에서 안경을 꺼냈다. 이번엔 정말 진지하게 읽을 마음이 든 얼굴이었다.

후지오는 예기치 못한 종이의 등장에 놀랐는지 내 교복 자락을 잡아당기고 귓속말을 했다.

"저, 저건, 뭐야? 설마 저것도 전부 감상문이야?"

"아니, 보충 자료."

내가 내민 종이를 묵묵히 읽는 선생님을 곁눈질하면서 나는 목소리를 낮추지도 않고 후지오에게 말했다.

"「붉은 누에고치」의 내용은 이해할 수가 없어. 세상 모든 고등학생들이 곡소리를 낼 정도야. 몇 번을 읽어도 모르는 건 모르는 거니까 다른 방향에서 접근해보기로 했어."

"어떻게?"

"그 책을 흥미롭게 읽는 사람이 있다면 대체 어떤 사람일까 고찰해봤어."

후지오가 숨을 삼켰다. 그 기척을 알아차렸는지 선생님은 자료에서 눈을 들지 않은 채 어깨를 흔들며 웃었다. 후지오는 그것도 알아차리지 못할 정도로 동요해서 내 교복 자락을 힘껏 잡아당기며 "뭐라고 쓴 거야!" 하고 다그쳤다.

"먼저 선생님이 학생들한테 유포하고 있는 괴담을 정리해봤어."

"괴담이라면, 아에가시가 말했던?"

"그거랑 마미야랑 생물부 야나이가 해준 이야기도. 각각 조금씩 내용이 달라."

방과 후에 생물실 창문에서 투신한 여학생, 피투성이 아기를 안고 교내를 배회하는 여학생, 처자식이 있는 교사와 불륜에 빠졌다가 반지를 남기고 실종된 여학생.

아에가시에게 들었던 것과 다른 이야기를 듣는 건 처음이었는지 후지오의 얼굴에 심각한 기운이 깃들었다.

"만약 이 괴담이 과거에 일어난 사건에 관해 단편적으로 말하고 있다면, 후지오는 이 이야기를 어떤 식으로 배열할 것 같아?"

부스럭 하고 종이가 스치는 소리가 나서 보니 선생님이 종이를 뒤집었다. 내 생각을 정리한 내용을 앞뒤로 빽빽하게 써놨기 때문에 다 읽을 때까지 좀 더 시간이 걸릴 것 같았다. 후지오는 히자키 선생님의 귀를 의식해선지 목소리를 낮추고 대답했다.

"순서대로 생각하면… 여학생이 교사와 불륜을 저지르고, 임신하고, 반지를 남기고 실종… 아니다, 그 전에 창문에서 투신, 실종이 아닐까."

"나도 그럴 거라고 생각해. 그런데 어째서 히자키 선생님은 이런 이야기를 학생들한테 한 걸까?"

선생님의 귀를 의식해 목소리를 낮춘 후지오와 반대로, 나는 목소리를 조금 키웠다. 하지만 선생님은 시선을 종이에 고정한 채 움직이지 않았다. 표정도 변함이 없었다.

"복도 표본 장식장에는 누에고치 표본이 있어. 18년 전에 선생님이 만든 거야. 병에 붙은 오래된 라벨에 적혀 있는 글자가 선생님 글씨니까 틀림없어. 그 누에고치 속에 반지가 들어가 있었어."

드디어 선생님이 눈을 들어 나를 봤다. 나와 시선이 교차한다. 눈가에 어린 표정을 읽기 전에 선생님의 시선이 다시 종이 위로 떨어졌다.

후지오는 선생님의 얼굴을 보면서 조심스레 내게 물었다.

"어째서 그런 데 반지가…"

"감추려고 그런 게 아닐까. 반지 안쪽에는 이니셜도 새겨져 있었어. 'M to T', M이 T에게. 참고로 히자키 선생님의 성함은 히자키 마사토야."

후지오가 눈을 천천히 깜박였다. 메마른 종이에 물을 한 방울 떨어뜨린 것처럼 얼굴에 뭔가를 알아차린 표정이 스멀스멀 퍼져 갔다.

"아까 말한 세 개의 괴담은 전부 18년 전에 일어난 일이야. 말이 나온 김에 얘기하자면 히자키 선생님은 18년 전에도 이 학교에 있었어. 보존서고에 보관된 졸업앨범에서 확인했어."

다시 종이를 넘기는 소리가 났다. 선생님은 태연히 내가 쓴 글을 읽고 있었다. 후지오와 나의 대화는 이미 종이 위에 쓴 고찰을 추월했을 텐데도 얼굴을 들지 않았다. 그래서 나도 계속했다.

"18년 전, 이 학교 여학생과 불륜 관계였던 건 히자키 선생님 아닐까. 하지만 사이가 틀어져 여학생은 이 생물실에서 투신했어. 누에고치 속에 감춰진 반지는 선생님이 학생에게 선물한 건데, 안쪽에 새겨진 이니셜을 누가 보면 불륜이 들통날지도 모르니까 학생한테서 반지를 빼앗아 감췄어."

후지오는 입을 반쯤 벌리고 날 보고 있었다. "하지만…"이라고 말을 내뱉긴 했지만 이어지지 않았다. 우연이라기에는 앞뒤가 너무 잘 맞아떨어져 선생님을 옹호할 말도 나오지 않는 모양이었다.

생물실에 침묵이 깔렸다. 창가에서 커튼이 흩날려 그제야 창문이 열려 있다는 걸 알았다. 오늘은 테니스부가 활동하는 날이 아닌지 생물실 아래의 클레이 코트에서 공을 때리는 소리는 들려오지 않았다.

통, 하고 작은 소리가 나서 고개를 돌리니 선생님이 교탁 위에서 종이를 가지런히 모으고 있었다. 다 읽었는지 안경을 흰 가운 가슴 주머니에 넣고 나서 나와 후지오 쪽으로 몸을 돌렸다.

"상당히 흥미로운 고찰이었어."

"고맙습니다."

"그래서, 「붉은 누에고치」를 즐겨 읽는 난 대체 어떤 인간이라고 결론 내렸니?"

이런 상황에서도 선생님은 동요한 구석을 조금도 보이지 않고 느긋하게 웃었다. 내 말이 사실이라면 조금은 더 당황스러워할 테고, 사실과 다르다면 모욕하는 거라며 화를 낼 법도 한데. 그 속 내가 전혀 보이지 않아 새삼스레 불안해졌다.

처음에는 후지오를 앞세워 「붉은 누에고치」의 해설을 부탁하고 싶었다. 후지오라면 생각지도 못한 각도에서 이야기를 해체해 선생님의 비밀을 폭로해주지 않을까 기대했다. 하지만 선생님이 원한 건 내 감상이었다. 그래서 나름대로 그 이야기를 열심히 읽었다.

내가 「붉은 누에고치」라는 이야기를 단서 삼아 선생님의 비밀을 폭로할 수 있을까. 숨을 크게 들이쉬고, 목소리에 망설임이 드러나지 않도록 목에 힘을 줬다.

"선생님은, 18년 전의 사건을 본인이 다시 들춰내려는 것처럼 보여요. 독서 감상문으로 「붉은 누에고치」를 고른 이유 중 하나도, 표본 장식장에 있는 누에고치를 가리키고 싶었던 게 아닐까 하고 생각했어요. 하지만 그 이상으로, 「붉은 누에고치」는 선생님의 인생 그 자체를 상징하는 이야기처럼 읽혔어요."

"그 말은?"

"**안이 텅텅 비어 있어요.**"

선생님이 눈썹을 추켜세웠다. 좀 더 자세히, 하는 눈빛으로 재촉하는 듯해 나는 계속해서 얘기했다.

「붉은 누에고치」에 나오는 누에고치의 안은 텅 비었어요. 그러니 선생님 자신도 텅 비어 있는 거 아닌가 싶어요. 자신이 취해야 할 행동을 선택하지 않고 여기까지 와버렸기 때문이겠죠."

그래서 구애를 보내는 여학생도 매몰차게 거부하지 않았다. 흘러가는 대로 깊은 관계를 맺었고, 그러다 상대가 임신을 해버렸는데도 그저 사태를 가만히 바라보고만 있다가 상대가 자살을 시도하기에 이르렀다. 게다가 마지막에는 학생한테서 반지를 빼앗고 사실을 은폐하려 했다.

"이제 와서 후회하고 있는 거 아닌가요?"

말을 끝낼 때까지 선생님이 어떤 얼굴을 할지 전혀 짐작할 수 없었다. 후지오도 긴장한 얼굴로 선생님의 반응을 기다렸다.

불같이 화를 낼까. 웃어넘길까. 아니면 완전히 헛다리를 짚어서 곤혹스러운 상황을 맞이하게 될까. 여러 모습을 상상했지만 선생님이 보인 반응은 그 어느 것과도 달랐다. 선생님은 의자 깊숙이 기대더니 팔짱을 천천히 끼며 말했다.

"들킨 건가."

동요하기는커녕 얼굴 가득 웃음을 머금고 나를 보는 바람에 내가 더 당황했다.

이건 내 주장이 모두 옳다고 하는 것이나 다름없지 않은가. 변명도 하지 않겠다는 건가. 예상하지 못한 전개에 할 말을 잃은 나를 올려다본 선생님은 미소를 지은 채 손뼉을 쳤다.

"대단하구나. 이 정도 정보만으로 그런 고찰이 가능하다니 나중에 프로파일러나 카운셀러가 되는 거 아니냐?"

"놀리지 마세요."

처음부터 성의껏 상대할 마음이 없었던 것 같아 화난 기색을 보이자, 선생님이 진지한 표정으로 눈을 내리깔았다.

"놀리는 게 아니야. 네 고찰은 대체로 맞았어. 내 내면은 텅 비었다."

담담한 어조였다. 그때 후지오가 그 말에 "그렇지 않아요" 하고 큰 목소리로 이의를 제기하며 대화에 끼어들었다.

"선생님은 노력해서 교사가 되셨잖아요. 저희한테 공부를 가르쳐주시고 상담도 해주시고요. 텅 비지 않았어요. 좋은 선생님이세요!"

흥분해서 말끝을 떠는 후지오를 보고, 선생님은 빛을 받은 것처럼 눈을 가늘게 떴다.

"고맙구나. 그렇게 말해주니, 좋은 교육자가 되기 위해 노력한 보람이 있구나."

"선생님의 부모님처럼 말인가요?"

선생님은 지체 없이 끼어든 나를 보고 "잘 아는구나" 하고 입꼬리를 올렸다.

"같은 반 여자애한테 들었어요. 어릴 땐 바이올린을 배우셨고, 명문 대학을 졸업해서 교사가 되신 후에 유명 사립학교에 다녔던 부인과 결혼하셨다고."

"이렇게 다른 사람 입으로 들으니 내 인생은 마치 순풍에 돛을 단 것처럼 순조로웠던 것 같구나."

"아닌가요?"

선생님은 "글쎄다" 하고 나직이 말하고는 창밖으로 눈을 돌렸다.

"네 말대로 스스로 선택한 게 너무 적어서 다른 사람 이야기를 듣는 것 같구나."

"바이올린도요?"

"그건 어머니 취미였어. 어머니가 싫증을 내시길래 바로 그만뒀지."

"교사가 된 것도 말인가요?"

한쪽 뺨을 일그러뜨리고 웃던 선생님이 무릎 위로 양손을 맞잡았다.

"부모님한테 교사가 되라고 강요받은 기억은 없지만, 어릴 때부터 그렇게 돼야 한다고 생각한 건 확실해. 그러기 위해 열심히 공부했고, 교사가 됐고, 부모님 권유로 결혼했지. 딱히 불만은 없었단다. 너희 같은 학생들은 타인이 간 레일을 달리는 걸 싫어하지만, 목적지가 정해져 있으면 의외로 마음이 편해서 좋아. 방황하는 일 없이 여기까지 왔단다."

불만은 없었다고 거듭 말한 선생님은 작게 숨을 토했다.

"그런데 어째서일까. 몇 해 전에 부모님이 연이어 타계하시고 장례를 마치니 모든 게 끝나버린 것 같은 기분이 들더구나. 레일이 끊긴 기분이었어. 내 인생은 더 이어지는데 말이야."

히자키 선생님은 결혼할 때까지는 부모님이 설계한 레일을 달리고 있다는 걸 자각했지만, 자신의 가정을 가진 후부터는 스스로 인생을 설계하고 있었다고 생각했다.

하지만 현실은 달랐다. 부모는 아무리 시간이 지나도 부모였고 가정을 꾸린 아들의 인생에 계속 참견했다. 게다가 같은 직업을 선택했으니, 아들인 동시에 영원한 후배가 되어버린 셈이었다.

"후지오 말대로 교사가 되기 위해 필사적으로 공부했고, 학생들에게 좋은 지도자, 좋은 이해자가 되기 위해 노력하기도 했어. 하지만 그건 부모님이 그러길 바랐기 때문이지 나 자신이 그러고 싶었냐고 묻는다면, 잘 모르겠구나."

너무 커서 시야에 다 들어오지 않는 그림을 바라보는 것처럼, 선생님은 얼굴 각도를 조금씩 바꿔가며 창밖에 펼쳐진 하늘을 지그시 바라봤다.

"누에고치는 내 인생 그 자체야. 타인의 요구에 따라 실을 뽑아내면서 누에고치의 모양을 만들었어. 옆에서 보면 그럴듯해 보일지도 모르지만, 알맹이는 텅 비었어. 자신의 의지가 들어가 있지 않은 거지. 그렇기에 네 고찰은 옳았단다, 아라사카."

갑자기 이름을 불러서 놀랐다. 지금까지 출석번호로만 기억하고 있었으면서.

경직된 나를 곁눈으로 보던 선생님이 소리 죽여 웃었다. 어쩌면 이 사람은 학생들의 이름을 정확하게 외우고 있으면서 일부러 출석번호로 불렀던 게 아닐까.

"텅 빈 누에고치 안에 뭔가 있다고 한다면 유일하게 그것뿐인지도 모르겠구나."

선생님은 입가에 웃음을 남긴 채 복도로 시선을 돌렸다.

"타인의 뜻을 고분고분 따르던 내가 유일하게 내 뜻을 관철시켜 감춘, 죄의 증거다."

선생님이 뭘 가리키는지 눈치챈 나는 표정이 굳었다.

"누에고치 안에 감춰둔 반지 말이죠? 선생님이 학생과 불륜 관계였던 증거 말이에요."

여기까지 왔으니 부정당할 일도 없으리라 생각했지만 선생님은 끄덕이지 않았다. 흰자위로 나를 보면서 즐거운 듯이 눈웃음을 지었다.

"반지에 새겨진 이니셜을 봤지? 그러면 안 돼, 표본을 멋대로 열면."

이야기의 맥을 끊을 셈인가 생각했지만, 무단으로 표본을 연건 사실이다. 변명도 못 하고 사과하자 "솔직해서 좋은데" 하고 선생님은 더 진하게 눈웃음을 지었다.

"M이 T에게. 내 이름이 마사토인 건 맞지만, M으로 시작하는 이름은 나 말고도 많아. 예를 들자면 20년 전에 내가 이 학교로 부임 왔을 때 교감이었던 남자의 이름은 미치오야. 그분은 내 대학 선배였지."

갑작스럽게 이야기의 방향이 바뀌어 심장의 리듬이 기분 나쁘게 무너져 내렸다. 20년 전의 졸업앨범에서 히자키 선생님의 풀네임을 확인했지만, 다른 교사의 이름까지는 보지 않았다.

선생님은 느긋하게 웃고는 다시 창밖으로 눈을 돌렸다.

"이 학교 여학생과 깊은 관계를 맺은 건 내가 아닌 당시의 교감이야."

사실이 허무하게 밝혀졌다. 내가 밤늦도록 노트에 장황하게 써내려간 고찰도 마찬가지로 허무하게 뒤집혔다. 말문이 막힌 내 옆에서 후지오가 안도한 듯이 숨을 내쉬었다.

나는 동요했지만 선생님이 거짓말을 하고 있을 가능성을 버리지 않았다. 당황한 걸 들키지 않게, 되도록 굳은 목소리로 "당시 일을 자세히 말해주세요" 하고 부탁했다.

"늙은이 이야기는 길 텐데?"

"상관없어요."

"그럼 난 알아서 떠들 테니, 지루해지거든 도중에 가도 된단다."

선생님이 우리에게 옆얼굴을 보였다. 거기서부터는 거의 독백에 가까웠다. 우리 쪽을 쳐다보지도 않고, 담담한 말투로 당시를 회상했다.

20년 전 히자키 선생님이 이 고등학교로 부임해 왔을 때, 교감은 같은 대학 출신이라는 인연으로 선생님에게 친근하게 말을 건넸다. 교감과는 열 살이나 나이 차이가 났고 대학 재학 중에 만난 적도 없지만, 서로 마음이 잘 맞아 퇴근길에 가끔 술 한잔하기도 했다고 한다.

"2년 정도 지나 교감이 '방과 후에 생물실을 좀 빌렸으면 하는데' 하고 부탁을 하더군."

처음엔 다른 회의가 잡혀서 회의실을 쓸 수 없게 됐다는 등의 이유였다. 며칠 후에는 교무실에서 일에 집중이 안 된다면서 생물실에서 일을 하게 해달라고 했단다.

처음 몇 번은 의문스럽게 여기지 않았지만 여러 번 계속되다 보니 역시 뭔가 이상하다는 생각이 들었다고 했다. 넌지시 물어보니 교감은 '자네도 알지?' 하는 듯한 눈짓을 했다.

"그때 그 표정으로 대충 알았지. 교내에서 불륜을 저지르고 있다는 사실을 말이야."

"안 말리셨어요?"

"'보는 눈이 많다는 것만 아세요'라고는 했지. 불륜 현장을 제공하는 공범이 되는 건 내키지 않았지만 말린다고 순순히 그만둘 사람이 아니었고. 교내에 문이 잠기지 않은 교실에 둘이 들어가서 부적절한 행동을 하는 추태를 학생들이 목격하지는 않을까 하는 것도 마음에 걸렸지."

　어차피 불륜 상대는 동료 교사겠거니 하는 생각에 딱히 말리지도 않았다. 무슨 문제가 일어나도 당사자가 서로 책임을 지면 그만이라고 생각했다.

　교감이 부탁하는 대로 한 달에 몇 번은 방과 후에 생물실을 빌려주었다. 평소에 업무는 교무실에서 할 때가 많았기 때문에 딱히 불편하지도 않았다.

　그로부터 반년 정도 지난 어느 날, 교무실에서 업무를 보고 있는데 전화가 울렸다. 교감이었다. 생물실에 있는 거 아니었냐고 묻자 교감은 오후에 갑작스러운 출장이 잡혀서 지금은 학교에 없다고 말했다. 교장한테 용건이 있다고 해서 전화를 바꿔줬고, 그럼 이제 생물실을 비워둘 필요가 없겠다는 생각에 교무실을 나왔다.

　교감에게 생물실을 빌려주는 날은 항상 해가 저물 때까지 생물실 근처에 가지 않으려 했지만, 그날은 주저하지 않고 생물실 문을 열었다. 생물실 안은 창문으로 쏟아져 들어오는 저녁노을로 붉게 물들어, 마치 빨간 셀로판지를 통해 보는 것 같았다. 당연한 말이지만 아무도 없었다. 그런데 창문이 열려 있었다.

　수업이 끝난 후 분명 문단속을 했을 텐데. 자기가 없는 사이에 누군가가 여기 들어왔던 걸까. 교감의 불륜 상대가 갑작스러운 출장을 모르고 여기까지 왔을지도 모른다. 마주치지 않아 다행이었다. 거북한 상황이 벌어질 뻔했다.

그런 생각을 하면서 창가로 다가갔다가 거기에 놓여 있는 걸 발견하고 숨을 삼켰다. 창문 아래에 뒤축을 가지런히 모은 실내 화가 놓여 있었다. 발부리는 창문 쪽을 향하고 있었다.

목덜미의 솜털이 일제히 곤두서는 것을 느끼며 어중간하게 열려 있던 창문으로 뛰어갔다. 생물실 안뿐만 아니라 창밖도 저녁 노을에 사방이 붉었다. 내려다본 그곳, 클레이 코트 위에 여학생 이 쓰러져 있었다. 태아처럼 몸을 웅크린 채 꼼짝도 하지 않는 여 학생의 몸도 빨개서, 하얀 교복 셔츠를 붉게 물들인 것이 저녁노 을인지 피인지 판단이 되지 않았다.

뒷걸음질로 걷다 뒤꿈치로 창문 아래 남겨져 있던 실내화를 밟았다. 여학생의 것일까. 저녁노을에 실내화마저 붉게 물들어 있었다.

그 안에서 뭔가가 빛났다. 신발 안에 뭔가가 있다. 웅크리고 앉 자 공책 쪼가리와 반지가 보였다. 종이에 뭔가 적혀 있다. '아이를 잘 부탁합니다'라는 글을 본 순간, 모든 게 이해됐다. 교감이 여기 서 밀회를 나누던 사람은 동료가 아니라 학생이었던 것이다.

"어쩌자고 그런 짓을, 하고 생각했지. 교육자로서 있을 수 없는 행위니 말이야. 믿기지 않아서 멍하니 있는데, 창밖이 소란스러 워지더군. 아래를 지나가던 누군가가 투신한 학생을 발견한 거 야."

황급히 창밖으로 몸을 내밀고, 아래에 있는 사람에게 상황을 물었다. 다행히 여학생은 정신을 잃은 것뿐인 모양이었다. 외상도, 출혈도 없다는 말에 가슴을 쓸어내렸다. 바로 구급차를 부르려고 몸을 돌리다가 실내화 안에 있는 메모와 반지에 시선이 멈췄다.

망설임도 잠깐, 눈에 띈 그것을 바지 주머니에 넣었다. 교무실을 향해 복도를 뛰면서 '이건 저 학생의 고발이다'라고 생각했다.

여학생은 교감과 불륜을 저질렀고 아마 임신도 했을 것이다. 교감이 그 사실을 알았는지는 모르지만, 투신을 했을 정도면 몹시 절박한 상황이었을 것이다. 교감에게 말을 꺼낼 수 없어서 이런 충격적인 일을 저질렀는지도 모른다고 생각했다.

"어느 쪽이 됐든 교감한테 이야기를 들을 때까지는 반지도, 메모도 다른 사람 눈에 띄게 해서는 안 될 것 같았어. 교감의 불륜 상대가 학생이라는 걸 알게 된 순간, 생물실을 제공하던 나도 공범이 된 것 같은 기분이 들었다."

20년이나 지난 옛날 일을 말하고 있는데, 선생님은 막히는 곳 없이 일정한 속도로 계속 말을 이어갔다. 누구에게도 말하지 못한 채 줄곧 가슴속에서만 되풀이해온 말일지도 모른다. 모래시계의 모래가 떨어져 내려 산이 되고, 무너졌다 다시 산이 되는 것처럼 선생님의 옛날이야기는 길게 이어졌다.

"학생은 곧바로 병원으로 실려 갔어. 교장과 여학생의 담임이 병원으로 갔고, 나를 포함한 다른 교사는 교무실에서 내내 대기하고 있었지만, 학생의 의식은 좀처럼 회복되지 않았지."

교감은 그날, 출장지에서 학교로 돌아오지 않았다.

선생님은 이튿날도 교감을 기다리면서 불륜 상대에 대해 캐묻지 않으면 안 되겠다고 생각했다. 여학생은 임신을 했을지도 모른다. 그게 드러나면 당연히 부모는 상대가 누군지 알아내려 할 것이었다.

'학생이 의식을 되찾으면 반지와 메모도 돌려주자. 다른 사람이 눈치챌 만한 행동은 하지 말고, 본인과 교감과 가족들끼리만 이야기를 진행해야 한다. 사람 입에 자물쇠를 물릴 수는 없다. 교감과 불륜 관계였다는 소문이 돌면 여학생의 장래에 지장이 있을 터였다.'

한시라도 빨리 교감에게서 이야기를 듣고 싶었지만 학교 안도 혼란스러웠다. 경찰은 물론 취재진까지 학교로 몰려왔기 때문이다. 교장과 교감은 보호자를 상대하느라 바빴고, 항상 누군가에게 둘러싸여 있어 차분히 이야기를 나눌 시간이 좀처럼 만들어지지 않았다.

그러는 사이에 투신한 여학생이 병원에서 의식을 되찾았다. 연락을 받았을 때는 올 것이 왔구나 하고 각오를 다졌지만, 사태는 예상하지 못한 방향으로 전개됐다.

"의식을 되찾은 학생은 기억을 잃어버리고 말았어."

나와 후지오가 눈을 휘둥그레 떴다.

"기억상실이라는 거예요?"

"그래, 자기 이름은 물론이고 부모님 얼굴마저 못 알아봤던 모양이야."

"그런 일이 정말 있네요. 드라마에서만 일어나는 줄 알았는데."

선생님은 쓸쓸한 웃음을 흘리면서 "나도 그렇게 생각했어" 하고 대답했다.

"처음엔 기억을 잃은 척하는 게 아닐까 생각했단다."

의사는 뛰어내렸을 때 머리를 찧은 게 원인이 될 수도 있다고 했다. 정밀 검사도 이루어졌지만 기억장애 말고 다른 이상은 없었다. 남몰래 의심했던 임신도 하지 않았다.

"임신에 관해서는 그 학생이 지레짐작했던 것일지도 몰라. 어쨌든 학생이 남긴 반지와 메모를 내가 감춰버린 탓에 학생이 뛰어내린 이유는 아무도 알 수 없게 되어버렸지."

교감은 마지막까지 아무 말도 하지 않았다고 한다. 히자키 선생님이 뭔가를 물어볼 틈을 주지 않고 보호자와 취재진과 학생들을 상대하느라 여기저기를 뛰어다녔고, 얼마 지나지 않아 다른 학교로 전근을 갔다.

그 여학생은 퇴원하고 학교로 다시 돌아왔다. 주위로부터 마치 전학생 같은 대접을 받았고, 복도에서 마주칠 때는 언제나 웃고 있었다.

수중에 남은 반지에 새겨진 각인은 'M to T'. 교감의 이름의 머리글자는 M. 여학생의 이름의 머리글자는 T. 이걸 학생의 실내화 속에 그대로 남겨두었더라면, 제아무리 교감이라 해도 아무런 말도 없이 학교를 떠나지는 못했을 것이다.

또 하나 마음에 걸리는 건, 여학생이 정말로 기억을 잃었느냐는 것이다.

병실에서 눈을 뜬 학생에게 부모님은 제일 먼저 자살을 시도한 이유를 물은 모양이었다. 그 순간 여학생은 자신이 남긴 메모와 반지를 누군가가 은폐했음을 알아차렸을지도 모른다. 투신한 이유쯤이야 그것만 봤다면 쉽게 상상이 갈 테니까. 목숨을 건 고발이 은폐된 사실에 절망하고, 모든 걸 잊어버리기로 마음먹은 것일지도 몰랐다.

"반지와 메모를 그대로 놔둬야 했을까? 아직도 모르겠어. 교감과 학생이 어떤 관계였는지도 명확하지 않아. 학생 스스로 원해서 교감과 관계를 가졌는지, 아니면 교감에게 뭔가 무리하게 강요받았는지도."

그렇다면 히자키 선생님은 범죄의 증거를 은폐해버리고 만 셈이 된다. 그렇다고 사실을 섣불리 밝히면 전부 잊어버린 척하고 씩씩하게 행동하는 여학생의 의지를 물거품으로 만들어버릴 수도 있다. 아니면 정말 기억을 잃었을지도 모른다. 기억에도 없는 끔찍한 사실 같은 건 없었던 일로 해두는 게 좋지 않을까.

결국 여학생은 기억이 돌아오지 않은 채 학교를 졸업했다.

"졸업식 때 웃고는 있었지만 그게 진심에서 우러난 웃음이었는지 모르겠어."

마지막 말에 한숨이 뒤따랐고, 선생님은 조용히 입을 닫았다.

누에가 실을 토하듯 길고 긴 독백이 끝나자 생물실은 누에고치에 둘러싸인 것 같은 침묵에 휩싸였다.

이렇게까지 자세한 이야기를 들으니, 도저히 입에서 나오는 대로 한 이야기일 거라는 생각이 들지 않았다. 18년 전에 학생과 불륜 관계에 있었던 건 히자키 선생님이 아닐 것이다.

하지만 그렇다고 해도 역시 선생님의 행동은 이해가 안 됐다.

"어째서 이제 와서 그렇게 옛날에 있었던 일을 암시하는 듯한 행동을 한 거죠?"

먼 옛날에 이 학교에서 일어난 사건을 연상시키는 듯한 괴담을 학생들에게 들려준 이유는 무엇일까. 표본 장식장에 뭔가 있다는 냄새를 풍기듯이 미도리카와 선배에게 말을 건 이유도 모르겠다. 그 밖에도 여학생이 남긴 오래된 메모를 가지고 다니는 것, 야나이한테 표본 장식장 청소를 시키는 것 등으로 미루어 짐작해보면 단편적으로 과거에 있었던 사건을 사람들 눈에 띄게 만들려 한 것처럼 보였다.

그때까지 시선을 창밖으로 두고 있던 선생님이 드디어 우리를 돌아봤다. 하지만 시선은 나를 지나치더니 내 뒤에 서 있는 후지오를 향했다.

"저 아이가… 후지오가 여기에 있었기 때문에."

갑작스럽게 이름이 불려 놀랐는지 움츠리고 있던 후지오가 등을 쭉 폈다. 긴장한 낯빛의 후지오와 마찬가지로 나도 긴장했다.

그렇다. 나는 후지오와 선생님 사이에 뭔가 깊은 인연이 있는 것 같다는 직감으로 어제는 귀중한 공휴일을 소비했고, 오늘은 오후 수업까지 빠져가며 이 사건을 필사적으로 파헤쳤다. 선생님의 입을 열기 위해, 선생님이 감추고 있는 것을 세상 밖으로 끌어내기 위해.

선생님과 후지오는 단순한 교사와 학생 사이이고, 생판 남인 걸까. 정말 그런 걸까.

머릿속이 어지럽게 흘러가는데 선생님이 한쪽 손으로 눈을 가리고 천장을 올려다보며 물었다.

"후지오, 가끔 반 친구들이 실내화를 감추지?"

예상 밖의 질문이었다.

후지오가 입을 열긴 했지만 오랫동안 잠자코 있었던 탓에 곧바로 목소리가 나오지 않는지 꿀꺽 하고 침을 삼킨 다음 갈라진 목소리로 "네" 하고 대답했다.

"생물실에 감춰놓은 실내화를 찾으러 온 적도 있었지."

"그, 그랬어요…."

선생님은 눈을 덮은 손을 입가로 내리고 천장을 올려다보며 나직하게 말했다.

"6교시 후였을까. 생물실 창문 아래에 네 실내화가 가지런히 놓여 있는 걸 보고 놀랐단다. 너무나 낯익은 광경이어서."

선생님이 눈을 가늘게 떴다. 어느 때건 얼굴에서 웃음이 사라지지 않을 거라 생각했던 그 얼굴에 웃음 대신 표백된 것 같은 무표정이 떠올랐다.

"그때, 18년 전 그날로 타임 슬립 한 게 아닐까 착각했어."

먼 과거를 돌이켜보는 듯한 선생님의 눈빛을 보고 나도 그때 상황을 상상해보았다.

해가 저물어가는 생물실은 온통 저녁노을로 물들어 빨간 셀로판지를 통해 보는 것 같다. 창문은 열려 있고, 커튼이 흩날린다. 그 아래에 발끝이 창문을 향해 놓여 있는 실내화 한 켤레.

아무도 없이 텅 빈, 새빨간 생물실.

"그날 모습이 고스란히 재현되어 있었어. 하늘의 계시라고 느낄 정도였지. 내년이면 교직을 떠나는 때에 그런 걸 보게 되다니. 교직 생활 마지막에 부임한 학교가 이곳이라는 사실에 감개무량함을 느끼고 있었지. 하지만 과거의 사건은 기억에서 흐릿해져서, 그런 일도 있었지 하는 정도로밖에 생각하지 않았어. 그날 후 지오의 실내화를 보기 전까지는."

18년 전 느낀 놀라움과 망설임, 초조함과 죄책감이 단숨에 생생하게 되살아나는 기분이었단다. 가느다란 실로 정성껏 감싸 감춰놓았던 죄가 폭로된 기분. 이 상태 그대로 현장을 조용히 떠나려 했는데, 그렇게 놔둘 것 같냐는 듯이 누군가에게 목덜미를 잡혀 버린 기분이었다. 크게 충격을 받은 히자키 선생님은 그 자리에 주저앉을 뻔했다고 한다.

한쪽 손으로 얼굴 절반을 가린 채 선생님은 천천히 눈을 감았다. 실제 나이보다 훨씬 젊다고 생각했지만 눈가에 새겨진 주름은 생각보다 깊었다.

"그로부터 며칠이 지났을 때 이번에는 먼지를 뒤집어쓴 표본 장식장을 열심히 스케치하는 학생이 나타났지. 그게 두 번째 하늘의 계시였어. 지금까지 누구도 그 표본 장식장에 흥미를 보이지 않았거든."

선생님은 그 여학생이 졸업한 후에도 메모와 반지를 줄곧 생물 준비실의 책상 안에 숨겨놓았다. 하지만 머지 않아 다른 학교로 전근을 가게 됐고, 메모는 그렇다 치더라도 반지를 처분하기가 몹시 곤란했다.

멋대로 버릴 수는 없었다. 그렇다고 집으로 가져가는 것도 내키지 않았다. 그래서 이 학교에 남겨두고 가기로 했다고 한다. 당장에는 사람 눈에 안 띌 장소. 그러면서 오랫동안 보관될 장소. 표본이 안성맞춤이라고 생각했다. 그것도 되도록 희귀하지 않은, 이목을 끌지 않을 표본이 좋았다. 그래서 누에고치 안에 반지를 숨겼다.

"15년 만에 이 학교로 돌아왔는데 표본 장식장이 그대로 있어서 놀랐단다. 하나도 줄지도, 늘지도 않고, 내가 이 학교를 떠나기 전에 문을 잠근 그대로, 아무도 열어보지 않은 게 아닐까 하는 의심이 갈 정도로 그대로였어."

교사 생활 마지막에 보통 인연이 아닌 이 학교로 부임을 온 것도 일종의 운명일지도 모른다고 선생님은 생각했다. 그렇게 생각하니 뭔가 행동을 하고 싶어졌다고 한다. 그래서 미도리카와 선배에게 말을 걸었다. 의미심장한 말을 하면, 표본에 감춰진 비밀을 알아차려줄지도 모른다고 생각하면서.

하지만 미도리카와 선배는 후배의 그림을 감춘 죄책감과 전람회의 압박감에 짓눌려 괴로워하느라 선생님이 암시한 표본에 주의를 기울이지 않았다.

"암시를 하는 정도만으로는 의외로 아무 일도 안 일어나는 걸 확인하니 대담해지더구나. 다른 학생한테도 괴담이라면서 조금씩 그 사건에 대해 들려줬지. 그다지 접점이 없을 듯한 학생을 골랐다고 자신했는데, 설마 네가 그 소문을 모아오리라고는 생각지도 못했다."

선생님은 어깨를 들썩이며 웃었지만, 선생님 얘기를 들으면 들을수록 뭘 하고 싶은 건지 알 수가 없어서 나는 조금 날 선 목소리로 물었다.

"그러니까 선생님은 당시 있었던 일이 폭로되길 바란 건가요,

아닌 건가요? 어느 쪽이에요? 하는 행동이 다 이도저도 아니잖아요, 학생들한테 암시만 주고. 이렇게 복잡하게 일을 꾸밀 거 없이 누군가한테 말하면 될 일 아니에요?"

선생님은 눈썹을 추켜올리고 재미있다는 듯이 웃으며 나를 바라봤다.

"대체 누구한테 뭐라고 말하면 될까. 거의 20년 전에 일어난 사건이야. 지금 이 학교에 있는 교사 중에 당시의 일을 아는 사람은 없어. 교감도 벌써 교직에서 물러났고, 기억을 잃었던 학생조차 어디서 뭘 하는지 몰라."

"그래도 찾으면 찾아낼 수 있을지도 모르잖아요."

"찾아내면 상대방한테도 폐가 되겠지."

선생님은 여전히 웃으면서 천천히 다리를 꼬았다.

"누구도 당시 사건이 폭로되기를 바라지 않아. 죄를 백일하에 드러내는 건, 내 자기만족에 지나지 않으니까."

스스로 한 짓을 자기만족이라 잘라 말하는 어조에는 오히려 머뭇거림이 없었다. 우리를 향해서라기보다 스스로 재확인하는 것처럼 선생님은 말을 이었다.

"난 그저 행동했다는 사실을 원했던 거야. 마지막까지 누구도 진상을 알아차리지 못하더라도, 내가 진실을 밝히려 했다는 사실은 남아. 그거면 됐어."

"그게 대체…"

무슨 말이냐고, 머리를 쥐어뜯을 뻔했을 때 후지오가 살며시 교복 자락을 잡아당기고 귓속말을 했다.

"선생님이 하시는 말씀, 미도리카와 선배랑 똑같아."

"미도리카와 선배?"

듣고 보니 선배도 누가 강요한 것도 아닌데 스스로 죄를 고백하는 것 같은 감상문을 내밀었다. 그때 선배는 뭐라고 했더라.

비밀을 계속 품고 있는 건 괴롭다. 차라리 다 털어놔버리고 싶다. 하지만 책임을 추궁당하는 건 겁난다. 분명히 그런 말을 했다. 난 그때, 내 그림을 감춘 범인 따위는 알고 싶지 않았다. 오히려 범인이 밝혀져 선배가 붓을 꺾는다면, 차라리 밝혀지지 않아도 좋다는 생각마저 했다.

죄를 밝혀낸다고 해서 당사자가 기뻐하리라고 단정할 수 없다. 맞는 말이다. 선생님은 그걸 알고 있었기 때문에 지금까지 남몰래 비밀을 품고 있었을 것이다.

사건이 일어나고 18년. 선생님은 묵묵히 비밀을 지켜왔다. 미도리카와 선배의 경우를 보면, 비밀은 가지고 있으면 점점 무거워지는 것 같다. 시간이 지난다고 해서 가벼워지는 건 아닌 모양이다. 비밀을 계속 품고 있는 건, 우리가 생각하는 것보다 훨씬 고통스러운 일일지도 모른다.

히자키 선생님은 의자에 앉아 조용히 우리를 보고 있었다. 서 있을 때는 큰 키가 두드러지고, 큰 걸음으로 성큼성큼 걷는 모습을 보면 나이답지 않다고 생각했는데, 이렇게 있는 선생님은 확실히 정년을 코앞에 둔 노교사였고 몹시 지쳐 보였다.

"그러니까 우린, 늙은이 감상에 휘둘려 다녔다는 거로군요?"

내 말에 후지오가 화들짝 놀란 얼굴로 내 교복 자락을 또 잡아당겼다. 말조심하라는 뜻이리라. 후지오의 걱정과는 반대로 선생님은 "신랄하네. 그래, 그 말이 맞아" 하고 우습다는 듯 웃었다.

본인이 자각하고 있다면 그걸로 됐다. 그걸 탓할 마음은 없다. 선생님의 의미심장한 언동에 멋대로 참견해서 휘둘린 건 오히려 나다.

"딱히 선생님 마음을 편안하게 해줄 마음은 없지만 일단은."

말하면서 선생님 앞을 가로질러 어깨에 메고 있던 가방을 교탁 위에 올려놓았다. 가방 안에서 아까 보존서고에서 발견한 자료를 꺼냈다. 활자를 보자 가만히 있지 못하겠는지 후지오도 내 옆으로 다가온다.

"그거, 도서신문이랑 졸업문집이야?"

"응, 보존서고에서 가져왔어. 가와이 선생님한텐 말하지 마. 그런데 히자키 선생님, 생물실 창문에서 뛰어내린 여학생 말인데요, 이름이 다구치 도모코*아니었나요?"

---

* 외래어 표기법에 따라 '다구치 도모코'로 표기했으나 영문으로 표기하면 'Taguchi Tomoko'다.

입가에 웃음을 머금고 있던 선생님 얼굴에서 웃음이 슥 빠져 나갔다. 굳은 표정으로 날 응시하는 얼굴을 보고, 이런 무서운 얼굴도 만들 수 있다는 걸 처음 알았다.

"어떻게 그 아이 이름을?"

"선생님 수첩에 끼워져 있던 메모요. '아이를 잘 부탁합니다'라고 적힌."

"그걸 봤구나. 하지만 이름은 안 적혀 있었을 텐데."

내 말이 끝나기도 전에 잡아먹을 듯 입을 연 선생님을 향해 고개를 끄덕이면서 오래된 도서신문을 내밀었다.

"분명히 이름은 안 적혀 있었지만, 필적이 낯익었어요. 어디서 봤는지 한참 기억이 안 났는데, 전에 후지오랑 옛날 도서신문을 읽을 때 본 것 같아서 찾아봤어요."

"필적?"

선생님이 의아하다는 얼굴로 날 보면서 도서신문을 받아들었다. 펼쳐놓은 페이지는 학생이 투고한 추천도서 코너로, 다구치 도모코라는 학생이 쓴 『겐지 모노가타리』의 감상문이 실려 있었다.

"반지를 보고 이니셜은 알았기 때문에, 이 사람이 틀림없다고 생각했어요."

선생님은 끝머리에 적힌 학생의 이름을 보고, 어안이 벙벙하다는 듯이 눈을 크게 떴다.

"설마 너… 정말 필적만으로 그 학생이 쓴 글을 찾아낸 거냐?"

"이 신문을 미리 봤기 때문에 그렇게 어려운 일도 아니었는데요."

선생님뿐만 아니라 후지오도 눈을 동그랗게 뜨고 나를 보고 있었다. 어쩌면 난 생각보다 어려운 일을 해낸 게 아닐까.

"그건 됐고, 문제는 이쪽이에요. 졸업문집."

오후에 보존서고에서 내가 찾고 있던 건 이것이다. 들었던 괴담만으로는 뛰어내린 여학생이 목숨을 건졌는지, 그러지 못했는지 판단할 수 없었기 때문에, 무사히 졸업했는지 확인하고 싶어서 전부 뒤졌다. 다구치 도모코라는 이름과 대략적인 연도를 알고 있긴 했지만 자료가 방대해, 지층처럼 쌓인 자료의 산을 파헤치는 데 상당한 시간이 걸리고 말았지만.

졸업문집에는 다구치 도모코가 쓴 글도 실려 있었다. 난 그 페이지를 펼쳐 교탁에 놓고, 선생님한테서 도서신문을 돌려받아 문집 옆에 나란히 놓았다.

"도서신문에 실린 감상문은 다구치 도모코 씨가 2학년 때 쓴 거예요. 아마 뛰어내리기 전에 쓴 게 아닐까요. 졸업문집은 졸업 직전에 썼을 테니 뛰어내린 후에 쓴 게 되죠."

선생님이 일어서서 교탁 위에 나란히 놓인 문집과 신문을 견주어봤다. 후지오도 다가오더니 안경을 밀어 올리면서 지면을 들여다봤다.

"비교해보면 이상하다는 생각 안 드세요?"

선생님과 후지오가 동시에 얼굴을 들었다. 나란히 "뭐가?" 하고 묻고 싶다는 듯한 얼굴을 하고 있는 걸 보고 맥이 풀릴 뻔했다. 보면 단번에 알 거라고 생각했는데, 두 사람은 감을 못 잡겠다는 얼굴이었다.

"아니, 이상하잖아요. 전혀 다르잖아요."

"저기, 뭐가 말이야?"

"글씨 말이야. 필적이 달라."

선생님과 후지오가 "필적?" 하고 동시에 말했다. 후지오는 한 번 더 교탁 가까이 얼굴을 가져갔고, 선생님도 흰 가운 주머니에서 안경을 꺼냈다. 그렇게까지 안 하면 몰라볼 일인가 싶었지만, 아무래도 둘 다 정말로 알아차리지 못하는 눈치였다.

"완전히 다르잖아. 글씨 폭이랑 이 부분이라든가."

"그, 그리고 보니 신문에 쓴 글씨가 약간 가는 것, 같기도?"

"뭐야, 정말 차이를 모르겠어? 농담이 아니라?"

"저기, 아라사카야말로 정말 다르게 보인다는 거야?"

"보여, 색이 전혀 다르잖아."

"색?"

조바심에 말이 헛나왔다. 취소하려 했지만 그때까지 신문을 노려보고 있던 선생님이 한발 빨랐다.

"혹시 너, 공감각을 가지고 있는 거니?"

선생님은 공감각을 알고 있는 모양이다. 대답을 망설이고 있는데 후지오까지 반응을 보였다.

"공감각이라면, 글자에 색이 입혀져 보인다는?"

"알아?"

"응, 이런 단색 글자도 색이 입혀져 보이는 거지?"

후지오가 말한 대로 나는 흑백으로 인쇄된 글자에 색이 입혀져 보인다. 내가 바라건 바라지 않건 시각으로 들어오는 정보와는 다른 걸 지각한다. 그게 공감각이다.

둘 다 공감각을 알고 있다면 이야기하기 수월하다. 나는 도서신문의 낡고 바랜 지면을 손가락으로 어루만졌다.

"『겐지 모노가타리』의 감상을 쓴 이 글은, 전체적으로 붉게 녹슨 색으로 보여."

"필적에 따라 색이 다르게 보이는 거야? 난 잘 모르지만, 글자마다 색이 다르게 보이는 거라고 생각했어."

"응, 글자마다도 달라. 하지만 필적이 바뀌면 전체 톤이 다르게 보여."

히라가나의 '아'는 빨강. 그건 언제 봐도 달라지지 않는다. 하지만 필적에 따라서 명도나 채도가 달라진다. 위에다 셀로판지를 덧댄 것처럼.

예를 들어 히자키 선생님의 글씨라면 전체적으로 채도가 낮은 파란색을 띤다. 진청색 만년필 같은 톤이다. 미도리카와 선배는 약간 녹색을 띤다. 녹색 색연필을 사용한 것 같다. 야에가시의 글씨는 아주 약간 빛이 난다. 메탈릭 블루다.

글자가 가진 색에 필적의 필터가 적용돼 다구치 도모코의 글씨는 전체적으로 붉게 녹슨 색으로 보였다.

"혹시 아라사카가 책 읽는 걸 힘들어 하는 이유가 그것 때문이야?"

후지오가 몸을 내미는 것과 반대로 난 몸을 뺐다. 이 화제는 썩 내키지 않았지만, 후지오뿐만 아니라 히자키 선생님까지 완전히 나에게 집중해 이야기를 듣고 싶어 하는 모습이라 마지못해 고개를 끄덕이는 상황에 처했다.

"뒤죽박죽으로 색이 묻은 문장을 읽다 보면 집중이 잘 안 돼. 그리고 읽는 동안에 색이 쌓여. 여기, 의식 속에."

이건 정말로 이해받은 적이 없는 일인데, 색이 묻은 글자를 읽고 있으면 머릿속에 무수한 색이 축적되어 간다. 어딘가에 꺼내놓지 않으면 속이 안 좋아지기 때문에 종이 위에다 색을 토해낸다. 소설을 읽으면서 무료한 듯이 그림을 그리는 건 이 때문이다.

어차피 몰라줄 거라 생각했는데 의외로 후지오는 납득이 간다는 듯한 얼굴이었다.

"「공작나방」에 나오는 나방이 핑크와 보라색이고, 「붉은 누에고치」에 나오는 누에고치가 파란색을 띠었던 건 그래서였구나. 책 내용이랑은 상관없는 거였어."

"응, 쌓였던 색을 토해냈더니 그렇게 됐어."

"그림을 그리는 게 디톡스라는 말도 그런 의미였구나. 그런데 소리에도 색을 보거나 하지는 않아? 미각이 동반되는 경우도 있다고 읽은 적이 있는데."

"미각은 안 느끼지만 소리에도 색이 보이는 경우는 있어."

예를 들자면 교실의 소음. 팝콘이 터지는 것처럼, 소리에 맞춰 색이 날아다닌다. 여자아이들의 목소리에는 밝은 색이 묻어나는 경우가 많다. 빗소리는 색이라기보다 가느다란 플래시와 비슷해서, 그런 날은 특히 독서에 집중하기 힘들다.

그때까지 나와 후지오의 대화에 잠자코 귀를 기울이고 있던 선생님이 흐음, 하고 팔짱을 꼈다.

"그랬군. 그래서 네 그림이 그렇게까지 배색이 치밀한 거였구나."

갑작스러운 그림 얘기에 숨이 멎었다. 내 그림을 알고 있는 걸까. 내가 전에 떠봤을 땐 전혀 동요하지 않았으면서. 내 이름조차 기억하지 못하는 것 같은 얼굴을 하고 있었으면서. 바로 조금 전까지도 그런 내색은 보이지 않았으면서. 이 사람은 미도리카와 선배가 감춘 그림이 내 그림이란 걸 알고 있었다.

너구리 같은 영감탱이, 속으로 욕을 퍼부었다. 힘껏 노려봐도 선생님은 전혀 개의치 않고, 어쩐지 하고 고개를 연신 끄덕일 뿐이다.

"공감각을 지닌 사람은 그렇지 않은 사람보다 색채 감각이 뛰어나다는 데이터도 있어."

"그러고 보니 미도리카와 선배한테 무지개가 여덟 색으로 보인다고 했잖아. 그것도?"

"아니, 그건 몰라. 나한텐 여덟 색으로 보이는 것뿐이지, 공감각 때문인지는 모르겠어. 그것보다 내 이야기는 이만하면 됐고요."

애써 화제를 되돌려 졸업문집을 가리켰다.

"두 사람은 차이점을 모를지도 모르겠지만, 도서신문에 실려 있는 글씨와 문집에 실려 있는 글씨는 달라요."

보존서고에서 이걸 봤을 때는 놀랐다. 쓴 인물의 이름은 똑같은데 글자 색이 전혀 달랐다. 한쪽은 붉게 녹슨 색이고, 한쪽은 파스텔컬러다. 무슨 사정이 있어서 문집은 다른 사람이 대필한 게 아닐까 생각했지만, 선생님의 이야기를 듣고 비로소 그 이유를 알았다.

"아마 다구치 토모코 씨는 정말 기억을 상실했을 거예요. 자기 글씨의 형태도 잊어버렸을 정도니까요. 연기한 거라면 필적까지 달라지진 않을 거예요. 그러니 자신이 처한 상황에 절망하고 전부 잊어버린 척한 건 아니에요."

선생님 얼굴에서 다시 표정이 사라졌다. 눈을 천천히 내리깔고, 도서신문과 문집에 적힌 글씨를 비교해봤다. 역시 선생님은 필적의 차이를 모르겠는지, 갈피를 잡을 수 없다는 듯 시선이 흔들렸다.

"그리고 이 사람은 기억을 잃기 전에 『겐지 모노가타리』를 읽었어요. 이 작품, 누가 번역했다고 했더라?"

후지오에게 묻자 후지오가 곧바로 "다니자키 준이치로야" 하고 대답했다.

"후지오도 여기 이 감상문 읽었지?"

"응, 전부 다섯 권인 책을 사흘 만에 다 읽었다고 하네. 흥분해서 단숨에 읽은 것 같아. 히카루 겐지와 무라사키노우에는 연인들의 이상형이라고도 적혀 있었어."

"히카루 겐지랑 무라사키노우에는 나이 차이가 꽤 났지. 다구치 도모코 씨도 나이 차이가 있는 연인이 이상형이었을지도 몰라요."

난 말을 멈추고 선생님이 얼굴을 들기를 기다렸다. 잠시 기다리자 드디어 선생님이 나를 쳐다봤다.

"제 친구가 「무희」를 읽으면서 그랬어요. 자기 연애가 잘 풀릴 땐 즐겁게 읽을 수 있었는데, 잘 안 풀리니까 괴로워서 읽을 수가 없었다고. 책이란 건 읽는 사람의 정신 상태에 따라 감상이 달라지는 거라고 생각해요."

이제 다구치 도모코 본인에게 진실을 물어볼 수 없지만, 남겨진 감상문에서 당시의 심경을 추측하는 건 가능할지 모른다.

『겐지 모노가타리』는 헤이안 시대의 연애소설이다. 게다가 대장편이다. 주인공인 히카루 겐지와 그가 가장 사랑하는 연인인

무라사키노우에는 나이 차이가 많이 나는 연인이다. 이야기 속에는 불륜도 나온다. 그런 소설을 즐겁게 읽었다는 것으로 추측해보면, 교감과 불륜 관계에 있던 다구치 도모코는 자신이 처한 상황에 죄책감이나 양심의 가책을 느끼지 않았던 것 아닐까.

"전부 짐작이지만, 선생님이 생각하는 것 만큼 비관적인 상황이 아니었을지도 몰라요."

선생님은 표정 없이 날 빤히 바라보다가 입술을 거의 움직이지 않고 나직하게 말했다.

"그렇다 하더라도 내가 교감이 해선 안 될 행위를 저지른 걸 묵인했다는 사실에는 변함이 없어."

"그것도 실제로 어땠는지는 모르는 일이죠. 그 사람, 임신 안 했잖아요? 육체관계가 있었는지도 확실하지 않아요. 의외로 교감 선생님 쪽이 그 사람한테 협박당하고 있었을지도 모르죠. 그런 편지를 남기고 뛰어내렸다면, 실제로 두 사람 관계가 어땠는지와 무관하게 아무도 교감이 하는 이야기는 귀담아듣지 않았을 거예요."

"하지만 그 아이는 창문에서 뛰어내렸어. 그렇게까지 절박한 심정이었는데."

"정말로 절박한 심정에 죽으려고 했다면, 옥상에서 뛰어내리지 않았을까요."

선생님이 눈을 크게 떴다. 지금까지 생각해본 적도 없다는 표정이었다.

"옛날엔 옥상 문이 잠겨 있기라도 했어요?"

선생님은 입을 손으로 가리고 말없이 고개를 가로저었다.

내친 김에 말하자면 생물실 아래는 클레이 코트. 똑같은 2층에서 뛰어내린다 할 때 콘크리트 바닥으로 뛰어내리는 걸 선택하지 않을 정도로 다구치 도모코는 냉정했던 게 아닐까.

"졸업문집에도 장래의 꿈이나 친구, 앞날에 대한 것만 썼어요. 그러니까, 이거면 된 것 아닐까요. 괜히 짐을 지고 있지 않아도."

확증은 없다. 모두 상상이다. 실제로 무슨 일이 있었는지 알 수는 없고, 일어나버린 일은 바꿀 수 없다.

유일하게 바꿀 수 있는 게 있다면, 과거를 응시하는 히자키 선생님의 시점뿐이다. 내용을 잘 아는 소설을 생각하지도 못했던 각도에서 다시 읽는 것처럼, 새로운 발견이 선생님의 시점을 바꿔주면 좋겠다.

그리고 언젠가 알아주면 된다. 죄의식을 품고 있었으면서도 선생님이 교사를 계속해준 것을 감사해하는 학생도 있었다는 걸. 예를 들면, 옆에 있는 후지오처럼.

선생님은 멍하게 창밖을 보고 있다가 비틀거리듯이 의자에 앉았다. 여전히 표정이 없었기 때문에 무슨 생각을 하는지는 알 수 없었다.

결론을 내리는 건 선생님에게 맡기고, 난 교탁에서 한 걸음 물러섰다.

"그렇게 아시고「붉은 누에고치」감상문, 기다리고 있을게요. 연휴 끝나고 등교하는 날 주세요."

모레부터 연휴가 시작된다. 연휴 동안에 다른 기사를 채워두면 충분히 제출 기한에 맞출 수 있으리라. 미션 클리어라고 생각했는데 고개를 숙인 채로 선생님이 "괜찮겠니" 하고 말했다.

"나처럼 알맹이가 없이 텅 빈 사람이 써도, 괜찮겠니."

선생님이 얼굴을 들었다. 그 얼굴이 급격히 늙은 것처럼 보여서 숨을 삼켰다.

과거의 사건을 단죄받지 않고 마무리해 마음의 짐을 내려놓은 걸까. 그런 것치고는 안도라기보다 허탈에 가까운 표정이었다. 공허한 눈동자가 정말 안이 텅 비어버린 것처럼 보였다.

선생님이 오랜 세월 품어온 죄책감을 해소해줬다고 생각했는데, 설마 이런 얼굴을 보게 되리라고는 생각하지 못했다.

괜히 긁어 부스럼 만든 걸까. 자신을 속이 빈 누에고치에 비유하던 선생님이 유일하게 그 속에 품고 있던 것을, 내가 부주의한 말로 지워버렸는지도 모른다.

후지오도 안타깝다는 표정으로 선생님을 보고 있었다. 난 어떻게 해야 할지 몰라 생물실을 둘러봤다. 여기저기 살펴보다가 키가 큰 철제 선반 사이에 놓여 있는 냉동고에 시선이 멎었다. 내 가슴팍 정도까지 오는 작은 냉동고다. 전에 들여다봤을 땐 오리

다리가 들어가 있었는데 그것도 언젠가 표본이 되는 걸까. 다리만 있는 표본은 본 적도 없고 들은 적도 없지만, 히자키 선생님이라면 만들 법하다. 표본 제작은 선생님의 취미일 것이다.

텅 비었다고 하지만 선생님한테도 취미는 있다. 거기에 생각이 미치자 겨우 입이 움직였다.

"선생님, 속이 텅 빈 누에고치가 존재한다고 생각하세요?"

질문을 던졌는데도 선생님은 멍한 표정 그대로 눈을 살짝 깜박이기만 했다.

"속이 빈 누에고치라면, 복도 장식장에…"

"그건 안에 있는 누에를 빼내고 만들었잖아요. 구멍도 나 있고. 그게 아니라 안에서 성충이 나온 흔적도 없는, 완전히 상처 하나 없이 속이 텅 빈 누에고치가 있다고 생각하세요?"

선생님이 눈을 한 번 더 깜박인다. 뭔가 곰곰이 생각하는 얼굴에 평소의 표정이 언뜻 스쳤다.

"있다고 한다면, 동충하초? 아니, 상처 하나 없다면 그것도 아니지 싶은데. 어딘가에 기생하면 언젠가 균이 발아하니까. 안에서 누에만 사라지는 고치를 말하는 거지…?"

"있을 수 없는 일인가요?"

"절대 없다고 단언할 수 없지만, 그런 상황은 잘 생각나지 않는구나."

"그런데 만약에 산속에서 그런 걸 발견하면 어떻게 하실 거예요?"

"가지고 와서 표본으로 만들겠지."

반사적인 속도로 대답이 나왔다. 상상한 대로다. 선생님이라면 그렇게 말할 줄 알았다.

오리 다리 같은 걸 냉동고에 소중하게 보관하는 사람이다. 속이 빈 누에고치를 발견하면 회희낙락하며 가지고 올 게 뻔하다. 그리고 정성껏 표본으로 만들겠지.

"속이 빈 누에고치도 그렇게 해서 누군가의 컬렉션이 된다면 무의미한 존재라고 말할 수 없지 않을까요."

여전히 생각에 잠겨 있던 선생님이 불현듯 고개를 들었다.

선생님은 속이 빈 누에고치를 가치가 없다는 것처럼 말했지만 실제로는 어떨. 현역 생물 교사가 가지고 와서 표본으로 만들 정도로는 희귀하지 않을까. 「붉은 누에고치」에 나오는 누에고치도 마지막에는 아이의 장난감 상자에 소중하게 보관된다.

게다가 누에고치가 있다는 건, 필시 그걸 만든 누에가 있었다는 것을 의미한다.

"설사 실을 뽑도록 지시한 게 자기가 아닌 다른 누군가라 하더라도, 그 실로 고치를 만든 건 선생님이잖아요. 그 노력까지 의미 없는 걸로 잘라내버릴 필요는 없잖아요."

다른 사람이 깔아준 레일을 달려왔다는 표현에도 똑같이 말해 줄 수 있다. 레일에서 탈선하지 않고 마지막까지 완주한 건 다른 누구도 아닌 선생님 자신이다.

선생님은 아무 말도 없다. 하지만 더는 나무옹이 같이 멍한 눈은 아니다. 눈동자가 좌우로 조금씩 움직이고, 뭔가 생각에 잠겨 있는 모습이다.

생각을 방해하지 않으려고 가방을 살며시 어깨에 걸쳤다.

"그럼 감상문 기다리고 있을게요. 이번 연도 제 방과 후 생활이 걸려 있으니 부디 잘 부탁드려요."

목례를 하고 선생님 곁을 지나가는데 대답 대신 가볍게 한쪽 손이 올라왔다. 후지오는 여전히 걱정스럽다는 표정이었지만, 꾸벅 하고 고개를 숙이고 나와 함께 생물실을 나섰다.

우리가 복도로 나와도 선생님은 한 번도 우리를 돌아보지 않았다. 문을 닫는 동안에도 미동조차 하지 않았다.

해가 기울어 생물실 안에 붉은 저녁노을이 쏟아지기 시작했다.

흰 가운을 입은 선생님의 둥그스름한 뒷모습이, 생물실에 남겨진 커다란 누에고치처럼 보였다.

등나무의 속삭임

올해 골든 위크는 닷새 연휴였다. 연휴라는 것은 아무리 길어도 지나고 나면 눈 깜빡할 새 끝난 것처럼 느껴지기 마련이다.

연휴 다음 날인 목요일. 4교시 수업은 선택 과목인 미술, 음악, 서예 시간이었는데 미술을 선택한 나는 과제로 나온 정물화를 일찌감치 완성하고 수업에서 빠져나왔다. 종이 울리면 곧장 매점으로 갈 수 있게 교실이 아닌 도서실로 향했다.

"아라사카, 또 땡땡이야? 이젠 쫓아낸다?"

도서실에 들어가자마자 카운터에 있던 가와이 선생님이 잔소리를 늘어놓길래 "땡땡이가 아니라 빨리 끝낸 건데요" 하고 맞받았다.

"그럼 괜찮지만, 도서신문은 잘 마무리돼가? 오늘이 제출 기한인데."

"도서실 닫기 전까진 가지고 올게요."

당당히 말하자 선생님은 박수를 치고 기뻐하며, "기대하고 있을게" 하고 카운터 안에 있는 컴퓨터로 몸을 돌렸다.

가와이 선생님 옆을 지나 서가로 향했다. 도서신문도 거의 완성됐고 이제 무리해서 책을 읽을 필요는 없지만 도서신문을 만드는 내내 들락거렸던 일본 작가의 서가로 발이 향했다.

작가 순으로 늘어선 서가 끝에는 아베 고보의 책이 있었다. 「붉은 누에고치」가 수록된 책 옆에 전에 후지오가 읽었던 『상자 인간』이 꽂혀 있었다.

몇 번을 봐도 신기한 제목이다. 책을 집어 들어 페이지를 넘겼는데 첫머리부터 탄식이 나올 뻔했다. 주인공 남자가 머리에서 허리 부근까지 가려지는 종이 상자를 뒤집어쓰고 등장했기 때문이다. 『상자인간』이 이런 의미였나. 참고로 상자를 뒤집어쓴 이유에 대해서는 자세히 나오지 않았다. 대신 어떤 상자를 선택하는 게 가장 좋은지 설명하는데, 내가 알고 싶은 건 그게 아니었다. 「붉은 누에고치」와 똑같은 냄새가 난다.

책을 덮을까 하다가 간신히 참고 조금만 더 문장을 따라가봤다. 종이 위에 갖가지 색깔들이 난무하지만 시간을 들인다면 못 읽을 것도 없지 않을까. 이 남자가 상자를 뒤집어쓰고 있는 이유가 궁금하기도 했다.

잠시 망설이긴 했지만 책을 손에 들고 카운터로 향했다. 내가 가까이 온 걸 알고 얼굴을 든 가와이 선생님에게 『상자인간』을 내밀자 선생님은 눈을 휘둥그레 떴다.

"아라사카, 이거 빌리려고? 책 싫어하는 아라사카한텐 버거운 내용일지도 모르는데?"

"알아요."

고개를 끄덕이며 말했다. 첫머리에서 직감했다. 분명 너무 난해해서 도중에 내던져버리고 싶어질 테고, 간신히 다 읽는다 하더라도 혼란스럽기만 할 것이다. 그건 이미 「붉은 누에고치」를 읽을 때 경험했다.

그렇다 해도 나름의 감상을 가지고 후지오와 책 이야기를 나누고 싶다는 생각이 들었다. 같은 책을 읽고, 감상을 나누고, 생각지도 못한 관점에서 이야기를 풀어내는 후지오에게 놀라고 싶다.

"이해 안 되면 안 된다고 책벌레한테 해설을 부탁할 거니까 괜찮아요."

책벌레라는 말에 감을 잡았는지 선생님은 내게서 책을 받아 들고는 볼에 보조개가 파이도록 웃으며 대출 처리를 해줬다.

"책 싫어하는 애가 처음으로 도서실에서 빌리는 책이 『상자인간』이라니."

"이거, 어떤 내용이에요?"

"그건 읽고 확인해봐."

상자를 뒤집어쓴 남자가 주인공이라는 시점에서 시원찮은 내용일 것 같지만, 그런 말을 했다간 후지오가 강력히 반론할 것이다. 후지오는 유난히 이 작가를 높이 평가하고 있으니까.

선생님에게서 책을 받아드는데 도서실 안에 종소리가 울려 퍼졌다. 4교시가 끝났다.

도서실에서 나와 생물실 쪽으로 시선을 돌리자, 수조 앞에 있는 여학생 세 명의 모습이 눈에 들어왔다. 쪼그리고 앉아서 뭔가 하고 있다. 우파루파라도 보고 있나 싶어 자세히 살펴보니, 같은 반의 구로사키와 그 일당이었다.

그들은 킥킥 웃으며 수조 옆에 있는 철제 선반 밑에 뭔가를 쑤셔 넣고 있었다. 그게 실내화라는 걸 알아챈 나는 그쪽으로 성큼성큼 다가갔다.

"뭐 해?"

뒤에서 말을 걸자 구로사키 일당이 일제히 돌아봤다. 그러면서 선반 밑으로 쑤셔 넣으려던 실내화에서 얼른 손을 뗐다.

실내화 앞코에 적힌 이름을 보니 짐작했던 대로 후지오 것이다.

"그거 후지오 실내화 같은데."

내가 지적하자 구로사키 일당이 재빨리 시선을 교환했다. 내가 다시 물었다.

"후지오 실내화를 숨기는 거야?"

스스로도 생각지 못한 낮은 목소리가 나와서 셋은 조금 겁먹은 표정을 지었다. 하지만 구로사키만큼은 금세 당당한 표정으로 돌아와 거리낄 것 없다는 듯 말했다.

"맞아. 우리가 감춘 실내화를 후지오가 찾는 게임을 하는 거야."

"그 게임, 후지오도 합의한 거야? 아니면 너희가 일방적으로 감추는 거야?"

"일방적은 무슨. 후지오도 항상 게임에 참가하고 있는걸."

게임이 아니라 실내화가 없으면 곤란하니까 찾는 거 아니냐고 한마디 하고 싶었다. 표정이 험해진 날 보고 구로사키가 어이없다는 듯한 얼굴을 했다.

"왜 정색하고 그래? 이건 그냥 놀이야."

"놀이가 아니야, 괴롭히는 거지."

"하지만 후지오는 싫다는 소리 한 번도 한 적 없어."

구로사키의 당당한 말투에 힘을 얻었는지 나머지 둘도 일어서더니 "맞아, 아라사카랑은 상관없잖아" 하고 내뱉었다.

"아니면 후지오가 우리한테 이런 거 하지 말라고 말해달라고 부탁이라도 했어?"

"그런 건 아닌데…."

"그럼 괜한 오지랖이네. 후지오랑 친하게 지내는 우리한테 왜 그래."

여자와 말다툼해서 이기기란 어렵다. 게다가 지금은 3 대 1이다. 대꾸할 말을 찾지 못하고 있는데 교무실 쪽에서 누군가가 달려왔다.

후지오다. 수업 후에 실내화가 없어진 것을 알고 현관 입구에 놓아둔 방문객용 슬리퍼를 가지러 갔던 것이리라. 하지만 숨을 헐떡이며 달려온 후지오는 슬리퍼를 신고 있지 않았다. 후지오는 양말만 신은 채 꼬일 듯한 발걸음으로 내 곁으로 왔다.

"후지오, 슬리퍼는…."

"가지러 가려고 했는데 아라사카랑 구로사키 모습이 보여서 뭐, 뭘 하고 있나 싶어서…."

우리를 발견하고 슬리퍼를 가지러 가기 전에 이쪽으로 온 모양이다.

나는 수조 앞에 선 구로사키 일당을 밀쳐내고, 선반 아래에서 후지오의 실내화를 꺼냈다. 후지오의 발밑에 실내화를 두고 후지오의 눈을 마주 봤다.

"구로사키는 이걸 게임이라고 하더라. 그런데 넌 이런 게 재미있어?"

안경 안쪽에서 후지오가 눈을 크게 떴다. 눈동자가 흔들렸다. 그때 구로사키가 쓸데없이 큰 목소리로 후지오에게 말했다.

"재미있지, 후지오?"

후지오가 어깨를 움찔하더니, 겁먹은 듯한 눈으로 구로사키를 봤다. 구로사키 일당 세 명은 입가에 미소 비슷한 걸 띠고 있지만 눈은 웃지 않았다. "응"이라는 대답을 강요하는 눈이다. 후지오의 턱 끝이 살짝 떨리고, 시선이 도망치듯 아래를 향했다.

고개를 숙이려는 것인지 끄덕이려는 것인지 알 수 없었다. 난 도서실에서 방금 빌린 『상자인간』을 후지오에게 보이도록 고쳐 들었다.

내가 든 책을 알아봤는지 후지오의 떨림이 멈췄다.

책등에 라벨이 붙어 있으니 도서실에서 빌려온 책이라는 사실을 보자마자 알 것이다. 책을 싫어하던 내가 처음으로 빌린 책이다. 내용은 모른다. 후지오의 등을 밀어줄 수 있을 만한 게 아닐지도 모른다. 앞날이 기대되는 해피엔딩이 아닐 것 같은 기분도 든다.

하지만 내가 책을 빌렸다는 사실을 후지오가 알아줬으면 싶었다. 입학 이래 한 번도 책을 빌리러 간 적 없는 도서실에 찾아가 서가를 뒤져 책을 골라낸 후, 카운터로 가져가 대출 처리를 받았다는 것을.

좋아하는 책 같은 건 없다고 공언했던 내가 도서실에서 책을 빌리다니, 믿기지 않을 것이다. 내가 생각해도 예상 밖이다. 하지만 생각지 못한 일로 사람의 행동이 달라지기도 한다. 본인이 바라기만 한다면.

후지오가 고개를 천천히 들었다. 아직도 턱 끝이 약간 떨리고 있지만, 나를 똑바로 보고 있다.

나도 후지오를 가만히 바라봤다. 전에 옥상에서, 보고 있겠다고 약속했으니까.

분명 후지오는 스스로 행동할 것이다. 그때 품었던 기대는 흔들리지 않았다. 그래서 후지오에게서 눈을 돌리지 않았다.

후지오는 침을 꿀꺽 삼키더니, 웅크리고 있던 어깨를 부자연스럽게 펴고 구로사키 일당 쪽을 바라보고 섰다. 몸 옆에 움켜쥔 양손을 두고, 고개를 비스듬히 숙이고 작게 말했다.

"재, 재미… 어….."

"재미있어? 그렇지? 거봐, 아라사카, 네가 착각한 거야."

구로사키가 고소하다는 듯 웃었다. 뒤에 있던 둘도 함께 웃었지만, 후지오는 고개를 숙인 채 고개를 크게 가로저었다. 안경이 벗겨지는 게 아닐까 할 정도로 세차게.

구로사키 일당이 의아한 얼굴을 하고 웃음을 거뒀다. 그 잠깐의 틈을 비집고 나오는 것처럼, 후지오는 고개를 숙인 채 밀어내는 듯한 목소리로 말했다.

"재… 재미, 없, 어!"

후지오에게는 절규에 가까웠을 것이다. 무릎이 부들부들 떨리고 있었다. 구로사키 일당이 반론할 틈을 주지 않고 난 말했다.

"본인이 싫어하는데 그러는 거면 왕따시키는 거지."

왕따라는 말에 기세가 꺾였는지 구로사키가 간신히 대답했다.

"어, 억지야, 그건."

"억지는 무슨. 후지오가 싫다고 하니까 이제 하지 마."

나는 후지오에게 어서 실내화를 신으라고 했다. 고개를 숙이고 몸을 떨면서 힘겹게 실내화를 신은 후지오의 팔을 붙잡고, 교무실 쪽으로 걸으면서 구로사키 일당을 돌아봤다.

"그리고 고전문학 숙제도 후지오한테 떠넘기지 마. 다음에 또 그러면 다부치 선생님한테 이를 거야."

"뭐? 무슨 소리야, 그런 짓…."

뻔한 변명을 하려는 구로사키를 "난 필적감정사가 되는 게 꿈이거든"이라는 한마디로 입 다물게 만들었다.

"너희가 1학기 두 번째 수업부터 후지오한테 공책을 맡겼다는 것, 다부치 선생님 앞에서 증명할 수 있어."

엄포를 놓고 구로사키 일당에게서 등을 돌렸다. 반은 허풍이었다. 다부치 선생님에게 사정을 설명해도 믿어줄지 알 수 없다. 후지오는 다른 사람의 필적을 흉내 내는 솜씨가 쓸데없이 좋으니까.

하지만 뒤에서 구로사키 일당이 불러 세우지 않는 걸 보면 내 말이 어느 정도 먹힌 것 같았다. 그런 생각을 하면서 복도를 걸어가는데 후지오가 팔을 가볍게 움직였다.

나는 그제야 내가 그때까지 후지오의 팔을 계속 잡고 있다는 사실을 알아채고 손을 놓으며 말했다.

"미안, 멋대로."

현관 입구까지 오자, 그때까지 고개를 숙이고 있던 후지오가 천천히 얼굴을 들었다.

"아니야, 고, 고마워…."

아직 목소리가 약간 떨린다. 후지오는 비틀비틀 신발장 옆면에 등을 대고는 숨을 크게 토하고 가슴에 손을 얹었다.

"저, 저런 애들한테 말대꾸하는 건… 생각도 안 해봤어."

흥분한 탓인지 후지오의 뺨이 붉게 상기돼 있었다.

후지오가 단호하게 거부하는 말을 내뱉던 모습이 생각나 소리 죽여 웃었다.

"난 계속 기대하고 있었기 때문에 후련하던데."

후지오가 눈을 동그랗게 뜨고 나를 바라봤다. 왜 놀란 얼굴을 하는 걸까. 기대하는 게 당연한데. 그래야 하는 것 아닌가.

후지오는 공기 덩어리를 삼키듯이 목 안쪽을 위아래로 움직이고 고개를 숙이더니, 눈가에 뚜렷한 웃음을 지어 보이며 말했다.

"기대해줘서, 고마워."

웃는 얼굴과 반대로 목소리는 당장이라도 울 것처럼 젖어 있었다. 당황하긴 했지만 후지오는 울지 않고, 내가 손에 든 『상자 인간』을 보자마자 "그런데 그거, 아라사카가 빌린 거야? 뭐야, 읽으려고?" 하고 흥분한 듯이 다가왔다.

너무나 후지오다운 태도에, 난 후지오가 아베 고보에 대해 풀어놓는 두 번째 해설을 웃음을 참아가며 들었다.

그날 방과 후, 수업을 마치고 모두 집에 갈 채비를 시작하는 가운데 난 후지오에게 말했다.

"히자키 선생님한테 「붉은 누에고치」 감상문 받았어."

책상 서랍에 넣어둔 짐을 가방으로 옮겨 넣던 후지오가 휙 하고 돌아봤다. 내가 원고용지를 들고 있는 걸 발견하더니, 시선이 원고용지에서 떠나지 않았다.

"빨리 주셨네."

"연휴 전에 그렇게 재촉했으니까."

히자키 선생님의 원고를 손가락 끝에 끼우고 좌우로 흔들자 후지오는 고양이처럼 시선으로 원고를 좇았다. 원고를 후지오의 책상에 내려놓으니 후지오의 얼굴도 따라왔다. 그 틈에 후지오 앞자리를 백팔십도 돌려 책상을 맞붙였다.

"오늘은 여기서 도서신문을 완성하자. 도서실에선 말을 편하게 못 하니까."

후지오의 대답을 기다리지 않고 의자에 앉아, 가방 안에서 편의점 비닐봉지를 꺼냈다. 안에 든 건 포테이토칩과 초콜릿이다. 이렇게 후지오와 방과 후에 남아 있는 것도 오늘이 마지막일 테고, 지금까지 이 일을 함께 해준 것에 대한 보답으로 준비해왔다.

전에 내가 도서실에 과자를 가지고 들어왔을 때처럼 후지오는 눈을 반짝이더니 자기도 분주하게 가방 안에서 뭔가를 꺼냈다.

"저기, 나도 준비해왔는데, 괜찮으면…."

후지오가 막대 초콜릿 과자 상자를 책상에 조심스레 꺼내놓았다. 서로 똑같은 생각을 했던 모양이다. 약간 쑥스러운 기분으로 고맙다고 말하고, 작업에 들어가기 전에 기세 좋게 과자 봉지를 전부 뜯었다.

책상 위에 놓인 스마트폰에 표시된 시각은 하늘색. 이제 곧 노란색으로 바뀔 테지만, 도서실 문을 닫는 주황색이 될 때까지는 신문도 완성될 것이다. 실제로는 흑백 화면이지만, 숫자에도 색이 묻어 보이는 탓에 시간은 색으로 파악하는 경우가 많다.

작업도 미뤄놓고 과자를 입으로 가져가는 내 앞에서, 후지오가 살며시 선생님의 원고를 집어 들었다.

"이거, 히자키 선생님한테서 직접 받아온 거지? 선생님, 어때 보이셨어?"

연휴에 들어가기 전, 지난날의 사건을 모두 토해낸 선생님은 녹초가 된 얼굴이었다. 단숨에 늙어버린 것 같은 그 얼굴이 잊히지 않는 것이리라. 걱정스러운 듯 묻는 그 말에, 난 한쪽 눈썹을 올리며 말했다.

"어때 보이긴, 기가 찰 정도로 평소 그대로였어."

그 모습이 생각나 한숨을 내쉴 뻔했다. 점심시간, 현관 입구에서 후지오와 헤어진 후 매점에 줄을 서 있는데 뒤에서 히자키 선생님이 어깨를 두드렸다.

평소처럼 흰 가운을 입은 히자키 선생님은 입술에 은은한 미소를 머금고 말했다.

"그래, 넌 2학년 6반의 도서위원인…"

"아라사카예요."

"그랬지. 출석번호 2번이고."

전엔 이름으로 날 불러놓고는 모른 척하기는. 학생을 출석번호로만 부르는 건 분명 일부러 그러는 것이라 확신한 순간이었다.

선생님은 내게 원고를 건네고는, 웃음을 지으며 "도서신문, 기대하고 있으마"라고 말했다. 그뿐이었다. 생물실에서 후지오와 나에게 지난날의 사건을 털어놓았을 때 한순간 보여준 노화의 그림자는 깨끗하게 씻겨 내려가 있었고, 떠나가는 뒷모습은 꼿꼿하고 젊어 보였다. 상당히 고단수의 너구리 영감이다.

"감상문 내용도 놀랄 정도로 평범해."

열이 뻗쳐서 포테이토칩 세 개를 한꺼번에 입에 넣었다. 후지오는 선생님의 원고를 보더니, "그건 그렇네" 하고 쓴웃음 비슷한 소리를 냈다.

"'사회적 공동체라는 환상에 대해서'라고 그랬나? 암만 봐도 학교 선생님이 쓸 법한 제목이잖아. 어려운 데다 새롭지도 않아."

"선생님답긴 해."

"어떤 감상문을 쓸지 기대했는데."

가방에서 도서신문의 대지를 꺼내면서 중얼거리자 후지오가 놀랍다는 듯한 얼굴을 했다.

"의외네. 아라사카가 다른 사람이 쓴 감상문에 흥미를 보이다니…."

"그래?"

"독서 자체를 싫어하는 것 같기도 했고···. 처음 만났을 때는 지어낸 이야기를 읽고 무슨 생각을 해야 하는지 모르겠다고 했잖아."

"뭐 그랬지."

어깨를 으쓱하고 가방에서 꺼낸 필통을 대지 옆에 놓았다.

"전에도 말했지만, 독서 감상문은 재미있다고 생각해. 읽는 사람에 따라 해석이 완전히 다르니까. 그리고···."

말을 계속하려다 말고 말꼬리를 흐렸다.

사실을 말하자면 독서 감상문뿐만 아니라 책 그 자체에도 흥미가 생기기 시작했다. 하굣길에 역 앞에 있는 서점에 들러 야나이가 가르쳐준 이세계 전생물에 손을 뻗을까 망설이는 정도, 지금은 딱 그 정도다.

차라리 후지오가 독서 초보자에게 추천하는 책을 강의해줬으면 좋겠다. 하지만 후지오 앞에서 걸핏하면 소설에 흥미가 없다고 말해왔는데 이제 와서 그런 말을 하면 체면이 서지 않을 것 같아 일단 전에 후지오가 읽었던 『상자인간』을 골라봤다. 무사히 다 읽을 수 있을지 모르겠지만, 이걸 계기로 후지오와 조금이라도 책 이야기를 나눌 수 있게 되면 좋겠다고 생각했다.

이런 내 본심을 알 리 없는 후지오는 동감이라고 말하고 싶은 듯한 얼굴로 아에가시와 미도리카와 선배가 준 원고가 붙어 있는 대지를 들여다봤다.

"감상문을 읽으면 그 사람이 책을 읽으면서 어디에 밑줄을 그었는지 알게 되잖아. 자기 마음을 만천하에 공개하는 행위에 가깝다고 생각해."

내 말에 후지오는 감상문에서 눈을 떼지 않은 채 고개를 끄덕였다. 「무희」를 읽은 야에가시와 알리시아는 국경을 초월해 서로에게 이끌리는 연인들에게 공감했고, 「공작나방」을 읽은 미도리카와 선배는 친구의 나방을 훔쳤다 망가뜨린 주인공에게 자신을 투영했다.

"그렇게 생각하니 수업 때 쓴 감상문을 복도에 붙이는 건 좀 무신경한 것 같네."

"그러게. 그래도 자기랑 다른 생각이 담긴 감상문을 읽는 건 역시 재미있어."

그건 나도 동감이다. 처음엔 고등학생이나 돼서 감상문이 웬 말이냐 하고 학을 뗐지만, 의외로 매우 흥미로웠다. 그 과정은 쓰는 사람이 자신을 돌이켜 보거나 앞을 향해 나아갈 계기가 되는 것 같기도 했다. 일례로 야에가시는 알리시아가 학교를 떠나기 전에 무사히 편지를 건네줬다고 한다.

나는 히자키 선생님의 원고를 집어 들어 스틱 풀을 발라 대지에 붙였다. 이걸로 신문 2면과 3면은 완성이다.

"남은 건 뭐지? 1면은 전부 채웠잖아. 4면이 거의 손을 안 댄 상태구나."

"그러게. 편집후기만으로는 다 채울 수 없으니까, 나머지는…
테마에 맞는 책을 소개하는 건 어때?"

"테마라…. 과자에 관한 책이라든가?"

책상 위에 놓인 과자를 곁눈질하며 중얼거렸는데, 후지오의
얼굴이 활짝 빛났다.

"좋은데, 그걸로 하자. 바로 소개문을 쓸게."

"그렇게 바로 쓸 수 있어?"

"제목이랑 간단한 줄거리, 추천 포인트만 쓰는 거면, 정말 몇
줄 안 되니까."

후지오는 샤프를 손에 들더니 원고용지에 사각사각 글자를 엮
어나갔다. 스마트폰으로 조사해보지도 않고 책 제목과 작가 이
름이 나오는 걸 보면 역시 대단하다.

후지오가 지면을 메우는 동안 옆에서 감상문을 붙인 대지를
집어 들어 읽었다. 각각의 원고 사이에는 도서위원의 감상문도
붙어 있었는데, 「공작나방」에 대해 후지오가 쓴 감상에 시선이
멈췄다.

'뒷맛이 안 좋은 이야기로 생각될지 모르지만, 주인공이 죄책감
을 가지지 않도록 일부러 에밀이 매몰차게 대했다고 생각하고 읽
으면 읽고 난 후의 느낌이 달라질지도 모릅니다. 좀 서툴게 격려를
하는 것 같아서, 저는 에밀이 좋아졌습니다.'

후지오는 일찌감치 감상문을 준비해놨기 때문에 이 글은 연휴에 들어가기 전에 읽은 적이 있었다. 그런데 오늘 보니 끝머리에 한 줄이 늘어나 있었다.

'누군가가 등을 밀어주면 용기가 샘솟아 한 걸음 내딛을 힘이 생기기 때문입니다.'

나중에 추가로 써넣은 게 분명한 그 문장을 보고, 나도 모르게 울컥했다. 이 문장은 언제 쓴 걸까. 오늘일까. 난 후지오의 등을 밀어줬던 걸까. 뭐 하나 한 것도 없이 마지막까지 그저 지켜보고만 있었는데.

그때 문득 후지오가 말했다.

"계속 마음에 걸렸는데… 아라사카는 어째서 히자키 선생님한테 그렇게 집착한 거야?"

후지오가 얼굴을 들자 서로의 시선이 정면에서 교차했다.

"나는 처음엔 아라사카가 자기 그림을 불태운 범인을 선생님으로 착각했기 때문이라고 생각했어. 하지만 그게 아니란 걸 안 후에도 선생님한테서 감상문을 받으려고 노력했잖아. 18년 전의 사건에 대해서도, 내가 모르는 곳에서 열심히 조사했던 것 같고."

지금 와서 그걸 캐묻는 것이냐며 속으로 당황했다.

대충 둘러댈까 생각했지만, 후지오의 눈동자가 조금도 흔들리지 않아서 시선을 돌리기가 어려웠다. 처음 만났을 땐 내 얼굴을 잘 보려고도 하지 않던 후지오가 이렇게 성큼 다가오는 질문을 했는데 성의 없이 거부하기도 마음이 편치 않았다.

단념하고 가만히 눈을 감았다.

"18년 전, 이 학교 학생과 불륜 관계였던 당사자가 히자키 선생님이지 않을까 조금 의심했어. 그래서 가만히 내버려둘 수 없었다고 해야 할까…."

"아라사카는, 정의감이 강한 사람이구나."

후지오의 목소리는 작다. 언제나 그렇다. 언제나 그렇지만 이 순간에는 의심받고 있는 듯한 기분이 드는 이유는 무엇일까. 내 마음에 켕기는 구석이 있기 때문일까.

나는 눈을 살짝 뜨고는, 후지오 못지않게 작은 목소리로 자백했다.

"사실대로 말하면… 네가 히자키 선생님의 딸일지도 모른다는 생각을, 조금, 했어."

후지오가 눈을 휘둥그레 떴다. 경악으로 가득 찬 표정을 두 눈으로 직접 보고, 재빨리 눈을 다시 감았다. 그렇겠지. 냉정하게 생각하면 말이 안 된다. 하지만 연이어서 의심스러운 단서가 나왔기 때문에 혹시 어쩌면, 하고 생각한 건 사실이었다.

눈을 감아도 후지오가 입을 반쯤 벌리고 있다는 걸 알았다. 내 얼굴을 응시하고 있다는 것도. 볼과 이마에 시선이 쿡쿡 꽂히는 것 같았다.

"어, 어째서 그런 생각을?"

"어째서일까. 나도 잘 모르겠어."

"그런 생각에 이른 이유가 있었을 거잖아? 전부 다 말해줘."

착각이었다는 걸 알고 있는데 이유를 설명하는 건 고행이나 다름없었지만, 후지오가 부탁하는 바람에 마지못해 입을 열었다.

처음엔 그저 히자키 선생님이 유달리 후지오한테 친절하다고 생각했을 뿐이다. 자기가 먼저 나서서 후지오에게 상담을 해주고, 후지오의 이름까지 기억하고 있었다.

무엇보다 후지오의 엄마가 이 학교 졸업생이다. 18년 전에 아이를 낳았다면, 그 아이는 우리와 같은 나이다. 그게 후지오였다 하더라도 이상할 게 없다.

"그리고 전에 네가 그랬잖아. 부모님이 교육자였던 것 같다고. 자기 부모 일인데 꼭 남의 이야기를 하는 것 같다고 생각했어. 게다가 아빠는 안 계신다고 하니까, 혹시 아빠가 교사였을까 하고…."

거기까지 말하고 내내 감고 있던 눈을 슬며시 떴다. 맞은편에서는 후지오가 예상했던 대로 멍한 얼굴로 날 보고 있었다.

"우… 우리 엄마는 이제 오십이 다 돼서, 18년 전엔 벌써 졸업하고 없었어."

"그렇구나…. 그걸 먼저 물어볼 걸 그랬네."

"교사였던 건 엄마였고, 그런 것 같다고 말한 이유는 임신하고 나서 학교를 그만뒀기 때문이야. 그래서 엄마가 교단에 섰다는 게 실감이 나지 않아서, 그런 식으로 말을···."

"그랬구나."

"이름은, 유코라고 하고."

"반지에 새겨진 이니셜과도 전혀 관계가 없었네."

그러니까 처음부터 후지오한테 물어봤으면 단번에 착각이라는 걸 알 수 있었던 오해투성이었다는 말이다.

'어쩌면 후지오 자신도 히자키 선생님이 자기 아빠인 걸 알아차리지 못하고 있는 것일지도 모른다'라는 필요 없는 배려심 같은 걸 발휘하지 않고 이런저런 질문을 먼저 했으면 될 일이었다. 안 해도 될 고생을 사서 했다며 힘없이 앉아 있는데, 후지오가 입을 가리고 고개를 숙였다. 어깨가 떨리는 것 같아 유심히 살펴보니 후후 하고 부드러운 웃음소리가 귀에 들려왔다.

후지오가 고개를 숙인 채 소리 죽여 웃고 있었다. 후지오가 소리를 내서 웃는 모습을 보는 건 처음이라 이번에는 내가 멍한 얼굴로 후지오를 뚫어져라 봤다. 놀라울 정도로 스스럼없이 웃는 그 얼굴에서 눈을 돌릴 수 없었다.

"나도 바보 같다고 생각하니까 실컷 웃어도 돼."

한마디 거들자 여전히 어깨를 들썩거리면서 후지오가 얼굴을 들었다.

"바보 같다니, 그렇지 않아···."

"내 생각에도 비약이 너무 심했던 것 같아."

"하긴, 미스터리 소설이라면 그런 전개가 있을지도 모르지만."

후지오가 입을 가리고 있던 손을 내리고 여전히 재미있다는 듯 웃음을 감추지 않으며 말했다.

"책을 너무 많이 읽어서 그래."

내 눈이 살짝 휘둥그레졌다.

책벌레한테 그런 말을 들은 게 한탄스러웠지만, 이상하게도 기분은 나쁘지 않았다.

웃음보가 터졌는지 후지오는 좀처럼 웃음을 그치지 않았다. 말리는 것도 아깝다는 생각에 나는 말없이 감상문을 붙인 대지를 가까이 끌어당겼다.

히자키 선생님에게 받은 감상문 옆에는 내 감상이 붙어 있다.

'고등학생에겐 너무 난해한 물건. 여러 번 다시 읽으면 꼭 악몽을 꾸는 듯한 기분을 맛볼 수 있다. 무시무시한 환각을 체험해보고 싶은 사람에게 추천.'

그 감상 옆에 추가로 써넣었다.

'이해가 안 되기 때문에, 이해하고 싶어서 몇 번씩 다시 읽게 되는 중독성이 있음.'

내가 쓴 문장을 다시 읽고, '설마 이런 생각을 하는 날이 올 줄이야' 하고 펜을 던지듯 놔버렸다.

아직 책을 읽는 건 서투르다. 하지만 독서가 매우 매력적이란 걸 깨닫고 말았다. 조금일지라도 더 알고 싶다고 생각할 정도로.

방과 후 교실에, 등나무 꽃을 닮은 부드러운 웃음소리가 계속 쏟아져 내렸다.

독서를 싫어하는 사람을 위한 도서실 안내

초판 1쇄 인쇄   2021년 4월 5일
초판 3쇄 발행   2021년 11월 26일

지은이   아오야 마미
옮긴이   천감재

편집인   이기웅
편집   주소림, 안희주, 양수인, 김혜영, 한의진
디자인   MALLYBOOK 최윤선, 정효진
책임마케팅   정재훈, 김서연, 김예진, 김지원, 박시온, 류지현
마케팅   유인철
경영지원   김희애, 최선화
제작   제이오

펴낸이   유귀선
펴낸곳   ㈜바이포엠
출판등록   제2020-000145호(2020년 6월 10일)
주소   서울시 강남구 테헤란로 332, 에이치제이타워 20층
이메일   odr@studioodr.com

ISBN   979-11-91043-17-4 (03830)

모모는 ㈜바이포엠의 출판브랜드입니다.